爆肝工程師的
異世界狂想曲
5
Kadokawa Fantastic Novels

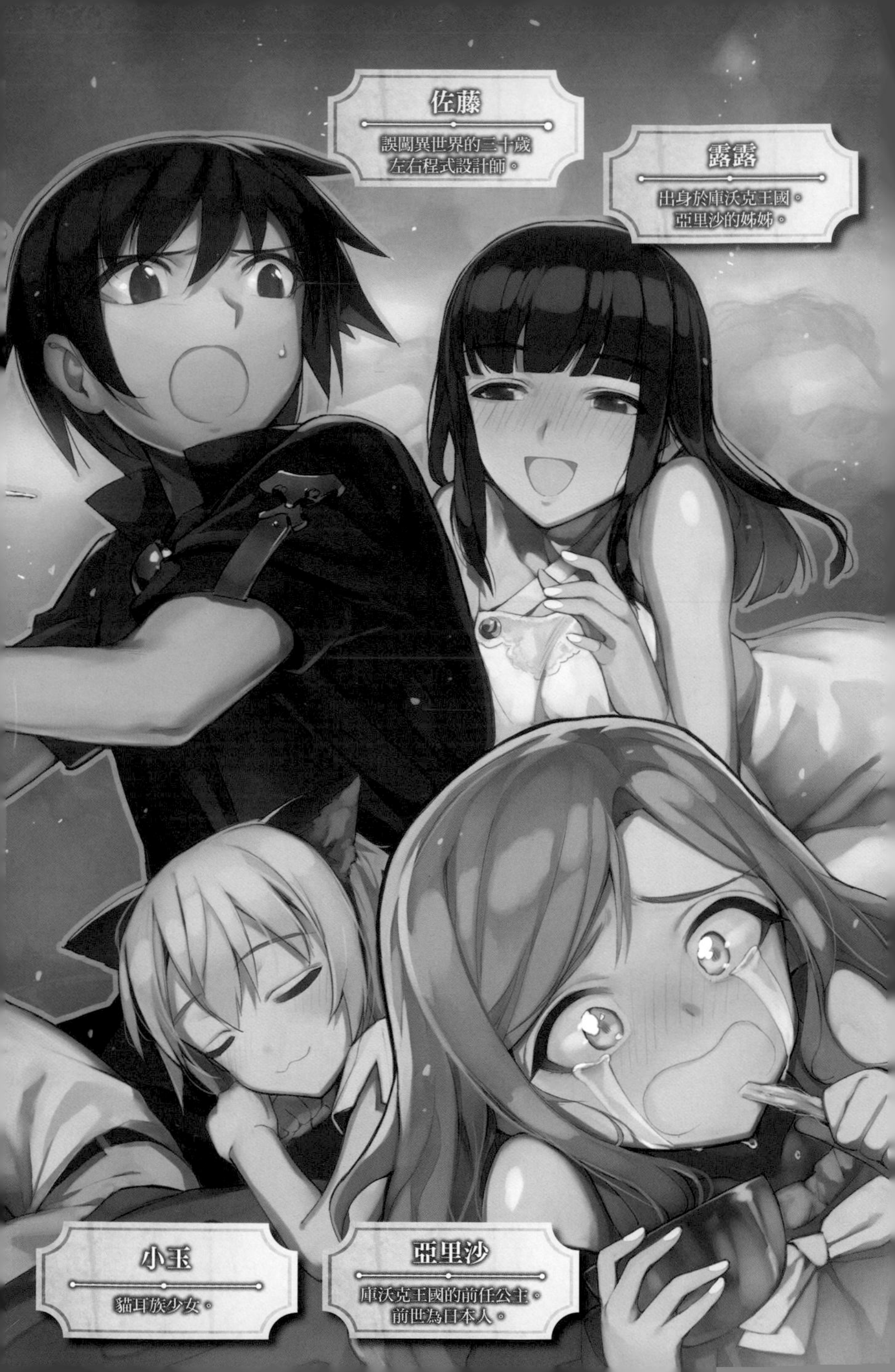
佐藤
誤闖異世界的三十歲
左右程式設計師。
露露
出身於庫沃克王國。
亞里沙的姊姊。
小玉
貓耳族少女。
亞里沙
庫沃克王國的前任公主。
前世為日本人。

矮人之鄉的宴會上
蜜雅
寡言，喜歡音樂的精靈。
娜娜
面無表情的魔造人。
莉薩
橙鱗族少女。
波奇
犬耳族少女。

「佐藤先生……你認為命運是能夠改變的嗎？」
那彷彿即將消失的脆弱笑容——

爆肝工程師的異世界狂想曲

5

愛七ひろ

Death Marching to the Parallel World Rhapsody

Presented by Hiro Ainana

Kadokawa Fantastic Novels

插畫／shri

C O N T E N T S

Death Marching to the Parallel World Rhapsody 5

特尼奧神殿的賽拉

「我是佐藤。緣分這種東西實在很神奇。在意想不到的場所和旅途中結識的人再會這種事並非只存在於連續劇裡。第二次是偶然，但不斷發生……想必就是命運了吧？」

「初次見面。我是特尼奧神殿的巫女，名叫賽拉。」

宛如天使奏樂般充滿神祕感的聲音在穆諾城的謁見室響起。

筆直注視這邊的眼眸就像是剛長出的嫩葉那樣的萌黃色。

沐浴在射入謁見室的陽光之下，她那淡色的頭髮呈現出既像金色又像銀色的光澤。

這就是所謂白金色的頭髮嗎？

與她白皙的肌膚相互輝映。

以希嘉王國人來說略低的鼻子勾勒出美妙的線條，使人不禁將目光投向薄厚適中的柔軟嘴唇。

未塗抹口紅的雙唇十分亮麗，充滿了健康少女的魅力。

她身穿一件用金線和藍線精心刺繡的白底西洋式巫女服——與之前在聖留市見到的巴里恩神殿巫女歐奈小姐所穿的服裝是類似的設計。

儘管服裝的構造讓胸部變得不起眼，但與年齡不符的傲人隆起卻撐起衣服強調著自己的存在。

還遠遠比不上娜娜和卡麗娜小姐，但在同年齡當中算很大了吧。

自己無意追求這位國高中生年紀的少女，不過一想到五年後的她就不自覺嘴角放鬆。

被站在一旁的妮娜執政官用手肘頂了頂，我這才察覺到要自我介紹。

看來就在幻想著對方的未來之際，其他人似乎已經自我介紹完畢了。

聚集在穆諾城謁見室的人們將目光集中在我身上。

在場的有穆諾男爵、妮娜女士、賽拉小姐和她的護衛騎士們，最後是公都的帥哥文官。

「初次見面，賽拉大人。我是穆諾男爵的家臣，佐藤・潘德拉剛士爵。才剛受封為名譽士爵，年紀尚輕還望您能記在心裡。」

我用指導老師尤尤莉娜所傳授的老套台詞問候對方。

賽拉小姐回以微笑，待在她身後的兩名男性騎士卻持續頂著能樂面具般的表情用冷酷目光俯視這邊。

根據ＡＲ顯示，賽拉小姐的等級為三十，擁有「神聖魔法：特尼奧教」、「神諭」、

「冥想」和「察覺惡意」這些技能。

負責護衛她的兩名騎士等級都很高，理了一頭短金髮的神殿騎士肯恩．波比諾勛爵為三十一級，擁有火焰般紅髮的近衛騎士伊帕薩．羅伊德勛爵是三十三級。

待在兩人後方的歐尤果克公爵領帥哥文官則是很尋常的十二級。

據說賽拉一行人此次前來是為了恢復穆諾男爵領的治安和協助重建。

城外的廣場上更有八名騎士、四名神官和三百名士兵、四十輛載貨馬車的大批人馬在待命著。

有了如此龐大的戰力似乎可以攻下穆諾城。

撇開穆諾男爵這位老好人不提，精明能幹的妮娜女士會允許他們入城，足足可見對方是個相當友好的人物。

「話說回來，公爵閣下竟然會同意讓自己疼愛的孫女來到領外呢。」

「自從出家以後，我和公爵家已經毫無關係了。」

聽了妮娜女士的話，賽拉小姐面露清純的微笑這麼回答。

AR顯示中並未出現賽拉小姐的姓氏。根據詳細情報，她似乎就如妮娜女士所言是歐尤果克公爵的直系孫女。

「神殿也是，竟然捨得讓寶貴的神諭巫女踏上危險的旅程。」

「是巫女長大人這麼鼓勵我的。」

——嗯？

賽拉小姐的這句話讓我有些在意，但在弄清楚之前卻又被轉移了注意力。

「特尼奧的聖女大人，看來還是一樣既端莊又果敢呢。」

儘管妮娜女士和賽拉小姐分別使用不同的稱呼，不過巫女長和聖女看樣子就是同一人了。

傳聞中的聖女大人嗎——原本還以為賽拉小姐就是聖女，看來似乎不是這樣。

既然地位在這個賽拉小姐之上，聖女大人究竟會有多麼神聖呢？憑藉我那貧乏的想像力實在無從猜測。

就算是遠遠眺望也好，途經公都的話真希望能親眼目睹一下。

「畢竟我還身懷使命，要淨化巫女長大人未能完成的『死者之王』詛咒。」

「聖女大人的身體不好嗎？」

「是的，最近甚至無法離開神殿的聖域。」

不太清楚聖域究竟是什麼東西，莫非就像醫院的加護病房那樣嗎？

高階的神聖魔法給人一種無論什麼傷勢都能治癒的印象，不過現在看來魔法似乎並非萬能的吧。

「——事情就是這樣。最後是戴面具的勇者大人和森林巨人們擊垮了魔族大軍，但倘若沒有潘德拉剛士爵等人的協助，在援軍到來之前城堡就會淪陷了。」

地點換到接待室，妮娜女士正在向賽拉小姐一行人講述前陣子的魔族襲擊事件。

這個房間裡有我、穆諾男爵、男爵的執政官妮娜女士、賽拉小姐和公爵領派遣的兩名騎士，最後是帥哥文官一共七人。

「年紀輕輕與魔族對峙，不僅毫髮無傷甚至打倒了對方，其英勇實在令人欽佩。簡直就是我們騎士團需要的人才。」

近衛騎士這麼出言稱讚我。

被人誇獎雖然很開心，但請不要露出一副要吃人的可怕笑容好嗎。

「實在難以置信。您說是這樣的一個年輕人打倒了魔族？」

「肯恩勛爵，你太沒禮貌了。」

神聖騎士皺起冷酷的臉龐發言後，近衛騎士這麼責備道。

「即使只是個下級魔族，那可是必須冒著整支騎士中隊半毀的風險才足以應付的對手啊。區區一個小孩子竟然能夠辦到？太荒唐了！」

「看來神殿騎士大人是不相信我的話了——」

或許是不滿意神聖騎士的發言，妮娜女士的語氣驟然一變。以她的個性來說，當口吻變得客氣之際就是準備修理對方的時候了。

「肯……肯恩勛爵！」

臉色蒼白的帥哥文官這時站起來試圖打圓場。

「妮娜大人，實在很抱歉。他並沒有什麼惡意。還……還請您息怒。」

我現在的模樣是個十五歲的瘦弱少年。對方不肯相信也是合情合理。

不過，自己實在不喜歡這樣的氣氛。

「騎士大人所言甚是。不過，那並非光靠我一個人的力量，而是多虧了能夠暫時削弱魔族的祕寶和可靠的同伴們提供協助。」

「原來如此，竟然存在那種祕寶！」

聽了我的解釋，帥哥文官發出非常刻意的讚嘆聲。

看來對方是個相當勞碌命的人。我也藉此機會說明從森林巨人族長那裡借來祕寶「封魔之鈴」一事，幫忙對方岔開神殿騎士剛才的發言。

和帥哥文官聯手度過危機狀況後，話題便轉移至面具勇者與魔族的戰鬥。

「跟……跟許德拉同化？下級魔族是不可能占據亞龍身體的。」

「應該是中級魔族吧……」

近衛騎士和賽拉小姐紛紛道出這樣的感想。

對方在我的地圖搜尋中是下級魔族，不過還是先隱瞞這一點吧。

「那麼，魔族究竟為何要襲擊這個領地呢？」

神殿騎士用毫不客氣的逼問口吻提出問題。

大概是身為公都的波比諾伯爵這位上級貴族的家累，這個人的發言總是顯得高高在上的樣子。

面對那傲慢的語氣，妮娜女士則是回以淩厲的視線。

代替妮娜女士回答的人是穆諾男爵。

「嗯，面具勇者大人留下的書信描述『魔族的目的可能是為了讓魔王復活』。」

那封信是事件之後我為了告知魔族的企圖而寫的。

「什……什麼！」

「這實在太駭人聽聞了！」

穆諾男爵的衝擊性發言讓兩名騎士站了起來。

帥哥文官頂著蒼白的表情發不出任何聲音。

看來光是「魔王」這個字眼就很有震撼性了。

「兩位請冷靜一下。」

賽拉小姐用清晰的聲音告誡兩人。

她看起來相當沉穩，卻難掩紅潤的臉龐失去血色的模樣。

「可……可是！」

「現在豈是冷靜的時候！」

「兩位的身分可是保護歐尤果克公爵的近衛騎士和守護特尼奧神殿的神殿騎士。既然穆諾男爵都如此冷靜，想必已經成功阻止了復活的企圖吧？」

透過凜然的聲音告誡兩名騎士後，賽拉小姐轉而徵求穆諾男爵的同意。

「嗯，確實如此。魔族的企圖被面具勇者大人阻止了。」

「魔族究竟是懷著什麼樣的企圖？」

近衛騎士看似已經冷靜下來重新座回椅子，但神殿騎士仍舊一副難以接受的樣子繼續質問。

「據說魔族一直藉由欺壓領地內的民眾，將負面的意念收集在名叫『邪念壺』的咒具裡。勇者大人則是將咒具連同魔族一起破壞了。」

「邪念壺——是嗎，原來已經被破壞了啊。」

神殿騎士放心似的呼出一口長氣。

對我來說，那就像是復活行動遭到破壞的魔王在嘆息一般。

結束接待室的會談後，大概是準備開始要處理事務性工作，妮娜女士和帥哥文官兩人一同前往辦公室。

我則是受賽拉小姐的委託要在城內和市內幫忙帶路。

兩名騎士因為各自的工作而離開賽拉小姐身邊，取而代之的是一對年輕男女神殿騎士來擔任賽拉的護衛。這兩人的等級都只有十三級。

男性神殿騎士似乎名叫希斯，女性則叫作伊娜。由於大概只會相處很短的時間，所以還是用男性騎士和女性騎士來記憶比較好。兩人都是公都的下級貴族出身。

「您要去什麼地方呢？」

「可以先帶我到穆諾市的特尼奧神殿嗎？之後還要前往市內的育幼院進行慰問，不知道這樣是否方便？」

神殿還可以理解，高階貴族的千金小姐會想到育幼院慰問實在很罕見。

不同於現代日本，希嘉王國的育幼院預算很低，衛生觀念也相當淡薄，稱不上是什麼乾淨的地方。況且穆諾市內並不存在育幼院。

「很抱歉，前往特尼奧神殿沒問題，但育幼院就辦不到了。」

「為什麼呢？我並不會忌諱任何髒亂的環境哦？」

「不，並不是那種原因……」

我告知賽拉小姐，魔族假扮的前執政官已經在兩年前關閉了市內的育幼院。

「那麼，孩子們……」

哦，看來告知的先後順序似乎有誤。賽拉小姐的表情蒙上一層憂心的陰霾。

「請放心。孩子們都在城內受到保護。」

雖然保護的時間是在魔族襲擊事件後，也就是最近的事，不過這方面的原委應該用不著說出來吧。

因市壁旁的土地重劃而失去居所的兩千人原先住在城內的空兵舍裡，但目前已經往臨時屋遷居完畢，只剩下小孩和老人等一小部分人留在城內。

針對住在臨時屋的人，我讓他們在重劃後空出的土地開闢加波瓜田以解決飢荒。

可以的話真想推廣種植更美味的作物，不過其他作物與加波瓜的產量相差太大，在糧食問題獲得改善之前實在是有心無力。

「城內……嗎？」

「是的。不嫌棄的話這就帶您過去。或者按照最初的行程前往特尼奧神殿呢？」

「不，先從慰問開始吧。麻煩你帶路了。」

賽拉小姐打岔般地回答道。

明明長途旅行應該已經很累，她卻給人一種精力充沛，應該說是焦急的印象。

彷彿被宣告生命所剩無幾的人在珍惜光陰那樣——

由於距離很近不必坐馬車，我便和賽拉小姐暢談著一邊前往孩子們所在的區域。

越過內牆進入士兵們的區域後，可以聽見眾士兵的吶喊聲及雄壯的音樂。

「唉呀？好奇怪的音色……」

「的確未曾聽過，但相當令人熱血沸騰。」

賽拉小姐動作優雅地傾著頭，男性騎士則是對此表示同意。

「佐藤。」

彈著魯特琴，精靈蜜雅同時轉頭望向這邊。她的本名為蜜薩娜莉雅·波爾艾南。

其一百三十歲的年齡已經超越人類的壽命，但精神年齡就如同小學生的外表那樣相當年輕。

綁著雙馬尾的淡青綠色頭髮下方露出精靈富特色的尖耳朵。或許是覺得氣溫稍涼，她在水藍色的連衣裙之外加了一件淺黃色的開襟毛衣。

「精……精靈？為何歌姬希莉露多雅會在這種地方？」

「不，歌姬應該有一隻手無法活動，所以是不同人。」

「你們兩人安靜。曲子都聽不到了。」

賽拉小姐出聲斥責鼓譟的騎士們。

看來公都似乎有一位手臂活動不便，人稱歌姬希莉露多雅的精靈。

「嗨，蜜雅。」

「——姆？」

蜜雅點頭回應我的問候，但在察覺到我身後的賽拉小姐時眼睛和嘴巴就變成三角的形狀。

看來她不是很高興的樣子。

「初次見面，我是特尼奧神殿的賽拉。」

「嗯，蜜雅。」

聽了賽拉小姐鄭重其事的問候，蜜雅冷淡地報上名字但未停止手邊的演奏。

「現在演奏的是流傳於波爾艾南之村的曲子嗎？」

「華格納。」

面對賽拉小姐的問題，蜜雅搖搖頭後回答這個名稱。

蜜雅用魯特琴演奏的是華格納〈女武神的騎行〉。

我只是讓她聽過一遍手機裡的鈴聲就完全記住了。儘管樂器不同，不過蜜雅似乎自行做了這方面的改編。

「蜜雅妳在幫訓練中的士兵加油嗎？」

「受人之託。」

蜜雅的視線盡頭可見到前騎士身分，被全權委任重新編組領軍的佐圖爾爵士。

他似乎正在士兵們的比賽中擔任評審，並未察覺到這邊的動靜。

「接下來！娜娜小姐與卡麗娜小姐的組合對戰莉薩小姐！」

佐圖爾爵士這麼高聲宣布後，士兵當中走出了三名少女。

搖曳著朱紅色頭髮最先進場的人是橙鱗族的莉薩。除了脖子和手腕處都覆蓋橙色鱗片以及蜥蜴般的尾巴之外，其外表就和人族沒有什麼兩樣。

在我的同伴當中是等級最高的十四級。

她身上的黑色鎧甲是我親手製作的。

材料使用了許德拉的皮和堅殼果實，防禦力比起鋼鐵打造的還要高出許多。由於只比皮甲稍重，也不至於影響到莉薩的敏捷身手。

儘管是很令我自豪的成品，但許德拉的皮和堅殼果實的外殼都是黑色系，缺點就是著裝者看起來具有威迫感。

「喂，你們看那個亞人手裡的長槍。」

「是利用魔物的部位打造的武器嗎……真是罕見。」

「可能原本是迷宮探索者或魔獵人吧。」

神殿騎士們見到莉薩的魔槍後紛紛這麼談論著。

迷宮探索者還能理解，魔獵人聽起來好像很強的樣子。晚餐時間再請教他們關於魔獵人的事情好了。

「主人。」

繼莉薩之後進入比賽場地的娜娜在發現這邊後大動作揮手。伴隨著揮手的動作，那金色的頭髮和豐滿的胸部也一併晃動著。

稱呼我為主人的娜娜也穿著和莉薩一樣的鎧甲。不同於身材苗條的莉薩，娜娜的胸部很大所以在加工堅殼果實時費了一番工夫。

「莉薩，主人正在那裡觀戰——這麼報告道。」

經娜娜這麼告知後，莉薩帶著凜然的表情往這邊行了一禮。

娜娜的外表完全像個高中生年紀的人族，但她實際上為人工製造的魔造人，距離被製造出來還未滿一年的時間。

因此情感表現和用字遣詞難免會顯得笨拙。

有了「化人護符」這項隱蔽道具，就算面對鑑定之類的技能也不會有暴露出魔造人身分的危險。

她在我們造訪穆諾男爵領之後的戰鬥當中一直擔任盾牌角色，所以目前已經提昇到十級。

最後進入比賽場地的是穆諾男爵的次女卡麗娜。

她以空翻飛越士兵們頭頂的華麗方式登場。

這種特攝片般超乎常人的跳躍力是出自她裝備的祕寶「具有智慧的魔法道具」拉卡，其名為「超強化附加」的身體強化所致。

飄逸著深金色的法國捲髮，她來到娜娜的身旁。

卡麗娜小姐的等級只有八，但比起當初昏倒在森林時可說有長足的進步了。

「好壯觀……」

「你自己可以去抓啊。」

男性騎士的讚嘆聲和女性騎士發出的抱怨聲分別傳入我的耳裡。

這些感想應該是針對卡麗娜小姐那對必須用嘆為觀止來形容的魔乳吧。和她站在一起，就連擁有E罩杯的娜娜看起來也胸部縮水了。

「——開始！」

伴隨佐圖爾爵士的信號，將長槍舉至下段的莉薩往舉著大盾的娜娜發動突擊。

莉薩的槍觸及娜娜的大盾之前，透明的魔法「盾」便擋住了長槍。

「嗯，拿大盾的女孩是術理魔法使嗎——既然沒有法杖，大概是用戒指當作觸媒吧。」

男性騎士這麼評論娜娜。

很遺憾，娜娜使用的並非術理魔法，而是魔造人具備的「理術」種族固有能力。

不同於術理魔法，其優點是不需要詠唱，但僅能使用一開始就準備好的法術則是缺點所在。

另外，使用時額頭上會出現魔法陣，倘若沒有像這次裝備頭盔遮掩，就會變得相當醒目。

「捲髮的女孩……居然是藍光？」

「莫非是某種聖鎧嗎？」

見到躲在娜娜身後的卡麗娜小姐，騎士們發出驚訝的聲音。

『卡麗娜小姐！』

「好的，拉卡先生！」

在拉卡富有磁性的男聲催促下，卡麗娜小姐從娜娜後方對莉薩發動了偷襲。

拉卡的核心零件發出藍光，其殘留的軌跡告訴我卡麗娜小姐目前的動態。

「好快！那動作是怎麼回事？」

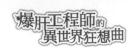

為了迎擊卡麗娜小姐速度過人的偷襲，莉薩單手持槍大動作橫劈進行威嚇。

這時，娜娜施放了「魔法箭」作為掩護。

喂喂，練習賽當中別使用魔法啊。稍後必須叮嚀一下娜娜才行。

「哦哦！好快的詠唱速度！」

「不會吧？那個居然能夠防禦？」

莉薩彷彿要倒地一般壓低身子躲過了「魔法箭」。

看準身體失去平衡的莉薩，娜娜發動了將盾牌撞向前方的盾擊。

盾牌的位置高了點，而且——

砰——沉重的聲響過後，被擊中的某人滾落在比賽場地裡。

「唉呀呀，打到自己人了嗎……」

正如女性騎士的喃喃自語，未考慮相互配合就衝進去的卡麗娜小姐成了娜娜盾擊下的犧牲品。

拉卡架起的白光鱗狀小盾碎裂成無數四散。

「她不要緊吧？」

「沒問題哦。您看，她站起來一樣活蹦亂跳。」

賽拉小姐出言關心遭到完美安打的卡麗娜小姐，而我則是這麼對她投以微笑。

拉卡的防禦力相當強悍，甚至遭受等級二十的下級魔族攻擊也不會讓裝備者受到一絲傷害。

截至目前為止，除了我之外沒有人突破過拉卡的防禦。

三人的戰鬥始終在莉薩保持優勢的情況下進行。

其原因並非等級差距，而是娜娜與卡麗娜小姐的配合度不佳。

娜娜可以使用理術，卡麗娜小姐則是擁有拉卡的超強化，所以等級上的劣勢不能當作藉口。

不久，娜娜被宣判無法戰鬥，形成了莉薩對卡麗娜小姐的局面。

拖曳著魔槍散發的紅色殘光，莉薩向卡麗娜小姐刺出全力一擊。

「——魔刃？」

「不，還未成形……」

騎士的發言令我感到在意，於是便轉頭詢問：

「還未成形嗎？」

「嗯嗯，那女孩才剛開始學習魔刃而已。我的前輩在學習魔刃的前半年，戰鬥時都會帶有那種魔力的殘渣。」

原來如此，很有用的情報。

目前的莉薩大概是處於技能點數不足以用來學習魔刃技能的狀況。

等踏上旅程後，再優先讓莉薩負責和魔物戰鬥吧。

就在這麼思考的期間，三人的戰鬥已經結束，正在接受佐圖爾爵士指正比賽中的反省重點。

我向同伴們揮揮手離開現場，繼續替賽拉小姐帶路。

「剛才那位捲髮女孩是穆諾男爵的千金嗎？」

「是的，她在前些日子的穆諾市防衛戰當中也活躍於最前線。」

我在和神殿騎士們交談時透露了卡麗娜小姐的身分後，賽拉小姐感到相當吃驚。

「簡直就像公主大人您的姊姊琳格蘭蒂大人一樣。」

「別叫我公主大人。說得也是……姊姊她身為公爵千金卻很喜歡戰鬥訓練。」

「魔法也是哦！例如讓王立學院失落的兩系魔法再度復活，在賽利維拉的迷宮中打倒『樓層之主』，最佳證據就是獲得當代勇者大人的邀請成為隨從了！」

女性騎士用閃閃發亮的眼神講述著賽拉小姐的姊姊創下的豐功偉業。

倘若她所言屬實，賽拉小姐的姊姊似乎是個超乎常人的厲害人物。

或許是和自己的姊姊存在隔閡，賽拉小姐對於這番稱讚毫無反應。

仔細一看，她將手緊緊握至手指發白的程度。

就彷彿在壓抑著即將要爆發的感情。在她那始終平穩的表情下或許存在著激情的一面吧。

我推敲著對方內心的糾葛之際，前方兵舍的二樓處傳來充滿活力的聲音。

「啊！是主人喲！」

從窗戶探出身子，不斷搖著手和尾巴的是犬耳犬尾的波奇。

她負責和受保護的孩子們一起打掃兵舍，所以如今是白色襯衫搭配黃色短褲的輕便打扮。胸前蝴蝶般的領結是其魅力所在。

請女僕們幫忙修剪的褐色頭髮變成漂亮的鮑伯頭髮型，使得波奇的可愛度大增。

「真的～？」

貓耳貓尾的小玉忽然從波奇的後方探出臉來。

那純白色的短髮輕盈晃動。有別於愛好活動的外表，喜歡可愛裝飾的小玉穿著粉紅色的褲裙，上半身和波奇同樣都是白色襯衫。

雖然也打著和波奇一樣的蝴蝶領結，不過邊緣是以蕾絲裝飾。

「——耳族？」

賽拉小姐見到兩人的模樣後，我可以聽見她這麼輕聲訝異道。

看來即使在歐尤果克公爵領，貓耳族和犬耳族也是相當罕見。

將腦袋縮回窗戶另一端的小玉和波奇，過了不久便從兵舍的入口處跑了出來。

兩手似乎還捧著什麼東西。

「打掃結束了嗎？」

「系～」

「完成後跟大家一起在閣樓探險喲。」

兩人抬頭挺胸，一副希望獲得稱讚的表情。

我撫摸兩人的腦袋並誇獎「真了不起」後，她們看似很癢一般瞇細眼睛「嘿嘿」笑著。

「對了，妳們兩個拿著什麼東西？」

被這麼一問，兩人便將雙手捧著的東西遞到我面前。

「獵物～？」

「主人，請看這個喲！」

或許是被我的話吸引，身旁的賽拉小姐也一起查看兩人的手中。

「呀！」

賽拉小姐發出可愛的尖叫，以相當豐滿的肢體擠壓著我的右手臂。

我猜得果然沒錯，好像是C罩杯，說不定已經快到D罩杯的程度了。

賽拉小姐似乎被兩人手裡的老鼠嚇了一跳。

「竟敢對賽拉大人無禮！」

位於後方的女性騎士這麼怒道，同時傳來拔刀的聲響。

「請等一下。」

我轉身護住兩人，在對方面前的伸出可以活動的另一隻手加以制止。

所以緊緊抱住我手臂的賽拉小姐會變成被我摟在胸前的狀態也是不可抗力的。

這必定是幸運色狼之神在庇佑我。

「你這無恥之徒！快離開賽拉大人！」

激動的女性騎士對準我的頭部揮出劍來。

她或許打算用劍脊毆打，但要是被鋼鐵這麼猛烈擊中一定會受到重傷。

我看準即將命中之際曲膝躲避對方的劍。

「啊嗯！」

閃避的動作讓我的臉撞向賽拉小姐的胸部。我向天地神明發誓，這絕對不是有意的。

甩開短暫包覆臉部的幸福感，我離開賽拉小姐的身體並誠懇地向她賠罪：

「失禮了，賽拉大人。」

「是……是的……這屬於不可抗力，我並未放在心上。」

賽拉小姐只是臉頰微紅便原諒我，但她的隨從似乎不肯善罷甘休。

「賽拉大人，請到我後面來。」

女性騎士站在賽拉小姐身前，用劍指向這邊。

「伊娜，把劍收起來。」

「可是……」

「快收劍，伊娜。」

「——是。」

在賽拉小姐和男性騎士的命令下，女性騎士才不情不願地收劍入鞘。

「主人，波奇和小玉是不是做了壞事喲？」

「有的人討厭老鼠，所以不可以突然在外人面前把老鼠拿出來哦。」

我用淺顯易懂的方式教導淚眼汪汪的兩人錯在什麼地方。

「知道了喲。對不起，讓妳嚇了一跳喲。」

「對不起。」

兩人一臉反省地低頭道歉後，賽拉小姐帶著柔和的微笑接受了她們的賠罪。

兵舍的入口處，跟小玉和波奇一起打掃的孩子們探出臉在觀察這邊。

「剛才嚇到你們了吧。已經不要緊了哦。」

察覺到這一點的賽拉小姐柔聲呼喚，孩子們便一個接著一個來到兵舍外頭。

「士爵大人，都打掃好了哦。」

「掃得很乾淨。」

「我們都很努力哦。」

小學低年級左右的孩子們陸續聚集在我的周圍。

我稱讚他們「大家都很了不起哦」，然後透過口袋從儲倉裡取出甜餅乾每人發放一個。

這是他們努力工作的獎勵。

眾人和打掃完畢的孩子們一同前往他們所居住的兵舍。

這些孩子剛才打掃的兵舍，則是給歐尤果克公爵領的士兵逗留期間之用。

「在這裡生活還愉快嗎？」

「嗯！白天跟晚上都有東西吃哦！」

「有時候還可以吃到肉乾！」

年長的孩子們很有精神地回答賽拉小姐的問題。

雖然很想讓他們吃好一點的食物，不過考慮到我們離開穆諾男爵領之後的情況，就避免過度提高孩子們的生活水準了。

至於偶爾慰勞大家一些好吃的東西，這種行為就請睜一隻眼閉一隻眼了。

一來到他們的居住兵舍，蒸魚和香草的氣味就瀰漫而來。

「好香～？」

「是竹葉魚板的味道喲。」

「竹葉魚板是什麼樣的東西呢？」

大概是無法從小玉和波奇的話中想像得到，賽拉小姐向我投來求助般的目光。

「就是將魚肉泥和香草一起蒸過後烤成小型板狀的食物。」

不同於在上游吃過的魚，穆諾市前方河川中捕獲的魚有很重的土味，所以和香草一起蒸煮並做成這種橢圓形的魚漿製品。儘管和真正的竹葉魚板只有形狀相似，但由於亞里沙的命名已經深入人心所以就保留下來了。

製作竹葉魚板是改善糧食問題和創造穆諾市特產品的一舉兩得之策。

在向賽拉小姐說明的期間，我們來到可看見女性們在兵舍旁的空地製作竹葉魚板的位置。

在這些女性當中指導著竹葉魚板做法的女僕裝少女這時回頭喊道：

「主人！」

用開朗的悅耳聲音這麼呼喚我的人是黑頭髮黑眼睛，有一張日本人臉孔的露露。倘若有三個露露，其秀麗的容貌大概就不只是傾城，而是能讓整個太陽系也為之傾倒了。

舞動著藍色迷你裙女僕裝的裙襬，露露腳步輕快地跑過來。這女僕裝是和亞里沙一起試作的，採用了在秋葉原一帶常見的設計。

臉上那副笑容，要是像波奇一樣擁有尾巴的話，大概會一邊搖個不停吧。

「哇！真是太醜陋了。」

「別這樣。辱罵他人容貌有損神殿騎士的品格。」

「可是——」

我身後的騎士們毫不留情地批評跑來的露露。

希嘉王國的美醜基準似乎和日本不同，露露這位超級美少女在他們眼中反而變得醜陋。

真是的，明明就這麼可愛，實在令人遺憾。倘若不是壓低了音量沒有讓露露聽見，我大概會要求他們賠罪吧。

「主人，加了牛蒡和紅蘿蔔的試作品已經完成，可以請您吃一下嗎？」

「嗯嗯，我會的。露露，這位是特尼奧神殿的賽拉大人。」

「初……初次見面！」

經我這麼介紹後，她一副焦急的模樣低頭向賽拉小姐行禮。

西洋美少女賽拉小姐和東洋美少女露露像這樣站在一起真是令人大飽眼福。要是直接組成偶像團體，或許可以征服整個世界吧。

「試吃～？」

「波奇也很『特意』試吃喲。」

——波奇，那個叫「樂意」。

露露被小玉和波奇牽著手，帶往烤製竹葉魚板的地方。

我則是催促著賽拉小姐走向其他的女性。

「士爵大人。」

我們靠近後，一名從事竹葉魚板製作的女性代表便走上前來。

「狀況怎麼樣？」

「是的，託您的福已經沒有人挨餓或受凍，大家都過得相當健康。」

這位老婦人在前育幼院裡擔任過院長，那恭謙有禮的說話方式實在不像是平民區出身。

「您今天前來有何要事呢？」

見到我身後的賽拉小姐和神殿相關人員，前院長困惑地這麼問道。

「用不著那麼戒備哦。這些是特尼奧神殿的人士，專程前來慰問大家。」

我簡單說明，接下來便讓賽拉小姐主持全場。

「慰問嗎？那真是太感謝了。」

「請不用那麼客氣。我只是想過來治癒那些臥病在床或者受了傷無法工作的人。可以請妳幫忙帶路嗎？」

賽拉小姐向態度惶恐的前院長投以平易近人的笑容。

「呃，這個……」

欲言又止的前院長轉頭望向我這邊。

「怎麼了嗎？」

賽拉有些疑惑地看著前院長。

「其實，這裡並沒有人受傷或生病。」

「怎麼會……是傷病者被隔離在其他場所嗎？」

心生誤會的賽拉小姐用鄭重的表情追問前院長。

「不，不是的。是潘德拉剛士爵大人他——」

「他？」

賽拉的氣勢讓前院長吞吞吐吐。

「用魔法藥治好了！」

「蜜雅大人也是，用魔法治療大家的傷勢哦！」

躲在我身後的孩子們代替院長說出了實情。

「魔法藥？」

「莫非是發放了昂貴的魔法藥嗎？」

騎士們紛紛發出困惑的聲音。

「這是真的嗎？」

「是的。包括那些只能等待死亡的重病者或骨折而無法動彈的人在內，好幾十人都因為士爵大人賜予的魔法藥而痊癒了。」

倘若只聽前院長的敘述，我就彷彿一個品德高尚的人。

這其中當然也有希望治療他們的用意，但實際上我只是想確認完成的各種魔法藥究竟有多少效果。

治療疾病的藥依症狀而有不同的種類，所以這次的經驗對於往後很有幫助。

特別是病例眾多的各類性病，只要不是處於末期階段，所有種類都能完全治好。

「不僅如此，為了讓大家將來能夠自食其力，甚至還協助訓練了一技之長。」

「唉呀，真是設想得太周到了！」

面對前院長和賽拉小姐投來的尊敬眼神，我感到背部有些發癢。

我自己只是需要人手來製作特產品，並不像她所說的那樣有什麼太深的想法。

這時，一個打破尷尬狀況的歡樂聲音響徹兵舍的牆壁。

「找到了——！主人～」

亞里沙頂著凌亂的蓬鬆紫髮跌跌撞撞地跑過來。

粉紅色的連衣裙搭配一件胭脂色的開襟毛衣，其兩手捧著某種白色的東西。

紫色的眼眸比起平常更加閃亮。

「不吉利的紫髮？」

「好像會被詛咒的感覺……」

見到亞里沙的頭髮，騎士們彼此這麼議論著。

亞里沙在旅行期間都戴著金色假髮，但來到少有偏見的穆諾城後就一直以原本的髮色行動。

「不可因迷信而看輕他人。」

賽拉出言斥責騎士們。

「你看！我拿到飯糰了！也分給主人一個吧！」

亞里沙炫耀般地向我遞來只用白米捏成的飯糰。

「妳在哪裡找到白米的？」

我接過飯糰後這麼詢問亞里沙。

「就在公爵領送來的支援物資裡！然後我請主廚蓋爾德女士幫忙煮好，就一直在尋找主人想要讓你品嚐。」

滿臉激動的亞里沙氣喘吁吁地說了這麼一大串。

明明不擅長運動卻一路從城堡跑來，真虧她能找到這邊。

「謝謝妳，亞里沙。」

「呵呵～嗯，幸福就要彼此分享才行啊！」

亞里沙在我道謝之後露出滿足的微笑，豪爽地咬了一口飯糰。

「好吃～？」

「波奇也想要吃一口喲。」

小玉和波奇看似很落寞地這麼詢問亞里沙。

「抱歉，我只帶了兩個過來哦。廚房裡還有，稍後冉過去拿吧。」

「系！」

「好喲！」

聽著三人的對話，我一邊將飯糰藏在寬鬆的袖子裡並收進儲倉。

拿到久違的飯糰雖然很開心，但我還不至於在替賽拉小姐帶路的這個時候忘情地咬上一口。

話雖如此，要是對亞里沙這麼說就等於潑了冷水，所以我並不會那麼不解風情。今晚不行，但起碼等到明天早上我再做些適合搭配白米的日本食物讓亞里沙大快朵頤好了。

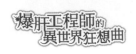

在那之後，眾人又造訪了市內的特尼奧神殿，並且四處參觀平民區的貧民窟原址中開闢出來的加波瓜田和長屋的建設狀況。

當晚，穆諾城用來招待貴族的餐廳裡舉辦了晚餐會。

穆諾男爵領方面的參加者為男爵、男爵千金索露娜小姐和卡麗娜小姐，還有妮娜執政官和我五人。歐尤果克公爵領的參加者則是賽拉小姐、一名神官、帥哥文官和八名騎士，總共十一人。

我坐在穆諾男爵領這邊的末座，卡麗娜小姐的隔壁。

由於歐尤果克公爵領一方的人數較多，所以我的另外一側坐著年輕的神殿騎士們。

「那麼，為了歐尤果克公爵和特尼奧神殿的繁榮與和平——」

眾人伴隨穆諾男爵的致詞一塊乾杯，在男爵領並不常見的豐盛餐點也被端上桌。

在希嘉王國，上餐的方式是像法式料理全餐那樣一盤一盤依序端出。

和法式料理不同的是，希嘉王國的順序為湯、前菜、沙拉、魚、麵包、肉和甜點。

雖然幫忙製作了食譜和準備材料，但最終步驟就全憑蓋爾德主廚她們的手藝了。

相信一定會讓大家享受到風味絕佳的料理。

最初端到大家面前的是裝有湯的深盤。

「喂，希斯。領主的晚餐會裡居然有鹹湯……」

「閉嘴，伊娜。男爵領的糧食不足，這也是沒有辦法。」

「說得也是。反正我聞到很香的味道，就期待一下之後的料理吧。」

透過順風耳技能，我聽見隔壁的女性騎士正和身邊的男性騎士這麼輕聲對話。

兩人看似很不情願的樣子將湯匙放入透明的湯裡。

接著，就在湯匙放進口中的瞬間，兩人的動作頓時僵住。

「——真好喝！這是什麼！」

「別跟我講話。我忙著在品嚐這道湯。」

女性騎士發出讚嘆聲，男性騎士則是表情鄭重地將湯送入口中。

這樣的光景陸續出現在房間的各個角落。

我向見到客人的反應後面露笑容的侍餐女僕們偷偷豎起大拇指。

「我還是第一次喝到這種湯。這道料理究竟叫什麼呢？」

「潘德拉剛勛爵，你來回答吧。」

面對表情驚訝的賽拉小姐這麼詢問，妮娜女士將問題丟給了我。

「這個叫法式清湯。乍看很樸素，卻是溶入了各種材料美味的究極湯品。」

我用美食評論家一般的口吻說明道。

這種湯是我根據模糊的記憶，和穆諾城的蓋爾德主廚一起重現出來。

原本應該要呈現琥珀色，但不知道是哪個步驟出錯就變成了透明的湯。

可能是為了縮短烹飪時間而使用的蜜雅的水魔法，不然就是利用鍊成的方式提煉美味成分所導致。

除了看起來很像鹹湯這點以外並沒有什麼問題，所以我就不打算恢復原色了。

「我說，這個能不能再來一碗呢？」

「禮儀上來說是沒問題，但實際這麼做的人——」

隔壁的年輕騎士們傳來這樣的對話聲。

女性騎士似乎相當中意，找來牆邊待命的侍餐女僕，要求再來一碗湯。

或許是受到這個動作的影響，其他客人也紛紛要求再來一碗，直到所有的湯完全見底為止。

前菜是使用了竹葉魚板和起司的冷盤，旁邊還搭配了炸薯條和洋芋片。洋芋片的獨特口感受到眾人的歡迎。

另外，竹葉魚板和起司的組合則深受嗜酒之人的好評。

接下來的沙拉是將切成薄片的裝飾用芹菜放在葉菜類上方，切成細絲的白蘿蔔則擺放成鳥類羽毛的形狀。

這時可以聽見客人們在向侍餐女僕詢問關於沙拉醬汁的種類。

這次的醬汁除了在穆諾城大受好評的美乃滋和塔塔醬以外，還準備了第三種希嘉王國慣用的抑制了酸味的橘子醬汁。

保守的大人們選擇橘子醬汁，但大部分人都吩咐侍餐女僕將三種醬汁都同時淋上少許。

「這種白色的醬料真不錯。第一次覺得蔬菜這麼美味。」

「這邊的蔬菜是什麼？白色呈半透明狀，第一次吃到這種口感。」

「嗯～些許的辛辣感跟白色醬料相當搭配。」

騎士們吃著沙拉一邊進行這樣的對話。

「妳說白蘿蔔？」

與侍餐女僕交談過後，神殿騎士肯恩勛爵發出訝異聲。

我回想起當初選擇白蘿蔔沙拉的時候，蓋爾德主廚曾經說過「在公都有人會莫名討厭白蘿蔔」。

「是白蘿蔔嗎？我全都吃掉了哦。」

「吃了白蘿蔔會引來歐克根本就是迷信。」

「不過，這可是白蘿蔔哦？」

「我是第一次吃，不過相當美味。難道不合伊娜妳的口味嗎？」

「是很好吃沒錯啦——」

從騎士們的話中聽來，似乎是那些較迷信的人才會無故討厭白蘿蔔。

雖然沒有人提出怨言，但大家的反應比想像中更為激烈，以後在宴請公都人士時還是不要使用白蘿蔔好了。

這次由於沒有捕到好的魚，所以魚類料理的位子就改以天婦羅取代。

以炸蝦為主，另外還附加了三種蔬菜天婦羅。

醬料是普通的天婦羅沾醬。鹽巴雖然不錯，但這次只提供天婦羅沾醬一種。

「這種黃色厚厚的是什麼樣的料理？」

「不知道，我想應該很好吃。」

看樣子好像贏得了騎士們的信賴，實在有點自豪。

我在觀察客人反應的同時將炸蝦送入口中。

一開始先沾一點天婦羅沾醬之後食用。

酥脆的麵衣吸附了甘甜的醬汁在舌頭上撫過。

就這樣咬下去後，富有彈性的蝦肉讓牙齒享受到回彈的觸感。

噗滋一聲咬斷，然後咀嚼。

兩種口感在嘴巴裡相互混合，連同醬汁在內，三種滋味於舌頭上交融在一起。

真是太幸福了。

第二口則是沾滿了天婦羅沾醬，享受濕潤的麵衣口感。

有人或許會對此皺眉，但我認為這種濃郁的味道也是天婦羅的醍醐味之一。

外觀很像青紫蘇的葉片天婦羅似乎也獲得眾人接納，終於可以放心了。

之前心裡還在捏一把冷汗，擔心會不會有人抱怨：「搞什麼，讓我們吃葉子！」

至於主菜是長毛牛的炸肉排。

而且並非大塊的炸肉排，是切成一口的大小並花費了許多巧思。

有三塊普通口味，一塊塗了辣椒粉，最後一塊則是和起司一起油炸而成。

為了明顯區別，各種類的麵皮都有自己的顏色。

沾醬則是準備了膏狀的豬排醬。這是剛完成的珍品。

「這個也很酥脆好吃。」

「嗯——很辣。」

「很辣？是這種有點紅紅的嗎？」

「很辣但是相當美味。至於這邊稍微黃黃的則是有起司從裡面流出，妳會嚇一跳哦。」

「不要先講出來啊。這種酥脆感和流動的起司實在會令人上癮呢。」

聽著騎士們的對話，就連我也變得愉快起來。

原以為接連端出油炸物會讓人厭煩，但就像蓋爾德主廚她們保證「沒問題」那樣似乎毫無問題。

遺憾的是炸肉排無法再多吃。畢竟長毛牛的肉是很稀少的。

「唉呀！最後是鬆餅吧。」

「哦，是王都正在流行的鬆餅嗎？」

見到上方以生奶油裝飾的鬆餅後，賽拉小姐發出愉快的聲音。

坐在一旁的帥哥文官看起來也很高興。

「這個白色的東西就和剛才的一樣？」

「那種白色的醬汁大概不適合搭配鬆餅吧……」

「我從來就沒吃過什麼鬆餅哦。」

就連下級貴族階級也吃不到嗎？是因為蛋太貴了？

「好吃！這個實在很美味哦。」

「真的。比我在王都吃過的更加美味。而且還有兩層，中間好像夾了水果薄片。」

「上面白色的東西是怎麼做出來的？光是這個就想讓人帶回去當紀念品了。」

「甜甜的很好吃。配上古魯里安市的名牌糕點應該能做出更加美味的點心。」

似乎廣受好評，真是太好了。

男性騎士提到的那個名牌糕點還真想去吃吃看。

我在公爵領的預定行程筆記中加入了「在古魯里安市品嚐名牌糕點」一項。

就這樣，晚餐會在賓客們滿足的嘆息聲和眾多讚揚之中結束了。

在這之後，男性們在穆諾男爵的邀請下轉移至沙龍進行名為聊天的酒宴，女性們則是由男爵家長女索露娜小姐邀請至接待室舉辦茶會。

沙龍在開始後的頭一個小時裡呈現渾沌不明的狀態。

「——潘德拉剛勛爵！你應該來服務我們羅伊德家才對。」

「等一下，伊帕薩勛爵。只要我『鐵血』妮娜還有一口氣在，可絕對不允許有人挖走我們穆諾男爵領的第三位貴族哦？」

儘管我之所以排入第三位，是因為領內擁有爵位的貴族僅有三人而已。

講究飲食的伊帕薩勛爵這已經是第四次遊說我擔任家臣，而打從妮娜女士插手之後則是第三次了。

就在臉上帶著討好的笑容傾聽兩人的對話之際，我被後座的人猛然拉動肩膀。

「你聽到了嗎？潘德拉剛勛爵。」

「是的，當然聽到了。」

「與魔族交手，像這種事一輩子都不知道能否遇到一次……幸運降臨在你身上，而我就沒有這般的好運造訪了。我和你的差別僅此而已。知道了嗎？」

唔，那種幸運我寧可一輩子不要。

既然對方想要，我恨不得將這個機會用熨斗燙整齊之後送給對方。然而說出口的卻又是另一番話。我這種懂得察言觀色的心態實在很像日本人。

「是的，一點也沒錯。」

「不，你根本就不了解——」

「肯恩勛爵，你喝得太多了。」

「潘德拉剛士爵，這邊請。」

兩名神殿騎士從喝醉酒後糾纏不放的肯恩勛爵手中將我解救出來。

年輕的神殿騎士某某勛爵接著帶我來到房間角落，正在和帥哥文官大肆談論勇者的穆諾男爵處避難。

「——根據書中記載，王祖大和大人退位後仍以光圀公爵的身分持續展開旅程，揭發各領地的不法情事。您聽聞過有此一說嗎？」

「嗯，當然知道了。」

「哦哦！不愧是勇者研究的第一人！竟然知曉只有平民才會知道的故事！」

「這番誇獎真是難為情啊。不過，王祖大和大人在迷宮下層降服了『骸骨之王』和『吸血鬼真祖』，最後與『鬼族之王』交戰並喪命的故事《賽利維拉的深遠》在世人眼中太過出名，像這種導正社會風氣的事件卻僅有平民知道，實在令人感到遺憾啊。」

「畢竟貴族和騎士都喜歡那種令人手心冒汗的戰鬥事蹟啊。」

……不知道哪些部分才是真實的，但王祖大和似乎經歷了相當驚濤駭浪的人生。

我選在兩人對話停頓的時候出聲：

「方便容我聽聞一番嗎？」

「有幸獲得穆諾市防衛戰的英雄請教，真是惶恐至極。」

帥哥文官似乎不太會喝酒，口吻已經變了一個樣。

——話說誰是英雄啊？

「關於王祖大和大人的故事，我有自信能與男爵閣下展開論戰。請儘管發問吧。」

唔，我並非要發問，只是覺得勇者的故事很有趣想要聽聽看罷了。

面對小孩子一般挺起胸膛的帥哥文官我實在無法出言否認，只好隨便問個問題：

「王祖大和大人交手的魔王究竟是什麼樣的對手呢？」

「應該是『黃金豬王』吧。」

——黃金？

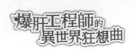

吧。

會是下級魔族提過的「黃金陛下」嗎？

既然對方聲稱要復活魔王，考慮到過去曾經出現的魔王可能捲土重來，還是好好聽下去吧。

「據說對方那閃耀金色光輝的身體就連聖劍也能彈回，雙手持拿的柳葉刀更殺害過兩位勇者，是魔王中的魔王。王祖大和大人甚至也兩度敗退，直到第三次獲得天龍的協助才終於戰勝這個最強的魔王。」

帥哥文官如魚得水般滔滔不絕地講述。

喝醉酒的人說話有多少真實性不得而知，不過話中聽來勇者應該有三個人。

既然能夠將聖劍反彈，也就是具備無敵狀態了嗎？

「嗯，我對這番見解有異議。既然說到最強，難道就不是神話時代到處破壞世上神殿的『狗頭魔王』或迫使巴里恩神請求龍神召喚勇者的『哥布林魔王』嗎？」

「嗯嗯，『哥布林魔王』連精靈們的光舟也能夠擊沉，是神也無法排除的大魔王。這點我很清楚。不過！『狗頭』我就很有意見了。」

「可是，各神殿的聖典裡可是將其記載為神敵哦？」

「是的，實力方面我並沒有異議。不過，那『狗頭』並非魔王而是魔神的眷屬。沒錯，下官認為應該將其稱為『狗頭邪神』才是。」

帥哥文官的口吻變得更加奇特，整個人搖頭晃腦地講述著。

嗯，像這種強得一塌糊塗的敵人情報就不需要了。

要是豎起怪怪的旗標而導致他們接連復活的話就太可怕了。

特別是那個「狗頭」先生，絕對不想見到他！

沒錯，換個話題好了——

「關於王祖大和大人的等級，紀錄上是否有過記載呢。」

「各家說法都有，但根據剛才的《賽利維拉的深遠》所述，等級已到了超乎常人的八十九級顛峰。」

「嗯。可是，既然歷代的勇者幾乎沒有人超過七十級——」

「您身為穆諾男爵，莫非也推崇由於沙珈帝國的初代勇者為八十八級，所以後世的希嘉國王為了對抗而捏造出來的說法？」

看來異世界裡似乎也存在著國家間的顏面之爭。

由於兩人的對話逐漸白熱化，我便看準時間再次拋出話題：

「可以請您談談王祖大和大人的聖劍嗎？」

「是王祖大人所打造的聖劍朱路拉霍恩嗎？」

王祖所打造……這個人實在是多才多藝，反而太不真實了。

總覺得我手中的聖劍製作法很可能就出自於王祖本人。

「還是巴里恩神所賜予的『神授聖劍』呢？」

「麻煩您講述後者。」

「其實王祖大和大人在被沙珈帝國召喚為勇者時留下了許多逸聞。關於當時手持的聖劍究竟是『迪朗達爾』或『光之劍』都眾說紛紜……」

說到聖劍迪朗達爾，如今就放在我的儲倉裡。

「可以請教王祖大人與魔王交戰時所用的聖劍嗎？」

「那麼就是聖劍『光之劍』了！其中著名的一節寫道『起舞吧，光之劍。化為十三片刀刃飛舞於天空』——」

有自動導向機能、分身機能和伸縮機能。我們從聖劍這些可信度薄弱的荒誕話題切換至至王祖的各種逸聞，愉快的對話一直持續到帥哥文官整個人醉倒為止。

感覺現在好像可以整理出一本勇者大和的大冒險了。

◆

距離晚餐會之夜過了四天，配合賽拉小姐一行人的回程，我們也到了要啟程離開穆諾男爵領的時候。

賽拉小姐一行人已經先出發，我們的馬車則是最後才啟程。

另外，和賽拉小姐他們同行的並非只有我們，卡麗娜小姐與其近侍們也一起。

卡麗娜小姐此行是以使者身分經由公都前往王都，準備將敘述了穆諾男爵領魔族騷動始末的書信親手交給國王。

據說整個穆諾男爵領只有穆諾男爵本人和妮娜女士才具備合適的爵位可以擔任晉見國王的使者，但兩人目前都無暇離開領地。

所以就改為派遣身分次一級的男爵千金前往，最終則是卡麗娜小姐雀屏中選。

儘管好像已經先透過都市核間通訊的功能向國王報告完畢，但還是必須由領主的代理人親自跑一趟以表達對國王的禮貌。

就在想著這些事情之際，駕駛台上的露露出聲呼喚：

「主人，差不多可以出發了。」

穆諾城停車場的馬車數量正如露露所言已減少許多，很快就要輪到我們了。

「佐藤，一路上就拜託你照顧卡麗娜了。」

「是的，在抵達通往波爾艾哈特市的岔路口之前請包在我身上。」

我換上笑容回答愛操心的穆諾男爵。

所謂的波爾艾哈特市就是位於歐尤果克公爵領的矮人自治領。

由於還沒遇過在奇幻世界裡超級有名的矮人，所以我對於造訪波爾艾哈特市一事非常期待。

「護送完卡麗娜小姐之後就可以回來了哦？」

「這可不行，畢竟我還得將蜜雅送到波爾艾南之森。」

面對妮娜女士半真半假的俏皮話，我則是這麼回應道。

我請她寫了好幾封介紹信準備給那些有權勢的貴族，同時也受她委託要幫忙傳遞數封信件。

「真希望你至少把亞里沙留下來。要是沒有那孩子，我的工作量就會加倍了。」

「不行啊～不待在達令身邊的話我就活不下去了。」

冷不防現身的亞里沙這麼回答妮娜女士的牢騷。

本來很想抗議誰是達令，不過亞里沙一向這麼胡言亂語，姑且當作耳邊風吧。

對於頂著一副很想被吐槽的表情偷偷往向這邊的亞里沙，我決定稍後再理會。

比起這個，從剛才就一直緩緩靠過來的女僕們才比較可怕。

她們每個人都將手放在胸前，用含淚的目光注視這邊。

——呃～？

我並未對她們任何一個人下手，為何會有這種彷彿小狗被拋棄的氣氛？

「士爵大人，請不要走。」

往前踏出一步的紅髮苗條女僕這麼呼喊，然後緊緊將我抱住。

——真可惜，要是再豐滿一點就好了。

以她為開端，其他女僕們也接二連三地抱住我加以挽留。

其中甚至有人收不住力量而親到了我的臉頰和額頭。倘若我對小女孩有興趣，大概會感動萬分吧。

話說回來，蘿莉體型的女僕們動作實在太快，讓我錯失了能夠與身體曲線誘人的成年女僕們相互碰觸的機會。

儘管亞里沙和蜜雅警告「不可以色迷迷」同時從後方踢來一腳，不過就當作沒有這回事吧。

「士爵大人，請您永遠留在這裡！」

「是的！沒有士爵大人的話誰來做可麗餅給我們吃呢？」

「比起可麗餅，請您再做一次炸雞塊！」

「乾脆入贅進來永遠幫忙做飯。」

「起碼把小玉留下來！」

「妳在說什麼啊！波奇才比較可愛吧。」

「我不要，以後再也聽不到蜜雅大人彈奏的曲子了。」

不過，慰留我的原因有一大半都出於食物嗎……我並未刻意拿食物來吸引過她們，但似乎在無意中牢牢抓住了她們的胃口。

——唉呀？

察覺雙腿傳來熟悉的觸感，我垂下目光望去——是小玉和波奇。

她們抱住我的腳想要做什麼？

這兩人頂著閃閃發亮的圓滾雙眼向上望來。她們大概以為這是一種彼此推來推去的遊戲吧。

女僕長拍了拍手吸引女僕們的注意：

「各位！我知道妳們很捨不得，不過士爵大人會很困擾哦。」

「是啊，餐廳裡還有士爵大人烤好的磅蛋糕呢。今天早上的工作先完成的人可以先吃。」

此時再穿插了蓋爾德主廚的發言後，女僕們就像退潮一般往後退開了。

——實在覺得有些落寞。

「還沒吃早餐吧？雖然比不上士爵大人的手藝，不嫌棄的話還請用。」

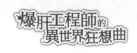

「謝謝。我會心懷感激享用的。」

我將從蓋爾德主廚手裡接過的便當交給駕駛台上的露露。

「差不多要出發了嗎？要是厭倦旅行的話歡迎隨時回來。」

「我在迷宮都市修行一兩年後就會回來。」

點頭回應妮娜女士的這番話，我便坐進馬車裡。

「小玉和波奇千萬拜託你照顧了。」

穆諾男爵就像在嫁女兒一般這麼叮嚀著。不，是比自己的親生女兒還要關心。逗留期間，由於他就像對待孫女一樣相當疼愛小玉和波奇，所以會這麼依依不捨也是可以理解。

「是的，包在我身上。」

我這麼回答一臉擔憂的穆諾男爵。

「沒問題～」

「波奇一直都很有精神喲！」

收下索露娜小姐用小布袋裝著的點心後，小玉和波奇轉身向穆諾男爵精神百倍地這麼回答。

我讓小玉和波奇坐上馬車，然後跟兩人一起從窗戶探出臉來向穆諾男爵等人揮手道別。

穆諾男爵他們身後除了女僕之外還有城內的傭人和受保護的孩子及老人們，總共有好幾十人都一起前來送行了。

當然，索露娜小姐和前冒牌勇者哈特，以及包括佐圖爾爵士在內的士兵們也都在送行隊伍當中。

莉薩和娜娜騎著馬在前方開路，我們的馬車就這樣離開穆諾城。

告別氣氛比想像中還舒適的穆諾市，我們踏上了前往歐尤果克公爵領的旅途。

前往矮人之村

「我是佐藤。小時候看到繪本裡出現的小矮人，直到中學時才知道有許多種類。記得當初看到那本書寫著『矮人女性會長鬍子』時還嚇了一跳。」

自穆諾市出發之後過了五天，我們終於抵達通往波爾艾哈特市的岔路口。

由於人數眾多再加上領境的山岳地帶相當崎嶇，所以移動起來比預期中花了更多時間。

旅途中曾經遭遇過好幾次魔物襲擊，但同行的騎士和軍隊都搶在我們之前解決掉，所以完全沒有任何出手的機會。

「那麼，我們就在此告辭。期待將來能在公都相會。」

「好的，來到公都的話請務必造訪特尼奧神殿。」

我在岔路口和賽拉小姐道別——不，是約定好將來再見面。

「佐……佐……潘德拉剛勳爵。你真的不和我們一起去公都嗎？」

卡麗娜小姐這麼懇求道，眼神就彷彿一隻被拋棄的小貓。

看來她還是一樣羞於直接稱呼我的名字。

「抱歉，卡麗娜小姐。我還身懷任務，要將妮娜大人的書信送到波爾艾哈特市。」

我藉助無表情技能小心地不讓表情放鬆，向卡麗娜小姐表達恕難從命的歉意。

因為很期待在波爾艾哈特市見到矮人，所以不能一起跟去——像這種話我實在說不出口。

「呵呵，潘德拉剛勛爵和卡麗娜小姐的感情真好。」

巫女畢竟也是女孩子。或許是賽拉小姐出奇喜歡戀愛的話題，只見她面帶愉快的笑容望著我們兩人。

儘管是誤會，不過要特地訂正的話——

「我……我跟這位先生並……並不是那種關係！」

「這麼否定的話，對方會覺得很失禮哦。」

卡麗娜焦急的辯解讓賽拉小姐的笑容更為加深。

……沒辦法，出手幫忙吧。

「賽拉大人，卡麗娜小姐相當純情，還請不要再繼續挖苦她了。」

「呵呵，說得也是呢。」

賽拉小姐很爽快地贊同我的意見，將話題轉回原來的方向。

「我們會在大河沿岸的古魯里安市逗留幾天的時間等人，潘德拉剛勛爵若是提前辦完事情，說不定我們可以在那裡會合。」

「那麼我就讓拉車馬努力一下，以求不辜負您的期待。」

從旅程考量的話應該是無法辦到，但我還是基於社交辭令這麼回答對方。

雖然就我自己來說根本無意讓馬兒逞強。

由於擋住街道太久也不妥當，我們便和賽拉小姐一行人道別，駕駛馬車出發前往波爾艾哈特自治領。

我們的新馬車是有四匹馬拉著的箱型馬車。

拉車馬增加，馬車本體也變得輕量，速度和持久力更勝於以往，一天可以行駛的距離增加了三成。

利用前往穆諾男爵領的路上所獲得的土石，我自行製作了斥力板原理的吸震結構。再加上新準備的柔軟靠墊後，使得旅途中的舒適度大為增加。

其他還附加了座位可以變形成為床鋪的快速變形結構。

另外，跟隨馬車的騎乘馬有兩匹，由莉薩和娜娜兩人裝備著鎧甲時常騎乘。

這麼做的用意是為了嚇阻盜賊。出發前我使用自製的滑翔翼調查歐尤果克公爵領之際發現了不少盜賊團，所以便採取了這樣的預防措施。

要打倒他們很簡單，不過善後工作卻比魔物更加麻煩，可以的話實在不想和對方扯上關係。

我從箱型馬車內部打開通往駕駛台的門，對露露開口：

「露露，換我駕車吧。」

「不行哦，主人已經成為貴族，必須讓我這個傭人擔任馭手才行。」

正如露露所言，後方還可以看到伴隨賽拉小姐一行人的步兵群。

儘管認為就算被看見也無妨，但既然露露看起來這麼開心我也就放棄駕駛了。

「說得也是。不過坐在妳旁邊應該沒關係吧？」

「是的，當然可以！」

露露將身體往一旁移開，然後用手拍了拍騰出來的位子。那模樣真是可愛。

我向露露道謝，一邊坐下來開始環視四周。

歐尤果克公爵領已經泛現春天的徵兆，新綠開始冒出嫩芽。

這個世界的季節變化似乎受到都市核的儀式魔法影響，所以不知道能夠套用多少在日本的知識。

不過……嗯，只要是駕駛馬車時不必挨凍的氣候都很值得歡迎。

「你們是在這裡卿卿我我嗎～」

彷彿看準了我會坐下，亞里沙用呆滯的口吻這麼抗議並緊緊抱向我的腰部。

不僅如此，還刻意將臉鑽進我和露露兩人之間。

「亞里沙妳真是的，這是吃醋了吧。」

露露面帶微笑撫摸著亞里沙的頭髮。

這時，小玉和波奇也彷彿要壓垮亞里沙一般坐了上來。

「嗚哦！」

「卿卿我我～？」

「要禁止喲。」

大概是很久沒有跟同伴們玩在一起，小玉和波奇顯得相當開心。

「禁止。」

和娜娜共乘一匹馬的蜜雅也不知什麼時候鼓起臉頰，用長杖輕戳我的肩膀。

「主人，請看前方——這麼建議道。」

娜娜騎在馬上指向前方以吸引我的注意。

朝那裡望去，只見莉薩在前方不遠處下馬，蹲在路肩的某褐色物體旁邊。

根據ＡＲ顯示，褐色的物體似乎是大野豬。

應該是跑出來偷襲莉薩卻反而被打倒了吧。

「今晚來煮野豬肉火鍋好了。」

「耶～野豬肉火鍋～」

「解體包在我身上喲。」

我打開地圖以確認附近是否有取水場。

「莉薩，往前一點有個村子，就在那裡取水吧。」

「是的，主人！」

我從萬納背包裡取出長棍和繩子交給莉薩作為搬運大野豬之用。

這個萬納背包是可以收納比表面更大容積物品的魔法背包。

由於最近獲得了這個萬納背包的劣化版，所以那個就放在莉薩騎乘的馬匹鞍袋內。主要用途是收納莉薩的魔槍。

當晚我們在進行解體作業的村子裡招待野豬肉，並將馬車停在村裡的廣場過夜。

村長得知我是貴族之後打算讓我們睡在他自己的家裡，但所有人一起上門打擾的話也不好意思，所以就斷然拒絕了。

◆

在村子裡過夜的兩天之後，自穆諾市出發的第七天，我們終於抵達了波爾艾哈特自治領。

這個自治領是歐尤果克公爵領地圖上的空白地帶，所以我便使用久違的「探索全地圖」魔法以取得情報。

說到矮人就會給人一種居住在地下坑道的印象，但根據探索全地圖獲得的情報，約有半數左右是居住在地面的城塞都市裡。剩下的一半似乎就與我的印象相符，住在與都市接鄰的礦山內。

這個矮人自治領並不大，包括幾座山在內的直徑大約為二十公里。

波爾艾哈特自治領內存在一座都市和許多村莊。都市的人口比例為六成矮人、兩成鼠人族、一成兔人族，至於剩下的一成就是人族及各式各樣的亞人種。

不同於其他都市，這裡幾乎沒有奴隸或農奴。

探索全地圖所找到的少數奴隸是屬於市外造訪的商人們所擁有。商人只有人族和鼬人族兩個種族，人族所占的比例較高。

矮人以外的妖精族僅有數名地精和守寶妖精，並不存在精靈。果真如奇幻故事的設定那樣，雙方的交情很差嗎？

腦中想著這些事情，我一邊切換地圖的搜尋條件。

以等級搜尋之後，超過四十級的強者有十人以上。全部都是矮人。等級最高的是一名叫杜哈爾的老矮人，他的等級高達五十一。

矮人整體的平均等級大約為七，所以剛才那些人應該是少數的例外吧。

順便確認了魔族、轉移者和轉生者，就跟歐尤果克公爵領一樣都不存在。

另外，這個自治領內沒有魔王信奉集團「自由之翼」。看來這裡應該可以享受到一般觀光的樂趣。

就在搜尋地圖的期間，植被產生些許變化。高聳的樹木減少，灌木和變成紅褐色的樹叢逐漸增多。

「是礦毒的影響嗎？」

望著窗外的景色，亞里沙這麼喃喃說道。

「誰知道呢？我沒到過礦山附近所以不太清楚。」

雖然曾經參觀過廢礦山，但遺憾的是運作中的礦山就沒去過了。

面對亞里沙的疑問，代替我回答的人是蜜雅。

「姆？精靈。」

蜜雅在嘴巴前做了一個叉叉手勢。

「是精靈的關係嗎？」

「不是。沒有精靈。」

「意思是因為沒有精靈才枯死的？」

「嗯。」

蜜雅滿意地點頭。

真是相當有奇幻風格的理由。

「魔素不足。」

蜜雅接著補充的這句話讓亞里沙「嗯嗯」地點頭。

然後頂著一副了然於胸的表情把話題丟來：

「——主人，請解說。」

我用手刀輕敲了一下亞里沙的腦袋，開始按照對方的要求進行解說：

「所謂的精靈似乎扮演著將魔素傳遞給自然界事物的角色。雖然不知道魔素會對植物造成什麼樣的影響，不過現在看來一旦缺乏就會產生負面影響。」

這方面的情報是來自於「搖籃」事件中獲得的托拉札尤亞的資料。

資料上寫著：「所謂事物，是因為它們不光影響生物、非生物等物體，也會對現象產生作用。」這裡指的想必就是風的流動和氣溫變化之類的物理現象吧。

「哦～那麼主人曾經看過精靈嗎？」

亞里沙的這個問題讓我聯想到樹精的年幼模樣。

「妳們不是看過多萊雅德嗎？那孩子是樹精，所以算是精靈的一種吧？」

「不是。」

聽了我的發言，蜜雅搖搖頭表達異議。

「那不是精靈嗎？」

「嗯。」

蜜雅上下點了個頭。

雖然不知道是哪裡不同，但既然身為妖精族的蜜雅這麼說就沒錯了吧。

將蜜雅送到波爾艾南之森的時候，再向那些成年的精靈們請教好了。

想著這些事情，我一邊回答亞里沙一開始的問題：

「既然多萊雅德不是精靈，那麼我就沒看過了。大概只有像蜜雅那樣具備精靈視的技能才看得見吧。」

亞里沙聽了我的回答後點點頭，整個人轉向蜜雅詢問：

「蜜雅，精靈究竟是什麼模樣？」

「漂亮。」

「這樣子根本聽不懂啊。」

「姆——」

蜜雅皺起眉頭沉思。

「發光的珠子。輕飄飄，很和煦。」

或許是無法一語道盡，蜜雅罕見地用了許多詞彙。

「哦～真想親眼見識一遍呢。」

「是啊。」

聽見一臉羨慕的亞里沙這麼嘀咕，我也對此表示同意。

像氣質端莊的溫蒂妮和自由奔放的希爾芙我當然想見上一面。希望會是性感大姊姊的類型。

「姆。」

「露出色色的表情了哦！」

亞里沙的發言讓我下意識用手遮住臉，結果被她當成了拈花惹草的慣犯那樣大叫「果然沒錯」然後整個人抱過來。蜜雅也跟著一起。

「拈花惹草～？」

「在惹草喲！」

原本在打瞌睡的小玉和波奇也被吵醒，模仿亞里沙和蜜雅一起將我抱住，沿身體向上攀爬而來。

我隨手撫摸這些小女孩的腦袋逗弄她們，察覺聲響的露露從通往駕駛台的出口將臉探進來，面帶愉快的笑容說了一句「感情真好呢」。

「主人，前方可以看見好幾道煙。」

莉薩這時策馬靠近，略顯焦急的樣子向我這麼報告。

透過地圖確認後，我並未發現波爾艾哈特市發生什麼異常。

「不要緊，那是在煉鐵的黑煙哦。」

「是……是這樣嗎？對不起，我太大驚小怪了。」

我向慚愧的莉薩表示不用在意後，將孩子們放回椅子上動身走向駕駛台。

不久後樹林到了盡頭，馬車來到一片滿是石頭和裸露泥土的荒地。

這片荒地的彼端有一座彷彿鑽入灰色禿山當中的城塞都市，可以見到無數的煙囪噴出白煙。

禿山上的好幾個開口處也設有煙囪並冒出同樣的白煙。

儘管過中午時分才抵達，波爾艾哈特市的正門前卻已大排長龍在等著進門了。

我們將馬車停在最後方等待依序進入。

「我們大概是第二十號左右吧？好像會等很久。」

「是啊。」

亞里沙來到駕駛台爬上我的身體眺望隊伍的最前端。

仔細一看，有許多馬車的篷布是相同的圖案。我們似乎恰好遇上某支商隊了。

察覺到背後的動靜回頭一看，只見小玉和波奇滿臉羨慕地望著亞里沙。既然機會難得，我於是輪流將她們扛在肩上。

「下一個。」

發現衣襬又被輕輕拉扯而轉頭之後，竟然發現連蜜雅也一起在排隊。

跟小玉和波奇不同，蜜雅穿著裙子，所以我抓住腰部將她舉起來。

「反對歧視。」

蜜雅似乎希望我也將她扛在肩膀上。

「這不叫歧視，而是區別。如果妳改穿褲子就把妳扛起來了。」

「姆。」

鼓著臉頰的蜜雅特地回到馬車內換衣服，我只得依約將她扛在肩膀上。

「小玉、波奇，妳們站在馬車後方站哨以防有人行竊。」

莉薩騎馬靠近馬車旁，向駕駛台上好奇地四處張望的小玉和波奇下達指示。

「系系～」

「了解喲。」

擺出「咻答」的姿勢後，小玉和波奇跳下駕駛台跑向馬車的後方。

指示完畢的莉薩轉向我這邊：

「主人，這個城市裡似乎有鼬鼠出沒。對方相當精明，請您小心。」

「嗯，知道了。謝謝妳，莉薩。」

如果沒有記錯，摧毀莉薩她們家鄉的也是鼬人族吧。

「娜娜。」

從我肩膀下來的蜜雅對娜娜招了招手。

「騎馬。」

「主人，馬的操作權即將轉讓給蜜雅。請求許可。」

「沒關係。記得不要跑得太遠。」

「嗯。」

跳到娜娜前方的蜜雅操控韁繩讓馬跑向正門。

大概是去查看前方的狀況吧。

在蜜雅她們離去的同時，一群推銷東西的女人也走了過來。

「小哥，要不要買地瓜？很好吃哦？」

操著奇怪口音的鼬人族女性前來推銷水煮地瓜。一個地瓜似乎要價一枚銅幣，是市場行情技能所告訴我的三倍價格。

「這位小哥，別管那個土包子的地瓜，烤雞肉串比較好吃。上面灑了滿滿的波爾艾哈特岩鹽哦？一串三枚銅幣。」

「先生，還是肉比較好哦。礦山地下的蟾蜍姿燒嚼勁十足，絕對會滿意哦。」

或許是存在成見，這些鼬人族女性的說詞聽起來相當不可靠。

儘管味道聞起來不錯，但蟾蜍的外表會導致食慾減退，所以我就拒絕了。

從馬車後方窺探這邊的小玉和波奇看起來有些失望，不過剛剛才吃完午餐而已，吃太多可是有礙健康呢。

在這之後，等待進門順序的期間，除了鼬人族以外更有鼠人族和兔人族的小孩子前來推銷涼鞋和繩子。由於沒有特別需要，我僅確認一下市場行情而沒有購買。

過了好一陣子，在前方買了些東西的娜娜和蜜雅回來了。

娜娜和蜜雅的頭上戴著花做的王冠。此外，蜜雅口中還含著某種東西。

「佐藤。」

蜜雅將自己含著的細長植物莖部遞過來到我嘴邊，於是我試著含入嘴裡。

——好甜。

有些令人懷念的甜味。

我想起小時候曾經採下路邊生長的杜鵑花吸食其中的花蜜。

不同於平常發給大家當作點心的棘甘草果肉那種類似甘蔗的味道，從這個莖部可以感覺到花蜜般柔和的甜味。

「啊——！」

「剛才那個！是間接接吻吧？等等，下一個換我。」

我的身旁和後方分別傳來露露及亞里沙的責難聲。

什麼間接接吻？又不是中學生了——唔，露露差不多是那個年紀吧。

亞里沙將手伸來，但蜜雅的手卻搶先一步將莖部瞬間奪走，迅速含進嘴裡之後朝這邊比了一個V字的勝利手勢。

亞里沙則是在後面吼著：「氣死我了——」不要這麼挑釁好嗎？

看吧，就連露露也變得淚眼汪汪了。

這時鼬人族的小孩剛好來兜售蜜稚所含的莖部，所以我就幫每人買一根並分給大家。

不知為何她們要求我將所有的莖部都含過一遍，但我還是毫不介意地滿足大家的要求。

「喲，馭手先生！這輛馬車的主人是貴族大人嗎？」

「嗨，馭手先生！或者是商人呢？」

粗厚的嗓門吸引我回頭望去，但眼前卻沒有半個人。

「這邊哦，馭手先生。」

「是啊，在這邊。」

垂下目光，只見那裡站著兩名身高一百三十公分左右體型粗矮的矮人。

黑亮的鐵製三角頭盔和鎖子甲，手中並非斧頭而是拿著短槍。

頭盔下方的臉部是小眼睛、鷹鉤鼻，長長的鬍鬚生長至腹部一帶——完全就是在遊戲中常見的那副模樣。

我藉助無表情技能按捺內心中湧現的喜悅，走下馬車回答他們的問題：

「初次見面，矮人衛兵先生。我是穆諾男爵領的名譽士爵，佐藤．潘德拉剛。」

我藉助禮儀技能行了一禮後，兩名矮人急忙將拳頭貼在自己胸前打直身體：

「對……對不起。竟然是貴族大人本人。」

「好奇怪的貴族大人，居然會坐在駕駛台。」

我向口音微妙的兩人詢問他們的來意：

「那麼，兩位有何要事？」

「我們是來提醒一下，貴族大人用不著排隊哦。」

「貴族大人就不用排隊哦。」

這麼告知後，矮人們就在前方幫忙開路，帶領我們從隊伍旁邊進入了市內。

不光是波爾艾哈特，據說貴族無論在那個都市都可以優先入內。就連階級最低的名譽士爵似乎也是一樣。

入內時只有確認一下我的身分，其他同伴們則完全未經確認。對方僅僅掃了一眼馬車內，不用接受任何調查或支付入市稅。

要是有行為不端的貴族，總覺得就會任其走私貨物了。

◆

「初次見面，潘德拉剛士爵。羅特爾子爵的書信我確實收下了。那位女中豪傑的身體是否還硬朗呢？」

「是的，她正神采奕奕地指揮著大家哦。不嫌棄的話，還請稱呼我佐藤就好。」

我如今正在造訪市政廳，與市長多利亞爾先生相談甚歡。

其他孩子們在另外的房間裡休息，僅亞里沙跟在我身邊。好像是妮娜女士拜託過她什麼事情。

亞里沙換上不同於平時的客氣口吻與多利亞爾先生交談：

「多利亞爾大人，給您的書信中也提到過，希望您能接收來自穆諾領的留學生。」

「嗯，我在公都留學時曾受羅特爾子爵照顧，這就同意每年接受幾名留學生吧。」

多利亞爾先生在拆閱書信的同時一邊這麼回答。這個自治領的領主並非此人，而是這個人的父親杜哈爾才對，隨便應承下來不要緊嗎？

或許是察覺到我的想法，多利亞爾先生補充道：

「不用擔心，父親一向都將不重要的案件交給我自行處理。」

好像沒問題。真是太好了。

話說回來，技術外流應該算是相當重要的案件了吧。莫非是抱持著「偷得到技術就儘管試試吧」的立場嗎？

「書信中提到佐藤先生您會鍛冶，倘若有興趣是否願意視察一下公營工房和精鍊設施呢？」

「非常樂意！」

哦哦，意想不到的好處。

我在心中出聲感謝妮娜女士。之後再寫封信表達謝意吧。

「這裡就是本市最大的高爐。」

出現在我面前的是一棟高約二十公尺左右的挑高天花板建築。

這裡在場的人有我、多利亞爾先生以及擔任其祕書的矮人女性。她是多利亞爾先生的女兒，似乎叫作裘裘莉小姐。

矮人女性並非最近遊戲中常見的那種合法小女孩類型，而是男矮人去掉鬍子後的版本。

順帶一提，亞里沙她們一起外出前往市內的商業區，聲稱要尋找可以幫忙將回信帶到穆諾市的商人。

裘裘莉小姐一打開沉重的門，悶熱的空氣便從中竄出。

建築物裡是一處像工廠般的大房間，許多男人正在工作中。他們看起來正往房間中央的洞穴裡不斷投入黑色塊狀物。

「那裡就是高爐的頂端。」

石。

——頂端？

這個疑問在我腦中掠過，但確認地圖後隨即恍然大悟。

高爐的本體似乎就在這個建築物的地下。這些男人投入的黑色塊狀物好像是燃料和鐵礦石。

「燃料是煤炭嗎？」

「那是以魔核和煤炭錬成的練魔炭。火力比起普通的煤炭更旺盛，運轉費用也比使用魔核作為燃料的魔力爐更為節省。」

聽著裘裘莉小姐的解說，我下意識搜尋托拉札尤亞的資料，結果裡面就記載了練魔炭的製作法。想不到居然是挺正統的燃料。

「這裡太熱了。我們到另外一邊繼續說明吧。」

在多利亞爾先生的催促下，我們往參觀用的區域移動。這裡的熱度就稍微好一些。似乎是多利亞爾先生施加了阻斷熱量的魔法。

從這裡可以清楚見到高爐的全貌。

這個房間的中央一帶被垂直切開，房間靠內的區域形成往地下延伸六十公尺左右的無天花板空間。

下方樓層有上半身赤裸的矮人和獸人們在勞動著。

熔解的紅通金屬不時會從爐子裡流出，照亮昏暗的地下區域。

「真是壯觀的設備。」

「是的，公爵領所使用的鐵，有三成都是在此精鍊的。」

我的感想並非社交辭令。儘管所使用的技術不同，但這裡的設施水準和原來世界所看過的鐵工廠相比絲毫不會遜色。

「排煙在通過另一邊的管子時就會被淨化。管內使用了以水石和風石鍊成的觸媒，不用追加供給魔力就能去除排煙當中的煤煙。」

原來如此，不使用魔法道具或魔法進行淨化，從而能夠壓低運轉費用嗎。

緊接著我又參觀了轉爐和壓延設施。壓延設施似乎是魔法道具的一種，連接著巨大的魔力爐。操作時好像也需要消耗魔力，負責操作的魔法使打扮的長袍男性們正因為魔力即將耗盡而身體搖搖欲墜。

「看起來是很辛苦的工作呢。」

「是的，平時還有更多人，但地精們日前都已經回鄉，所以導致人手不足。」

一邊附和著裘裘莉的解說，我在心中暗自替這些因為人手不足而必須超時工作的男性們加油打氣。

聽見沉重的腳步聲回頭一望，只見一名身高不到三公尺的小巨人正在搬運完成的鐵板和鋼材。從ＡＲ顯示的詳細情報看來，對方和山樹之村見到的小巨人是不同氏族。

儘管在對方的帶領之下看過許多地方，但地下洞窟內與祕銀有關的設備卻無緣得以一見。那恐怕是波爾艾哈特市的重要機密吧。

由於機會難得，我決定不抱期望地主動詢問多利亞爾先生。

「祕銀相關的設施就位於地下嗎？」

「您……您真是清楚呢。是羅特爾子爵告知的嗎？」

「不，只是直覺這麼認為罷了。而且我聽說這個城鎮的祕銀製品相當精美，可以的話真希望能夠參觀一番。」

「這樣啊……雖然我很想同意，不過地下設施就必須經過父親允許才行。」

多利亞爾先生交抱著粗壯的手臂皺眉道。或許是頭疼的多利亞爾先生讓人看不下去，裘裘莉小姐提出了建議：

「父親，我們直接去告訴祖父不就好了嗎？就算再怎麼離譜，祖父應該也不會讓初次見面的人鍛劍才對。」

裘裘莉小姐，我想妳大概已經幫我豎旗標了。

「那麼就打造一把劍試試吧。一切等到那之後再說。」

——裘裘莉小姐？

我偷偷看了她一眼，只見對方心虛地移開視線。

通過高度僅有一公尺半的狹窄地下坑道後，我們來到了杜哈爾老先生的工作室。房間的內部有高等級的矮人們正在鍛劍。

大家的手藝都很好。每一把劍無論是攻擊力、銳利度和耐用度等數值都高出了市售商品的五成。

而經過兩人介紹後，杜哈爾老先生便對我說出了剛才那句話。

儘管杜哈爾老先生的目光似乎瞥了一眼我掛在腰上的「波爾艾南的靜鈴」，但他並未特別說些什麼。看來就連代表精靈權威的「波爾艾南的靜鈴」也無法對他造成影響。

「父親，佐藤先生是羅特爾子爵認識的人——」

「嗯，雖然你受過妮娜的照顧，但這個和那個是兩回事。畢竟鍛劍的過程可以看出一個人的秉性如何。薩吉爾，把加熱後的祕銀塊拿出來。」

「是，老師。」

多利亞爾先生試圖幫腔，但杜哈爾老先生卻不聽勸告執意這麼做。

剛才被稱為薩吉爾，渾身肌肉且灰色鬍子的矮人準備好祕銀塊和器具之後讓出位子給我。

嗯，逗留在穆諾市的時候曾參觀過鍛冶屋是如何鍛劍，所以大致的流程都能明白。就嘗試一次看看吧。畢竟鍛冶技能已經是最高等級，應該有辦法應付才對。

我將火紅的祕銀塊用打鐵鉗夾起放在鐵砧上，下定決心後以鍛冶用的小鎚敲打。

伴隨細小的火花，「鏘」的刺耳金屬聲響傳遍整個房間。

——奇怪？

剛才好像有種格格不入的感覺。

或許是察覺到我的猶豫，杜哈爾老先生從我手中接過器具後同樣進行敲打。

才敲了一下，他就把薩吉爾先生叫來並將拳頭砸在他的腦袋上：

「笨蛋，虧你玩了十年的祕銀。我一直都強調，要從融化礦石然後鑄造成塊開始才叫作鍛冶啊！」

「是，老師。」

聽不太懂，不過似乎是薩吉爾先生幫我準備的祕銀塊有問題。

原來這就是格格不入的原因嗎？

「好，我們過去祕銀爐。年輕人，跟上來吧。」

「是。」

杜哈爾老先生好像要直接帶路，但我還沒有打好劍。意思是已經及格了嗎？

多利亞爾先生和裘裘莉小姐也跟在後方。薩吉爾先生則是先行一步，大概是要去準備什麼東西吧。

不知道會是什麼樣的爐子，不過還真是期待。

我們被帶到一座祕銀高爐前，相較於外面的鐵用高爐體積小了許多。大約只有三分之一的大小吧。

不同於鐵用高爐，這個似乎只靠魔力運作，從上方投入的僅有祕銀礦石而已。

處於停止狀態的高爐是以紅色金屬——根據ＡＲ顯示，是用一種名叫日緋色金的耐熱金屬所製成。

倘若沒有記錯，日緋色金這個漢字是出現在日本神話當中的虛構金屬之名。

包括之前在聖留伯爵領見到的石鳥居遺址在內，為何都會夾雜著一些不像是勇者帶過來的日本風格事物呢？或許單純只是翻譯技能的關係，但實在令人好奇。

在高爐的操作面板前，薩吉爾先生正在對幾名矮人破口大罵。

「薩吉爾大哥，我們只剩下品質不良的魔核，火力根本就出不來啊。」

「必須要有等級更高的魔核，不然就算啟動魔力爐也沒用啊。」

「要是地精他們在，就可以從那個緊急魔力供給端子進行補充了。」

或許是已經精疲力盡，矮人們此時是癱倒在地上一邊向薩吉爾先生說明狀況。看來好像是遇到了燃料品質的問題。

儘管模樣很狼狽，但在場的矮人都是三十級以上的強者。每個人都擁有鍛冶技能和某種魔法技能。

「蠢東西！你們一群波爾艾哈特的年輕人在說什麼喪氣話！」

「讓我瞧瞧你們的毅力！所有人都透過魔力供給端子追加魔力。」

薩吉爾先生激勵道。

「薩吉爾大哥？好……好吧，大家一起上！」

「只有我們幾個嗎？」

「當然是把休息中的那些傢伙全部叫過來！」

似乎要用人力驅動的樣子。

一名技師將粉紅色的魔核投入魔力爐使其運作。

這時在薩吉爾先生的號令之下，包括他在內大約有十名男性抓住被稱為魔力供給端子的東西開始注入魔力。

日緋色金製成的爐子逐漸泛出朱金色的光輝。

但或許是單位時間的魔力量不足，光輝開始呈不穩定閃爍。

「還是有點不夠呢。我也來幫忙吧。」

「既然父親要出手，我也一起幫忙好了。」

杜哈爾老先生和多利亞爾先生兩人也上前幫忙。

大概是因為能參與現場作業而感到開心，多利亞爾先生摩拳擦掌地面露笑容。

——反正我的魔力多得可以拿出來賣，就一起加入幫忙好了。

「杜哈爾大人，我也上前幫忙可以嗎？」

「去找個沒人用的端子吧！」

「——老……老師！」

我向杜哈爾老先生這麼提議後，他立刻就同意了。

從薩吉爾先生和矮人們望著杜哈爾老先生的那種錯愕表情來看，他平常大概不會允許外部人士觸碰吧。

我向杜哈爾老先生點頭示意，隨即觸摸附帶水晶球的金屬端子。

「小伙子們！呼吸要一致！」

「「是！」」

杜哈爾老先生和薩吉爾先生輪流喊出「嗨！」「喝！」的口號以調整節奏。

那獨特的吆喝聲讓我差點全身無力，但勉強忍住了。

我調適一下心情重新將魔力注入端子。

配合著端子傳來的細微魔力變化，我開始注入魔力。

最初深怕爐子會損壞而一點一點慢慢注入，但好像還遊刃有餘的樣子。

我察覺到魔力的流動出現些許的堵塞。這大概是魔法道具調校技能的影響吧。就順便將稱號改為「調校師」並清理一下魔力線路好了。

「嗨！」

為了推動矮人們所注入的魔力，我追加了五點魔力。

然後利用剛才的魔力將堵塞的地方大略清洗一番。

爐子原本閃爍不定的朱金色光輝終於變得穩定。

「喝！」

和剛才一樣，這次我又灌入了十點魔力。

這次在注入魔力的同時順便矯正線路上的些許魔力扭曲。

嗯，變順暢了。

爐子的朱金色光輝更增亮度。

「逐漸穩定下來了！加油！」

聽見裘裘莉小姐的加油聲，男矮人們都雙眼閃閃發亮。

看來無論在哪個世界裡，男人們總是喜歡有美女在旁加油。

反覆地進行魔力供給後或許是已經超過臨界值，爐子裡開始傳出尖銳的聲響。

「就是現在！投入祕銀礦石！」

「——是！」

遵照杜哈爾老先生的指示，在爐邊待命的矮人將礦石投入。

「祕銀高爐準備運轉！」

「全體就抗閃光防禦！」

薩吉爾先生回應杜哈爾老先生的要求，向周遭人下達指示。

矮人們不知道從哪裡取出看似遮光性很高的夜視鏡形狀物體戴在臉上。

——咦？我可沒有那種東西啊？

「請用這個，佐藤先生。」

裘裘莉小姐這時從後方幫我戴上一種類似太陽眼鏡的物體。

「這是遮光罩。由於會傷害眼睛，所以就算戴著也不能注視爐中的光哦。」

「謝謝。」

我向裘裘莉小姐道謝的同時，杜哈爾老先生也恰好宣告爐子運轉。

「祕銀高爐運轉！」

「是！」

一名矮人離開魔力供給端子，豪爽地將手掌砸向控制面板。

爐子周圍的朱金色光輝集中於爐子的下半部，陸續化為耀眼的光環並由下而上有規律地上升。

——好漂亮。

下一刻，眼睛感到了刺痛。

似乎是我下意識使用了夜視技能，導致遮光罩失去效用而讓過度的亮光燒灼視網膜。

我操作浮現在昏暗視野裡的主選單，確認狀態之後發現已經變為「盲目」。

就在思考該如何是好之際，視力卻逐漸恢復了。

看來是自我治癒技能自動修復了視網膜。真是方便。

＞獲得技能「光量調整」。

＞獲得技能「光抗性」。

心中這麼讚揚的期間裡我獲得了這些機器人般的技能，所以乘著眼睛再度刺痛前將技能點數分配至最大然後開啟。

望著變成適度光量的祕銀高爐，杜哈爾老先生鞭策眾人的聲音傳入我的耳中。

「小伙子們！工作還沒結束啊！繼續維持魔力壓！」

「「「是！」」」

看來現在不是被光輝吸引的時候了。

我也配合矮人們一起供給魔力。

最終累計注入了三百點左右的魔力，但這種速度還比不上我的回復量，所以應該還可以再繼續幫忙好幾個小時。

話雖如此，其他矮人們看起來已經相當勉強，陸續因為過勞而放開端子。

最終除了我以外，還能站著的就只剩下杜哈爾老先生和薩吉爾先生兩人了。

「人族的小子！我對你刮目相看了！」

薩吉爾先生哇哈哈地大笑，同時用厚厚的手掌拍了拍我的肩膀。

我的體力值很高所以還沒關係，換成普通人族的話可能就會被打扁在地上了。

「辛苦了，佐藤先生。你一定口渴了吧？薩吉爾先生也請用。」

我將裘裘莉小姐遞來的水一飲而盡。

——是燒灼喉嚨般的強烈酒精和刺鼻清涼的米酒香氣。

我猝不及防之下差點噎到，但總算忍住了。

「——這是酒嗎？」

「是將公都的米酒蒸餾過後的飲料。不像火酒那樣會喝醉，流汗後飲用有益健康哦。」

把高酒精度數的蒸餾酒當成運動飲料嗎……真不愧是矮人。

「薩吉爾！」

「是！老師！」

薩吉爾先生操作爐子下方的按鈕之後，爐子下半部的門開啟並從中跑出精鍊過的祕銀。

並非像鐵一樣是熔解的金屬，而是跑出每個重達五公斤左右的固體塊共二十塊。

它們都被修整為塊狀的外型。看來中途好像使用了模具的樣子。

熱度消退後，泛著些許綠色光澤的銀色美麗塊狀物便完成了。

聽見「刷刷」的聲響轉頭一看，只見爐子側面的門開啟後從中排出黑色的硬塊。根據AR顯示，那似乎是祕銀屑。

——鏘！

金屬的聲響吸引我回頭，發現杜哈爾老先生正拿著小鎚子在敲打祕銀塊並且確認聲音。

他指著其中幾塊看得順眼的祕銀塊，吩咐薩吉爾先生將它們搬到鍛冶場。

「年輕人，跟我來。我讓你幫忙鍾打。」

「老師！人族小鬼根本就沒有能力鍾打！」

「囉唆！我決定的事情少插嘴！」

杜哈爾老先生口中的鍾打，所指的似乎是原本字面上的意思。（註：日文的「鍾打」通常引伸為「附和」之意。原指兩人合作打鐵）

「年輕人！你可要有心理準備，直到早上都無法睡覺了。裘裘莉，肉！記得應該還有蛇尾雞的燻肉吧？整個都給我拿過來。先填飽肚子再說。」

蛇尾雞可以吃嗎……之前打倒的時候因為肉本身有毒所以就一直封存於儲倉內，既然去除毒性之後可以食用就試試看味道如何，說不定拿來烹調一下也不錯。

前往鍛冶師們的餐廳後，我拜託端著一整盤肉回來的裘裘莉小姐幫忙傳話給亞里沙她們以及準備她們的飲食。

今晚她們預計要住在市長官邸的來賓用公館裡，所以應該沒有問題。

另外由於時間過了很久，多利亞爾先生已經先留下裘裘莉小姐獨自一人回去處理市長業務了。

◆

轟隆一聲，巨大的鐵塊撼動了地板。

「怎麼啦？年輕人。看到錘打用的大鎚嚇得腿軟了嗎？」

薩吉爾先生面帶挑釁般的笑容，用手拍了拍鎚子部分往下放置的大鎚握柄。

他所拿來的大鎚是個一公噸左右的粗糙金屬塊。

根據ＡＲ顯示，那似乎是鐵與祕銀的合金。

「這點小意思，只要是矮人都能一手拿起來啊。鼓起你的幹勁吧！」

我對這種太不真實的粗獷感有些打退堂鼓。薩吉爾先生則是這麼激勵著我。

矮人還真是厲害呢。用一隻手嗎——

我在心中這麼佩服之際，薩吉爾先生實際以一手將其舉起來炫耀。

至於炫耀的對象是裘裘莉小姐這點就省略不提。要是說太多不必要的話，杜哈爾老先生的拳頭可能又會砸向薩吉爾先生了。

我下定決心後將手放在大鎚的握柄上。

多虧力量值已經完全分配完畢，我輕輕鬆鬆地將其舉起來。由於我的體重較輕，要如何保持平衡才是較為困難的地方。

下意識讓腰部下沉後，大鎚突然就變得出奇穩定起來。

像這種舉起重物時保持平衡的方式，或許是拜搬運技能所賜吧。

在我練習揮動大鎚的期間，杜哈爾老先生正在確認徒弟們所拿來的罐子內容物。

「有點弱啊。把更烈的拿過來。」

「老師，現在只剩下這個了。」

「沒有的話就叫岡薩調配。」

「波爾海姆出了大事，岡薩他已經回家鄉了。」

看來好像是用於鍛冶的藥品達不到杜哈爾老先生的要求。

而且調配藥品的負責人又因為休假而不在，使得眾人傷透腦筋。

雖然只要知道製作法我就可代為調配，但對方應該不會輕易告訴一個外人吧。

「裘裘莉！誰都可以，到外面隨便找個鍊金術士過來。」

未免也太隨便了——不過既然誰都可以，我就自告奮勇試試吧。

「杜哈爾大人，既然任何人都可以，不妨讓我調配如何？」

「嗯？你也有涉獵鍊金術嗎？好，交給你了。」

對於杜哈爾老先生當下拍板定案，薩吉爾先生在內的眾徒弟都感到驚慌。

話雖如此，好像也沒有人敢出來當面向他表達意見。

我在杜哈爾老先生其中一名徒弟的帶領下前往房間角落的調配區。

「我自己也只是幫忙過調配作業而已——」

根據他的說明，裝有素材的罐子擺放順序就等於混合的順序，罐子前雜亂放置的餐具則是代替各材料的量杯之用。真是隨便到極點了。

罐子的內容物無法從外表得知，但在鑑定技能和ＡＲ顯示之下就一覽無遺了。

由於負責最後一道流程的鍊成板設定都是固定好的，我不費吹灰之力就精通了「矮人的祕藥」製作法。

確認我所製作的藥品後，杜哈爾老先生重重地點頭：

「品質不錯。可以讓岡薩滾蛋換人了。」

從杜哈爾老先生口中說出來實在不像在開玩笑。

他一手拿著裝有祕藥的罐子走進鍛冶工房旁邊的房間裡。

這裡據說是杜哈爾老先生專用的鍛冶室。

這個房間裡擺放著一台以日緋色金打造的小型熔解爐及祕銀合金製的鐵砧。

「■　連接魔脈。」

杜哈爾老先生這麼詠唱後，熔解爐裡迸出朱金色的火焰。

他在詠唱咒語時額頭的鑲鐵頭帶會發光，所以應該是利用了領主所使用的都市核之力吧。

其中一名徒弟將鍛冶用具擺放在他身旁。冷卻用的水桶裡裝滿了名叫「矮人水」的液體。

由於感到好奇，我便詢問一旁的薩吉爾先生：

「那種液體是水嗎？」

「那是冷卻用的矮人水。比例是三杯油一杯火酒。畢竟祕銀也喜歡喝酒啊。」

最後那一句應該是在開玩笑，不過對方輕易就透露了製作法。

實在很想吐槽這應該不叫矮人「水」而是矮人「油」才對，但差不多也該輪到我出場，所以還是不要多說些什麼。

「老師！準備好了。」

「好，開始吧。」

幫杜哈爾老先生錘打似乎是很光榮的一件事，周遭矮人投來的嫉妒目光令我很不自在。有什麼怨言就請直接向杜哈爾老先生反映吧。

目前還是先撇開周遭人的嫉妒集中精神好了。能和著名的鍛刀人一起打鐵，以後說不定再也沒有這種機會了，所以得好好享受才行。

◆

隔天早上，劍終於完成。

鍾打的次數簡直讓我連作夢都會夢到。如今閉上眼睛，眼皮下都彷彿會迸出火花。

矮人的祕藥是在熔解爐加熱祕銀時使用。材料裡加入了魔核粉，所以這或許就是矮人獨家的魔法武器製作方法。和使用魔液的魔劍好像是不同的技術體系。

到了尾聲，我只是在一旁觀摩杜哈爾老先生魔法般的精密修飾作業，實在從中學到了很多東西。總覺得現在的自己好像也能打造出名劍了。

「不簡單，竟然不用換人就撐到了最後。要是想真正學習的話歡迎隨時過來。你一定很快就能超越我了。」

杜哈爾老先生使勁拍了一下我的背部。

——唔哦！

疼痛程度就和在聖留市的迷宮中交過手的上級魔族尾巴攻擊差不多。

要是不分對象都這麼做的話大概會死人吧。

「我還有事情要辦。你先去吃個飯吧。」

杜哈爾老先生這麼告知，然後就拿著完成的劍不知道跑去哪裡了。

在他帶著薩吉爾先生外出後，其他矮人們紛紛聚集在我身邊。

「明明是人族，還真有一套啊！」

「就是說！你不會根本就是個矮人，只是沒長鬍子罷了？」

「除了杜哈爾老師，竟然有人能不停揮動那把大鎚到早上。」

「這裡非常歡迎你，隨時都可以過來啊！」

我僅僅是按照杜哈爾老先生的指示用大鎚一直錘打至早上，看來這種行為獲得了矮人鍛冶師們的認同。

這讓我覺得很高興，但有沒有鬍子這點就不用多管閒事了。

倘若這具身體和以前一樣，應該還要五、六年才會生長才對……大概吧。

我甩開心中的自卑感，和其他的矮人們一同前往餐廳吃早餐。

這時偶然見到在房間角落熟睡的裘裘莉小姐，於是我也叫醒她一起帶去餐廳。

享用完有肉有酒的早餐補給能量之後，我被叫到了位於地下的大房間裡。

這裡似乎是有兩個樓層高度的挑高空間，天花板大約有五公尺高。

「揮看看吧。」

我接過對方遞來的劍。這是我們一起打造至早上的祕銀劍。

看樣子杜哈爾老先生還在劍柄上追加了兼具止滑功能的裝飾。

完成的劍是屬於雙刃的長柄劍。重量僅有普通鐵劍的七成左右，拿在手中的感覺有點輕。

重量輕容易使用，但由於劍的重量直接影響到威力，所以輕巧應該算不上是優點才對……

大概還有什麼其他原因吧——我這麼轉念想道，然後試著舉劍擺出架勢。

絕妙的平衡感。彷彿黏在手中的親和度。

輕輕揮動。

感覺不錯。

這次再揮得快一些。

便宜的劍會感覺到空氣阻力，但這把劍就和聖劍一樣毫無窒礙。

嗯，真是一把好劍。

「這次注入魔力後試著揮劍。」

看著我揮劍的杜哈爾老先生沉聲說道。

並非當成具備稀有技能的魔刃，而是以普通方式注入魔力好了。

我試著在劍中注入十點左右的魔力。

——哦哦！

就和莉薩的槍一樣，魔力很容易流動。不愧是矮人名匠所打造的劍。

或者這是出自於祕銀本身的性能呢？

劍的表面浮現出波紋般的綠色線條。這好像是高品質的祕銀武器所具備的特徵。再繼續注入魔力後，波紋一帶就像莉薩的魔槍那樣流露出紅光。

不可思議的是隨著注入的魔力增加，劍身也變得愈來愈重。最初注入十點時以為只是錯覺，但現在就能明顯感覺到沉重。

由於打造劍的時候並沒有形成魔法迴路的樣子，所以這應該是祕銀本身的特性吧。

倘若魔力注入至極限而把劍弄壞就不好意思，我於是在注入五十點左右時便罷手。

在這種狀態下的重量感覺是同尺寸鐵劍的兩倍。

有了這種特性，那根大鎚豈不是能夠變得比現在還小嗎？

我稍後提出了這個疑問，得到的回答是一旦將大鎚改成純祕銀材質，透過大鎚傳遞而來的魔力會對錘打中的祕銀造成負面影響，所以才使用合金材質。

「嗯，底子不錯。我們來交手一下吧。」

說著，杜哈爾老先生取出戰斧擺好架式。戰斧一映入眼簾，我的察覺危機技能便出現了反應。

根據ＡＲ顯示，武器的狀態似乎為「詛咒」。

看來對方的嗜好相當古怪，竟然喜歡使用被詛咒的武器。

「那麼，我要上啦！」

面對杜哈爾老先生豪邁的一擊，我稍微往側邊移動予以閃避。

要是隨便擋下攻擊而讓剛完成的劍受損就不好了——

「幹嘛躲開！莫非你在愚弄我打了一把稍微交鋒就會損傷的爛劍嗎！」

——我的行為好像傷害了杜哈爾老先生的自尊心。

「失禮了。那麼我要出手了。」

我在劍中注入魔力，接下杜哈爾老先生的重劈。

「沒錯！注入魔力之後祕銀的強度就會增加。」

杜哈爾老先生的雙眼帶著強烈的熱意。

「戰鬥中可不要停止魔力的供給啊！」

杜哈爾老先生的戰鬥方式無拘無束，令人無法掉以輕心。

原本只是在提防斧刃的劈砍，對方在下一刻卻突然翻起斧鐏狙擊下巴。

但要全心戒備整把戰斧，又會冒出頭槌和前踢之類的攻擊，僅用一把劍抵擋實在相當不容易。

我集中精神盡可能閃避或架開攻擊，但仍有好幾次無法完全躲開而擦過身旁。

我閃避的動作較快，不過面對嚇人箱一般多采多姿的攻擊方法，我就像在棋盤上接連遭到將軍那樣逐漸喪失閃避的空間。實戰經驗豐富的人果然相當厲害。

最後在無處可逃之後，比試以我的失敗告終。

將戰斧交給薩吉爾先生後，杜哈爾老先生朝這邊走來。經過剛才的劇烈運動竟然一樣臉不紅氣不喘。

話說回來，杜哈爾老先生還真是個硬漢。整晚從事鍛冶作業直到早上，而且還與人對打了半小時，實在不像個老人。

「把劍給我瞧瞧。」

我將劍交給杜哈爾老先生。他在檢查刀刃狀況後揮了幾下以確認感覺。

「身手不錯。刀刃並未缺損，劍身也沒有扭曲。」

原以為這是在自賣自誇，不過看來好像在稱讚我的劍術。

「我並不是要追根究柢，不過你的年紀大概和外表不符吧。區區一、二十年的時間是不可能達到這種實力。」

我的實際年齡的確不如外表那樣。

為了不暴露出高等級的事實，我以為自己的動作已經掩飾得夠好，大概還是被看穿了。

杜哈爾老先生默默注視著雙手捧著的劍，最後看似下定了決心開始詠唱。

「嗯，[redacted] 命名。『妖精劍托拉札尤亞』。」

——托拉札尤亞？

好險，表情差點就曝光了。幸好有無表情技能的幫助。

「杜哈爾大人，您認識托拉札尤亞嗎？」

「嗯，原來你也知道嗎？很久以前我曾替這位賢者大人服務過。由於這是我一生當中最出色的劍，所以就使用了已經去世的賢者大人之名。」

從話中聽來，所謂的賢者大人就是托拉札尤亞了吧。

杜哈爾老先生並非在流淚，只是閉上眼睛陷入沉默。

睜開雙眼後，他不發一語地將妖精劍往我遞過來，我也就順勢收下了。

「因為有你的協助才能夠完成這把劍。憑藉你的身手，這把劍想必也會接納你。你就拿去用吧。」

「——謹領您的好意。」

我這麼回答後，杜哈爾老先生露出十分開心的表情大叫：

「今天真是個好日子！盡情地喝吧！把整桶的火酒拿來！」

哇哈哈大笑的杜哈爾老先生將手搭在我的肩膀，並且讓我坐在矮人們所準備好的墊子上。

薩吉爾先生扛來的酒桶「砰」地一聲放在我面前，大家就這樣開始舉辦酒宴。

看似飯碗的銀杯裡倒入了微微泛紅的透明酒液。

「先來一杯吧！」

「——我喝了。」

我試著將酒含在嘴裡，發現酒精濃度很高。然而口感卻相當好，十分順口。感覺就像以前在沖繩喝過的陳年泡盛酒那樣。

不同於昨天裘裘莉小姐給我的蒸餾酒，喝下之後感覺腹部下方彷彿噴出了火焰。

「哇哈哈哈哈！真是痛快的喝法。」

「年紀輕輕的居然能夠生飲火酒，實在太有前途了。」

「之前有個自稱劍豪的人族喝了之後被嗆到不行啊。」

矮人們也圍繞著我和杜哈爾老先生的身旁坐下，開始飲用火酒。

我同樣也被大家不斷倒酒。火酒固然十分好喝，但真希望能有一些下酒的東西。

這個身體拜高能力值所賜很難喝醉，就算醉了也會很快清醒，不過還是覺得美酒就應該配上美味的料理才對。

明明沒有人聽見我內心的想法，矮人女性們這時卻剛好端來裝有大量燻肉切片和起司隨意切塊後的盤子進入房間。

其他還有將堅果類和乾貨剖開後製成的零嘴等，許多看起來很適合配酒的下酒菜陸續被送上來。

至於鍛冶師之外的男矮人們也不落人後地搬來大量的酒桶。其中一半是艾魯酒，另一半好像是火酒。

「哦哦！好像很好吃！」

「可別狼吞虎嚥哦！燒烤馬上就端上來了！」

女矮人們對那些撲向料理的男矮人這麼斥責道。

「主人！大家都在那裡哦！」

聽見亞里沙活力充沛的聲音後回頭一望，只見我那些孩子們正走進宴會場地。

「主人～？」

「終於見面了喲。」

「佐藤。」

由於隔了一天不見，年少組紛紛撲向了我。

看來她們似乎有些寂寞。

「主人，我們獲得市長設宴款待——這麼報告道。」

「是嗎，稍後我會去向多利亞爾市長道謝。」

「主人，聽說您接受了很辛苦的試煉。身體不要緊嗎？」

「讓妳擔心了。我的身體沒問題。」

「主人，我帶來了換洗的衣服。」

「謝謝妳，等宴會結束後再換吧。」

我依序和娜娜、莉薩及露露交談。這段時間似乎也讓年長組擔心了。

我拜託那些矮人女性為孩子們準備無酒精的果汁。

通往廚房的通道傳來歡呼聲。

「各位！聽說好像是什麼罕見的料理啊！」

「肉～？」

「這種味道沒有聞過喲。」

好奇的亞里沙立刻帶著小玉和波奇跑了過去。

坐在我身旁的莉薩則是一副靜不下來的模樣。

大概是很想跟過去看肉吧。

「莉薩，不好意思，妳可以跟著孩子們過去嗎？」

「是……是的！我這就去！」

莉薩投來罕見的燦爛笑容之後又急忙收斂起表情，往肉──年少組的方向小跑步而去。

「露露妳們也可以去哦？」

「是的，那麼我去取用各種料理。」

「主人，我隨行擔任露露的護衛。」

我這麼誘導兩人後，露露和娜娜也動身前往招待罕見料理的場所。

「蜜雅妳不過去嗎？」

「嗯。」

蜜雅維持靠在我身上的姿勢「喀喀」地啃著裝滿整個容器的堅果類。那小動物般的模樣實在很可愛。光吃堅果好像很難受，於是我又追加了從儲倉裡取出的水果乾。這是利用山樹的黃橙果實所開發的新作。

「哦，是波爾艾南之森的姑娘嗎？」

察覺蜜雅的存在，杜哈爾老先生看似頗為驚訝地與她交談。

話雖如此，並非像山樹之村的妖精族和小巨人那樣將精靈視為神聖的存在。

「聽說妳下落不明，莫非是跟人族私奔了？」

「嗯。兩情相悅。」

這話傳出去也太難聽了。完全就是毫無根據。

「我從綁架她的壞魔術士手中將她救出來，正在送回森林的途中。」

「姆。」

聽我這麼說，蜜雅鼓起臉頰。看來是省略兩情相悅這點讓她不滿了。

「搖籃」事件時綁架蜜雅的並非普通的魔術士而是「不死王」，不過解釋起來會很漫長所以就適當省略了。

「波爾艾南的元老院曾經提出過搜索的請求，所以我必須寄信過去報告一下。沒問題吧？」

「是的，就勞煩您動筆了。」

我所擔心的事情似乎只是偏見，精靈與矮人好像感情並不差。

在杜哈爾老先生的指示下，市長多利亞爾將會準備寄信的事宜。

聖留市萬事通屋的精靈店長應該已經寄了一封信才對，但和現代日本的郵政系統不同，並不能保證一定送達，所以多寄幾封應該也沒問題吧。

撫摸著蜜雅的頭髮，我在與矮人鍛冶師及工匠們的交流當中度過時間。

與他們之間的對話相當有意思。話雖如此也都是圍繞著鍛冶和礦山為主的話題，基本上我只是徹底當個聽眾。

矮人處理坍塌和有毒氣體的方法似乎都是由地精魔法使來負責，倘若沒有魔法使同行則是使用卷軸。雖然價格昂貴但性命是無可取代的。

這種卷軸並非出自地面上的魔法店，而是位於礦山區某間專做矮人生意的魔法店所販賣。倘若對方願意出售當然就非買不可了！

儘管已經叮嚀過孩子們不可以喝酒，但是我卻無法阻止矮人們抱著好玩的心態讓她們喝下。

「呵呵呵～佐藤。哼哼～哼，佐．藤。啊哈哈～佐藤♪」

或許是一喝醉就會發笑，露露整個人笑嘻嘻地對我全力撒嬌。

在叫到我的名字時，那甜美的語調聽起來就彷彿在語尾加上了愛心符號似的。

我從露露手中奪走酒杯，一邊哄著緊抱過來的她。

「嗚嗚！反正我就一直保持純潔之身。繼前世之後，這輩子也是一個人終老。」

亞里沙則是喝醉就哭的掃興類型。以後留意不要讓亞里沙喝酒吧。

『嘻嘻，好快樂，好快樂。來，佐藤，多喝一點吧。呵呵，居然有三個人哦。好棒，太棒了。』

總是寡言的蜜雅這時用精靈語說了一長串。

看她愉快地原地轉圈圈固然很好，但雙馬尾像鞭子一樣甩過來的動作真是危險。

見到她的裙子就要翻起，我將手摟在她的腰際然後抱在和露露相對的另一側。

「嘿嘿～系主人喲。」

「喵嗚～」

波奇的舌頭變得很不靈光。

小玉則是滑壘般來到我的大腿上縮成一團開始睡覺。波奇見狀之後也跟著坐上了大腿。

嗯嗯，妳們就安心睡吧——

「主人，邏輯迴路的狀態出現異常。這種水裡含有毒物……物……物？」

糟糕，連娜娜也喝酒了嗎？發現她變得就像壞掉的唱片那樣，我連忙給她喝下解宿醉的魔法藥並哄她入睡。

至於在我身旁乖乖飲酒的莉薩則是保持坐姿就這樣睡著了。

這個國家和現代日本不同，並沒有飲酒的年齡限制，不過還是不要讓這些孩子在未成年期間喝酒好了。

無從得知我的這份決心，酒宴的夜變得更深了。

>獲得稱號「妖精劍的鍛冶師」。
>獲得稱號「酒豪」。
>獲得稱號「蟒蛇」。
>獲得稱號「酒仙」。
>獲得稱號「矮人之友」。

◆

隔天早上，年少組的四人果然苦於宿醉的折磨。
「唔，頭好痛！嗚嗚，感覺好噁心。」
「喵～」
「好痛……喲。」
「佐藤，藥。」
昨天喝過藥的娜娜自然不用說，莉薩和露露似乎也沒有問題。
露露正在端水給大家喝。一碰上露露的目光，她就滿臉通紅地垂下臉龐。
我並沒有那麼不解風情會去吐槽她在酒宴上的醜態，所以其實用不著在意這點。不過既

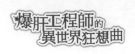

然那副模樣很可愛就繼續維持好了。

昨晚讓娜娜喝下的醒酒藥應該能治好孩子們的宿醉，但我決定暫時保持這樣。

「我出門一下購買醒酒藥的材料，妳們要乖乖待我回來哦。」

「嗚……嘔。我等著。」

「乖乖等待～」

「波奇也會乖乖等著喲。」

「酒，討厭。」

向淚眼汪汪的孩子們揮揮手後，我走出了房間。

我請裘裘莉小姐幫忙帶路，前往昨天矮人們告訴我的魔法店。

在裘裘莉小姐的建議下，我將昨天剛收下的妖精劍掛在腰上。

劍帶和劍鞘是我在宴會後乘著酒力自製的即興作品。

由於是以莉薩她們的鎧甲所使用的堅殼果實外殼加工而成所以外表很不起眼，但耐用度卻足以擋下鐵劍的攻擊。

至於劍鞘的裝飾和利用金屬做進一步補強的作業就留待日後再進行吧。

那麼，先不說這個，此趟目標的魔法店「冬&漢」就位於穿過祕銀高爐所在大房間的另外一頭。

「喲，裘裘莉，妳愛上人族了嗎？薩吉爾可要哭了啊。」

「喂，裘裘莉，帶人族來這種地方會挨老爹的拳頭哦。」

在魔法店裡迎接我們的是一對矮小的雙胞胎老爺爺。

說話方式和擔任門衛的矮人們相似，但他們並非矮人而是地精。

根據在鍛冶場聽到的消息，地精的故鄉似乎出了什麼大事，他們兩個不回去的話沒關係嗎？

我出於好奇打開了ＡＲ顯示的詳細情報，發現這兩人出身於布萊海姆這個氏族。看樣子出問題的只有波爾海姆氏族的地精而已。

「午安，冬爺爺和漢爺爺。這裡有祖父大人的許可哦。」

裘裘莉小姐這麼說道，伸手指著我的妖精劍劍柄。兩位地精爺爺表示要看個仔細，於是我便解下劍帶拿到容易觀看的位置。

「真讓人驚訝。這不是老爹的真印嗎？」

「太驚人了。老爹該不會喝了太多火酒吧？」

據說所謂的真印可說是杜哈爾老先生的一種背書，並不會出現在平常的作品上。

他們告訴我，只要是和波爾艾哈特白治領有關的矮人和地精，光是出示這個真印對方就會像老朋友一樣接待，是一種相當特別的印記。

感覺就像我手中「波爾艾南的靜鈴」的矮人版本一樣。

杜哈爾老先生……對於像我這麼一個昨天才剛認識的人，送出這麼寶貴的東西真的好嗎？

總之多虧這個真印的幫助，只要是店內的東西都可以賣給我，所以我決定請他們拿出魔法書和卷軸。

儘管這裡也兼營鍊金術店，不過僅販賣完成品而沒有調配器具和素材之類的。

「這個嘛，我們有土水火風冰焰的下級魔法書和土火焰的中級魔法書。如果是更稀有的，甚至還有鍛冶魔法和山魔法的書籍。」

冬先生堆起好幾本魔法書。

第一次聽過有鍛冶魔法，但那只是將可用於鍛冶的魔法改良後整理成一冊罷了，好像可以藉由火魔法的技能來施展。

山魔法也一樣是為了能在礦山裡尋找礦石和挖掘等用途而改良的魔法彙整筆記，同樣可以透過土魔法技能施展。

對方還善意提醒我，裡面夾雜了若干需要具備其他屬性魔法技能的咒語。

在冬先生的允許下，我粗略翻閱了魔法書。

內容就和在人族城鎮裡購買的類似。但咒語特徵與人族的不同，看起來相當有意思，我於是買下所有種類。至於付款和存放魔法書就輪到禹納背包出馬了。

接下來便進入本日的主要目的，購買卷軸。卷軸和魔法道具方面似乎是漢先生在負責。

「哦？卷軸嗎？卷軸價格昂貴，效果只能充作安慰之用哦？」

漢先生這麼給予忠告，但還是從櫃子裡取出了紙卷。

店內好像只有六種卷軸而已。

「這些是礦山技師單獨前往調查時用來防身的卷軸。包括可以粉碎岩石變成沙子的『碎岩』、滲水時使用的『冰結』和『泥土硬化』、在岩盤脆弱的地方用來補強的『土壁』。還有突破冒出奇怪氣體的場所時使用的『空氣清淨』和『風壁』。」

我當然提出希望購買全種類的要求，不過卻被漢先生制止了。

「抱歉，年輕人。如果不是很需要，能不能先別買『空氣清淨』？這個只剩下一卷，在下個月補充庫存之前我不想讓店裡缺貨。」

「既然這樣，我要另外五卷就可以了。」

雖然很可惜，但我還不至於因為物慾而讓矮人們感到為難。

本次獲得的卷軸如下——

∨卷軸，土魔法「土壁」。
∨卷軸，土魔法「碎岩」。
∨卷軸，土魔法「泥土硬化」。
∨卷軸，風魔法「風壁」。
∨卷軸，冰魔法「冰結」。

至於使用卷軸就等到了遠離城鎮的場所再說。

◆

花半個小時左右辦完事情後，我回到大家所在的地方。

「歡迎回來～」

全身無力的亞里沙帶著彷彿快掛掉的表情躺在床上。

小玉、波奇和蜜雅三人則是連聲音都沒有。看來這個教訓也太強了一點。

我從萬納背包裡取出治癒宿醉的魔法藥讓四人喝下。

「復活——！」

「好了～？」

「主人，謝謝喲。」

「感謝。」

魔法藥的效果相當出色，大家立刻恢復至原本的狀態，剛剛呻吟的模樣就彷彿是作夢一般。

由於她們接下來開始喊著肚子餓，露露於是前往廚房拿些簡單的湯類食物。

或許是錯覺，亞里沙的情緒顯得異常高昂，大概是努力想要忘掉昨天在酒宴上的發言吧。盡量別去提到這件事情好了。

因為昨天拋下她們不管，今天我決定帶著大家在波爾艾哈特市觀光。

裘裘莉小姐似乎願意專程替我們帶路。簡直就是ＶＩＰ級的待遇。

我們首先前往裘裘莉小姐所推薦的中央廣場。

「牽手～？」

「波奇也想牽手喲。」

「好啊。」

我牽著小玉和波奇的手走在路上。

「姆。」

「等一下要換人哦。」

「系～」

「好喲。」

看來似乎變成輪流制了。

——哦？

我一邁出步伐，就察覺後方有人在尾隨著。

確認地圖後發現跟蹤者是矮人，應該說是波爾艾哈特市的治安局人員才對。我向裘裘莉小姐詢問後，對方表示那是多利亞爾先生所派來的護衛。

不是好像，這完全就是ＶＩＰ待遇了。

有噴水池的中央廣場上除了表演劍術的劍士，還有磨刀匠和販賣武器及防具的人所擺設的露天攤位。

與聖留市的不同處在於沒有攤車，而是地面鋪上墊子後直接擺放著商品。或許是地緣關係，有許多五金類商品。

就在瀏覽露天攤販之際，我聽到矮人與年輕男子之間的對話。

「你說什麼！為何在矮人之村沒有販賣祕銀材質的劍。」

「這位貴族先生，你不要強人所難了。祕銀這種上等的素材，能夠處理的人只有杜哈爾大人和他的親傳弟子啊。」

「那麼，只要拜託那位杜哈爾先生就能弄到手了嗎？」

「可是啊，跟我們這裡的劍不同，祕銀材質的劍起碼要一百枚金幣耶？」

「你說什麼？連我身上這把鐵劍都要一枚金幣了，現在居然說要一百枚金幣！」

「什麼一枚金幣，那根本就是大量生產的廉價品嘛……」

矮人用傻眼的語氣這麼回答吃驚的年輕男子。

總覺得有種快要發生爭吵的預兆，於是我決定修正一下觀光路線，朝著傳來熱鬧喧囂聲的方向走去。

廣場的角落似乎有較量武術的人們正在進行街頭比試。

「有沒有人要挑戰啊！打贏本大爺的話就會贈送這把用兵螳螂的劍臂所製作的螳螂劍哦！難道就沒有強者願意賭上武器單挑嗎！」

虎人族的壯碩男子將魔物部位打造的劍舉向天空，挑釁著聚在周圍的民眾。

「公都的武術大會快到了，所以聚集了不少想展現自己身手的人哦。」

「武術大會嗎？」

「是的，每三年在公都舉辦一次。只要在大會上表現亮眼就可以被提拔為貴族的家臣，所以吸引了許多人想要靠武術出人頭地哦。」

我和裘裘莉小姐漫步在廣場上一邊這麼交談之際，衣服下襬忽然被輕輕拉扯。

「香腸～？」

循著小玉指示的方向望去，那裡有一台正在販賣香腸的攤車。

食用方法似乎是要塗上用蔬菜及野獸脂肪熬煮製成的醬料。

「主人，要抹褐色的喲。黃色的很辣所以不能抹喲。波奇都知道喲！」

波奇一臉鄭重這麼訴說，小玉也跟著不斷點頭。

——莫非……

我按捺著急躁的心情走向攤車。

「果然沒錯，是芥末嗎！」

「你說辛粒？喜歡吃辣的話，包了辣椒的香腸一根是三枚銅幣，普通香腸一根只要兩枚銅幣哦。」

「給我一根塗了辛粒的普通香腸。」

「好咧。」

我接過塗上芥末的香腸後咬了一口。

強烈的辛辣刺激著舌頭。好懷念的刺激感。真好吃。

享受著美味與芥末的辛辣，我又咬了下一口。

唔——真是欲罷不能的美味。

不知不覺中，我已經將整根香腸都吃完了。

「主人竟然會那麼忘我地享用露天攤販的食物，真是罕見呢。」

瞪圓雙眼的露露取出手帕遞給我。

我向露露道謝後擦拭嘴巴，在身旁蹦蹦跳跳的亞里沙忽然發出尖叫：

「啊，我的夢想！用手指擦拭正太的臉頰說『呵呵，你這貪吃鬼』……」

真有那麼懊悔，必須要用拳頭捶地面嗎？

忽略亞里沙的古怪行動，我也讓大家享用了香腸。

據露露所言，她已經乘著昨天大量購買了芥末和香腸。我撫摸著露露的腦袋稱讚「真了不起」，那臉紅的模樣真是可愛。

另一方面或許是因為我沒有聽從勸告，波奇看起來有些落寞的樣子。

我暗自發誓，下一次就按照波奇推薦的來吃吧。

穿過廣場，我們在街頭攔了一輛馬車前往工匠區。

鎚子敲打鐵砧的「匡鏘」聲響和矮人們的喧囂聲充斥著整個街上。

「很有活力呢。」

「是的，雖然也有鍛造武器的需求在內，但波爾艾哈特自治領的精密鑄造技術也是希嘉王國首屈一指的，所以每個月都會接到許多訂單。」

原來如此，即使在打打殺殺的世界裡也並非大家都在打造武器呢。

「有興趣的話是否要去參觀一番呢？」

「好的，非常樂意！」

我立刻同意了裘裘莉小姐的建議，前去打擾她的熟人所經營的鑄造工房。

「——就是這樣。簡單來說把加熱後的金屬灌入模具裡，取出凝固的鑄件用銼刀修飾多餘的部分後就完成了。」

在工房裡，老闆身分的矮人全程陪同這麼說明道。

這似乎也是拜杜哈爾老先生的真印所賜。

寬廣房間的另一端是用來將熔解的金屬注入模具的地方。

些許昏暗的房間內散布著金屬熔解後的紅色光輝。

灌入模具時紅色的火花四散，實在相當漂亮。

些許強烈的金屬氣味讓我用手帕掩住了嘴巴。往旁邊一看，露露和蜜雅她們也都學我這麼使用手帕。

見我們如此脆弱，工房老闆豪爽地哇哈哈大笑。

「火花好漂亮～？」

「滋滋的聲音喲！」

小玉和波奇見到熔解的金屬灌入模具後發出了歡呼聲。

被火花所吸引準備靠近的小玉和波奇在踏出第一步時就被莉薩抓住。這兩人都像屍體一樣被莉薩抱在兩側的手臂下方。

大概是對於火花光輝感到著迷，繼兩人之後娜娜也搖搖晃晃地走向那些工人。

「不行。」

蜜雅抓住娜娜的長馬尾末端毫不留情地拉扯。

猛烈的力道讓猝不及防的娜娜脖子處幾乎傳出「劈啪」聲響。

「蜜雅，脖子很痛——這麼抗議道。」

「嗯，抱歉。」

淚眼汪汪的娜娜撫摸著自己的頸部，目光一邊望向火花的方向。

「因為很漂亮，所以想要近距離觀看——這麼建議道。」

「危險。」

被蜜雅訓斥後，娜娜轉而向我求助。

「主人，請求許可。」

「太危險了，站在這裡看就好。」

同樣被我禁止後，娜娜看似沮喪地垂下肩膀。

「別這樣，小姑娘。隨便靠近的話，漂亮的臉蛋可是會被燙傷啊。」

工房老闆這麼告訴娜娜，然後將大家帶往下一個房間。

我在移動的同時一邊向工房老闆詢問心中的疑問。

「模具是怎麼製作的呢？」

「首先削切木頭或用黏土製作模型，接下來拿去給魔法使將模型變成石頭。然後將那個石模型沉入熔解的金屬裡，凝固之後剖成兩半。最後再一次拜託魔法使將模具裡殘留的石頭變成泥巴流出，這樣就完成了。」

……真想不到，矮人在鑄造過程中居然會使用魔法。

「有些鑄造會使用沙子或石膏，不過我們這裡不用。說到這個，記得精靈好像是用魔法直接製作模具的吧？」

「嗯。」

工房老闆將話題拋給蜜雅。蜜雅簡短回答之後點點頭。

既然「盾」和「防禦壁」這些魔法具有足夠強度，的確是可以做出模具才對。

大致參觀過工房後，我們在擺放有鑄造樣品的辦公室裡享用冰茶。

由於剛離開酷熱的房間，喝起來實在是沁涼美味。

我不經意轉動目光，捕捉到了房間角落某樣有趣的東西。

「那個是製作香腸用的絞肉加工機嗎？」

「嗯嗯，沒錯。從攤車使用的小型機器到肉品加工廠用的大型機器都應有盡有。」

嗯，果然是這樣嗎。

「如果下單大概多久可以完成呢？」

「莫非你想買一台嗎？」

「是的，我在廣場吃到很美味的香腸，所以想要一台方便自己製作絞肉的機械。」

雖然也可以用菜刀製作絞肉，但除了很麻煩以外，用菜刀剁肉還會導致大小不一以及破壞肉的纖維，所以讓我覺得相當頭疼。

「攤車用的小型版應該還有庫存才對。送到市長的公邸可以嗎？」

「是的，麻煩你了。」

——這樣一來就可以製作「那個」給大家吃了。

想像著大家欣喜的表情，我向工房老闆支付費用完成了購買手續。

除了鑄造工房，我們還參觀了好幾間普通工匠的工房，最後在裘裘莉小姐推薦的大風車處稍作休息。

眾人在大風車前的公園品嚐名產蝦餅，觀看矮人小孩與年少組之間的互動。

觀光行程大致結束後，裘裘莉小姐帶領我們來到一家店前。

「這裡就是『賈洛哈爾魔法商會』。」

店內不見其他客人，櫃臺處僅有一名矮人趴在桌上打瞌睡。

「真是的，賈洛哈爾。」

裘裘莉小姐跑向櫃臺，將拳頭砸向賈洛哈爾的腦袋。

不愧是杜哈爾老先生的孫女，行動模式十分相似。

「好痛……」

摸著被打的腦袋，賈洛哈爾抬起臉來。

他的腹部以矮人來說並未突出，鬍子也用蠟整齊地打理過，說不定可以算是一名帥哥矮人吧。

「清醒了沒？」

「嗨，裘裘莉。妳會來我店裡真是稀奇啊！莫非已經唾棄薩吉爾那個四肢發達的傢伙了嗎？很好！這可是件好事啊。」

「早安，賈洛哈爾。不可以這麼說薩吉爾先生哦。」

一見到裘裘莉小姐的臉，賈洛哈爾就像機關槍一般喋喋不休起來。

裘裘莉小姐對此則是輕鬆化解並告誡道。

「唉呀，妳後面的是客人嗎？」

「是啊。他們是祖父大人的貴賓，要好好接待哦。」

「哦，人族竟然能成為杜哈爾老先生的座上賓，究竟是哪位大貴族的公子？」

「才不是，佐藤先生可是獲得祖父大人賜予真印的鍛冶師哦。」

「真的嗎？」

我向瞪圓雙眼的賈洛哈爾出示妖精劍的劍柄後獲得認同，對方終於願意拿出魔法書和卷軸。

魔法書和地下販售的幾乎是相同種類，但生活魔法的書籍有兩本為不同作者，於是我就買下了。

與鍛冶有關的鍊金術用素材也有不少。

例如水銀和硫磺等，在其他都市庫存不多的礦山類商品種類豐富且又便宜，我也購買了不至於掃光庫存的數量。

水銀由於可以購買整桶，所以往後在進行鍊成的鍍金處理時應該會很方便。

「哈哈哈，這可是開店以來的大生意啊。裘裘莉果然是我的女神。」

「討厭，賈洛哈爾你真是的。不要只顧著自己高興，好好招待客人啊。」

裘裘莉小姐這麼告誡心情絕佳的賈洛哈爾。

面對整個人轉過來的賈洛哈爾，我告知對方希望能看看卷軸。

自此就是我來到這裡的真正目的了。

這裡的卷軸種類似乎和地下的不同。

據賈洛哈爾所言，這些是專為貴族和商人設計的。

「怎麼樣，這些是我專程去尤魯斯卡城進貨的商品，很稀奇吧？」

「唉呀！尤魯斯卡不是那個只有魔獵人和鼬人族商人的城鎮嗎？你不會被推銷了什麼奇怪的商品吧？」

裘裘莉小姐憂心忡忡地詢問充滿自信的賈洛哈爾。

尤魯斯卡是位於這個自治領東南方的城鎮，也是通往東部山脈另一端小國群的街道要衝。

「裘裘莉妳真是愛操心呢。」

賈洛哈爾看似有些尷尬地將卷軸陳列出來。

「瞧！這些是罕見的生活魔法卷軸。專為不適應旅行的人所設計的『驅除害蟲』、『止癢』還有『除臭』。就連喝生水也不會搞壞肚子的『淨水』卷軸都有。」

實在是相當有趣的卷軸，不過總覺得性價比不高。

果不其然，裘裘莉在見到這些品項後臉色頓時一沉：

「我說，賈洛哈爾，這種卷軸一卷多少錢？」

「哼哼，原本我很想說一卷一枚金幣，不過既然是妳介紹的人，就三枚銀幣好了。」

「這種卷軸，你不是連一卷都沒賣出去嗎？」

原本得意洋洋的賈洛哈爾在聽了裘裘莉小姐的疑問後表情僵住。

亞里沙更是追加了致命一擊。

「說得也是。與其帶著這麼昂貴的卷軸，還是雇用會生活魔法的隨從比較方便，資金運用也更為靈活。」

與亞里沙有同樣想法的貴族和商人似乎不在少數，據說自從進貨以來的這半年裡完全就是賣不掉的滯銷貨。

「我……我這裡還有可以發現野狼的『探知』和躲避盜賊追殺的『防護柵』哦！」

「比起卷軸的探知魔法，還是獸人的聽覺和嗅覺更為出色吧？」

賈洛哈爾打起精神繼續推銷，但卻被亞里沙一句話打斷。

「那……那麼，可以向遠方同伴發送訊息的『信號』怎麼樣！」

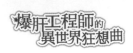

「那種東西，收信方也必須發動『信號』魔法才行吧？」

「嗯，必要。」

「那還不如使用狼煙比較好。」

身為魔法愛好者的亞里沙告知「信號」的缺點後，蜜雅也對此表示肯定。

最後裘裘莉小姐再做出實際評語，賈洛哈爾至此終於哭喪著臉。

由於娜娜的理術中有「信號」這一項，拿來接收娜娜的緊急信號時會很方便。

變得自暴自棄的賈洛哈爾接下來拿出了光魔法「聚光」的卷軸：

「這個很厲害哦！就算陰天也能把衣服弄乾，還可以在昏暗的房間裡看書！」

「賈……賈洛哈爾……」

「我承認，當初誤以為是『發光』的卷軸就買下來了。」

賈洛哈爾這番心灰意冷的推銷話術讓裘裘莉小姐面露憂心的表情。

那模樣實在太過可憐，我於是決定伸出援手。乘現在應該可以低價入手才對。

「賈洛哈爾先生，我正在收集稀有的卷軸，所以這裡的卷軸就容我全部買下了。」

「真……真的嗎？」

聽了我的話，賈洛哈爾眼中泛著淚水這麼求助道。

「你應該會在價格上優惠一點吧？」

「當……當然了，裘裘莉。我可沒有賺錢。就用當初的進貨價賣出吧。」

雖然期待對方多少會給些折扣，但沒想到居然願意下殺到進貨價。

「對了！既然你在收集，我還有其他很多稀有的卷軸哦。等我一下，馬上就拿過來。」

或許判斷我是個大買家，賈洛哈爾飛奔進店內的倉庫裡。

過了好一會，滿身灰塵的賈洛哈爾抱著卷軸回來了。

「怎麼樣？這些可是很罕見的哦。」

似乎的確很不常見。

第一個是土魔法「研磨」的卷軸，乍看十分便利但還不如使用銼刀來得容易調整和順手。

第二個是火魔法「火焰爐」。

好像是為了利用火魔法熔解礦石後並做出金屬塊的魔法。

原本覺得這是很適合矮人的魔法，但換成卷軸的話似乎必須使用十次左右才能將銅礦石熔解。

「這……這可以當作攻擊魔法使用哦。」

「用這個攻擊的話自己也會受傷吧。還是火焰彈的魔力效率比較高。」

再加上發動距離很近，看來是會波及到卷軸使用者的瑕疵品。

總而言之根本比不上使用普通的火爐。

而且出門在外進行鍛冶根本毫無意義，完全沒有人具備這類需求。

第三個拿出來的是術理魔法「理力模具」的卷軸。

這個可以在空中形成透明的立方體，根據術者的想像讓立方體隨意變形，最後將凹凸面顛倒製作出模具。

「看起來是很方便的魔法呢。」

「是啊，這個不是可以賣給製造試作品的人嗎？」

「那是因為……」

「中級。」

這也是乍看很適合鍛冶的魔法，但果然還是存在缺點。

「啊，對了！這個魔法是中級的吧。」

蜜雅喃喃唸道的同時，亞里沙也恰好得出了結論。

換句話說，消耗的魔力比下級魔法要多出不少。

「而且，大家都說用黏土比較方便……」

即使如此，一樣也可以根據黏土製造的試作品來製作模具。不過賈洛哈爾坦承了還有其他缺點。

耐用度也存在問題。要是注入熔解的金屬，在凝固前模具就會因高熱而損壞了。

「改……改成灌蠟進去的話應該還有用處——」

或許已經不知道該對努力推銷的賈洛哈爾說些什麼，裘裘莉小姐只是拍了他的肩膀以示鼓勵。

最後亮相的是術理魔法「立方體」的卷軸。

「為什麼會有這種微妙的卷軸……」

想不出有何用途的亞里沙皺起眉頭。

這個算是介於「盾」和「自走板」之間的魔法，可以根據術者所需在空中製造出任意尺寸的透明立方體。

據說主要是用來阻擋衝鋒的敵人或暫時當成桌椅使用。

持續時間不僅很短，離開術者後就會自行消失。而且也並非完全都固定在空中，似乎施加一定的重量後就會移動。

這個好像可以在空中製造看不見的階梯，豈不是挺有用處的魔法嗎？

「最低等級的『立方體』魔法大約是這樣哦？」

亞里沙用手指在空中繪出每邊十公分左右的立方體。而且好像只能支撐五百公克的重量。以卷軸方式使用時僅能發動最低等級，所以會滯銷也是合情合理。

「我本來打算進兩卷『理力模具』的卷軸，結果另一卷居然是『立方體』。」

「賈洛哈爾……」

面對自嘲般喃喃自語的賈洛哈爾，裘裘莉小姐也為之語塞。

「真不簡單，淨是一些奇怪的卷軸……」

「姆。」

亞里沙和蜜雅都露出傻眼的表情。

小玉和波奇則是在莉薩的腳邊睡著了。果然已經逛膩了嗎？

這樣一來卷軸似乎都已經出盡，差不多該談生意了。

「都是很有趣的卷軸呢。那麼，這些卷軸大概多少錢呢？」

「……咦？」

遭到裘裘莉小姐和亞里沙毫不留情地批判後原以為沒有指望可以賣掉，所以在我開始交涉價格後，賈洛哈爾只是一副錯愕的表情這麼反問道。

這些東西一般而言的確只能說是垃圾，但對我來說卻遠比在地下購買的卷軸更為吸引人。

「應該可以賣給我吧？」

「啊……啊……嗯嗯！當然！當然可以了！」

我出聲確認後，賈洛哈爾滿嘴嚷著「真不敢相信」一邊點頭。

「進貨價——不，豈能那麼小氣。一卷只要一枚銀幣就好。唉呀，今天真是幸運日。裘莉，妳看起來就像個真正的女神啊。」

將費用支付給神情愉快的賈洛哈爾後，我收下了這一堆卷軸。

同時也暗自發誓，等哪一天自己有能力製作魔法卷軸的時候，一定要用優惠價格將暢銷商品批發給他。

另外，本次獲得的卷軸如下——

∨卷軸，生活魔法「驅除害蟲」。
∨卷軸，生活魔法「止癢」。
∨卷軸，生活魔法「除臭」。
∨卷軸，生活魔法「淨水」。
∨卷軸，術理魔法「探知」。
∨卷軸，術理魔法「防護柵」。
∨卷軸，術理魔法「信號」。
∨卷軸，術理魔法「立方體」。

＞卷軸，術理魔法「理力模具」。
＞卷軸，土魔法「研磨」。
＞卷軸，火魔法「火焰爐」。
＞卷軸，光魔法「聚光」。

我已經迫不及待想確認它們在魔法欄使用時的效果了。

◆

隔天，我們自波爾艾哈特市啟程之前先去向杜哈爾老先生辭行。

「佐藤，我把裘裘莉嫁給你，你來繼承我的手藝吧。」

「老……老師！裘……裘裘莉是我的！」

「祖……祖父大人！還有薩吉爾先生，你們在胡說什麼啊？」

杜哈爾老先生的唐突發言讓薩吉爾先生和裘裘莉小姐不知所措。

裘裘莉小姐是個好女孩，可惜的是遠遠位在我的好球帶之外。

「杜哈爾大人，這實在是不勝惶恐，但我還有其他必須完成的使命。況且就算不依靠我，波爾艾哈特不是也有許多相當出色的年輕人嗎？杜哈爾大人請您將自己千錘百煉的技術留給弟子們就好——」

經我嚴詞拒絕後，杜哈爾老先生也不再繼續勉強，收回了這個提議。

這恐怕是有說服技能從旁輔助的功勞吧。

我們在杜哈爾老先生及許多矮人的目送之下離開了波爾艾哈特市。

下次等旅途中找到名酒作為禮物後再回來玩吧。

我將手擺在腰上掛著的妖精劍劍柄，眺望波爾艾哈特在山北逐漸變淡的白煙。

大河畔

「我是佐藤。聽到大河二字腦中就會聯想到長江。明明還有尼羅河、亞馬遜河或密西西比河這麼多河川，但不知為何只會浮現出長江。果然是受到三國志的赤壁之戰影響嗎？」

「露露，進去那邊的小路。」

「是的，主人。」

馬車遵照我的指示離開主街道，前進方向變更為狹窄的小徑。

「奇怪？是捷徑嗎？」

面對亞里沙納悶的表情，我只是投以微笑。

那一頭霧水的臉龐不久後變成滿面的笑容。

「哇啊——花田？太壯觀了，一整片都是花田。」

正如亞里沙的歡呼，此處盛開著色彩繽紛的花朵。

當初抵達波爾艾哈特市之際娜娜和蜜雅頭上戴著的鮮花王冠，我在搜尋地圖之後找到了同種類的花。

露露將馬車停放在花田前方的小河旁。

「今天就在這裡吃午餐吧。」

「知道了。全員就午餐位置！開始行動。」

「系系～」

「了解喲。」

我這麼宣布後，莉薩便向全體下達指示。

小玉和波奇負責照顧馬匹，蜜雅和亞里沙外出採集，莉薩和露露則協助準備午餐。

娜娜平常大多都幫忙準備午餐，但這一次我讓她跟去護衛亞里沙和蜜雅。

一邊教導莉薩和露露如何使用剛在波爾艾哈特市獲得的絞肉機，我同時開始準備料理的材料。

不久，小玉和波奇完成工作，跑過來觀看調理過程。

「圓圓的～？」

「好奇怪的肉喲。」

見到我利用波爾艾哈特市剛獲得的絞肉機所做出來的「那個料理」，小玉和波奇都不解地傾頭。

小玉用認真的目光盯著在我雙手之間不斷傳接的黏乎乎肉塊。

儘管看起來心癢癢地很想出手，但不可糟蹋食物的念頭似乎克制了她的衝動。

我將手掌大小的「那個」排列在抹上一層油的炙熱鐵板上，翻過一次面之後蓋上在波爾艾哈特市剛買來的蓋子加以悶燒。

「好香的味道。」

「這個對莉薩妳來說可能太軟了一點，我再另外煎噴射狼的肉排如何？」

「不！在下莉薩，只要是主人製作的料理，絕對會一掃而空不留任何肥肉的。」

莉薩用鄭重的表情做出宣言。

……唔，不過是午餐而已，用不著那麼卯足幹勁。

「哦哦！這不是漢堡排嗎！」

抽動鼻子聞了聞香味的亞里沙猜中了這道料理。

「是混合肉？還是純牛肉？」

「我把長毛牛和野豬肉混合在一起。如果大家都喜歡漢堡排，以後我再試著拓展其他肉類的搭配吧。」

一邊回答亞里沙的問題，我開始製作蜜紅蘿蔔和炸薯條這些不可或缺的副食。

這邊的紅蘿蔔為圓形狀，甜味略強。地瓜則是從好幾個品種當中挑選出適合用來油炸的種類。

「採回來了。」

「已經超過裝載量——這麼抱怨道。」

娜娜「砰」地一聲將成捆的青竹和沉重的袋子放在馬車前。

袋子裡面裝的是竹筍。

「這些竹筍看起來真好吃。」

「嗯，美味。」

「竹筍需要花時間備料，所以明天午餐再來吃吧。」

「可惜。」

以後試著製作一下可以縮短調理時間的魔法好了。

至於那一大捆竹子根據ＡＲ顯示種類為「食竹」。

敲了敲青色的竹莖之後傳回金屬般的觸感。這個表皮好像比普通的青竹要堅硬好幾倍。

雖然可以用來製作竹甲，不過還是算了。

從「食竹」這個名稱看來應該可以食用，只是目前還不知道調理方法。

等到了村莊後再問問有沒有人知道如何調理好了。由於不會占空間，在那之前就先充當一下儲倉的肥料吧。

在亞里沙和蜜雅採來的各種魔法藥材料和香草山菜當中，我將除了今天午餐用的分量之外全部透過萬納背包收進儲倉裡。

「楤木芽要做成天婦羅嗎？」

「嗯，期待。」

我拜託露露處理一下楤木芽。

在山菜類的處理手法上，露露比莉薩還要更在行。

「主人，輔助搬運使用過多身體強化，消耗了魔力──這麼報告道。希望進行魔力補給──這麼要求道。」

「知道了，稍後再給妳魔力回復藥。」

我這麼回答後，娜娜不發一語地停止動作。儘管表情未顯露，但感覺似乎有些不滿意。

「……希望直接供給魔力。不行……嗎──這麼詢問道。」

依舊還是面無表情，不過從說話的節奏來看就像小孩子在撒嬌一樣。

「飯後我本來打算進行魔法實驗……不過就優先獎勵一下賣力的娜娜好了。」

「是的，主人。」

娜娜的聲調略微上揚。

她將手放在衣服下襬準備脫掉，卻被亞里沙和蜜雅默契十足地聯手阻止了。

「休想突破亞里沙的鐵壁防禦哦？」

「嗯，完美。」

我將目光從表情得意的兩人身上移開，吩咐娜娜用完午餐後再補給魔力。

「好，來吃午餐吧。」

除了每個人的餐盤，餐桌中央還堆了好幾塊剛煎好的肉排供大家續盤。

接著，亞里沙像往常那樣帶頭呼喊「開動了」之後，全員便開始用餐。

「姆姆～」

「姆——！」

吃下第一口漢堡排的小玉和波奇驚訝得瞪圓雙眼。

莉薩起先也浮現吃驚的表情，如今卻是一臉正經地咀嚼著口中的漢堡排。

不久，莉薩的喉嚨動了動，露出心滿意足的神情。

看來喜歡堅韌食材的莉薩也相當中意的樣子。

「真美味！……而且很柔軟呢。與之前吃過的丸子很像，但我比較喜歡這個。」

「好吃！好久沒吃到漢堡排了。附帶的薯條也超好吃的。」

露露和亞里沙開心地分享著對漢堡排的感想。

「蜜雅，希望交換天婦羅和紅蘿蔔。」

「嗯，交換。」

蜜雅和娜娜則是享受著交換配菜的樂趣。

下一次不光是肉，包括副食也多做一點好讓大家自行夾取吧。

滿意地望著深受大家好評的光景，我也將一小塊漢堡排送入口中。

入口的瞬間，構成漢堡排的肉就像散開一般在嘴裡融化。

兩種肉的美味和濃郁的醬汁渾然一體，將幸福傳遞至舌頭上。

這要是漫畫，我的身邊已經有天使在飛來飛去了。

咬了一口隨附的紅蘿蔔享受甜味後，繼薯條和花椰菜，我又品嚐剛煮好的米飯以清理口中的餘味。

然後順從年輕身體追求肉類的本能再度將筷子伸向漢堡排。

不知不覺中，所有盤子已經被一掃而空。

獸娘們正在進行肉排山的攻略，但目光不知為何固定在我身上。

「有人還想要漢堡排的嗎？」

察言觀色之後的發問結果自然不用說，我只能稱讚矮人製造的絞肉機連續運作的性能無比出眾了。

飯後我享受著娜娜背部光滑的觸感——不對，是進行魔力供給。

魔力供給時的嬌聲讓我嚇了一跳，不過因為是在孩子們面前就自我約束了。

為了將妖精劍運用自如並順便發洩欲望及幫助消化，我於是開始進行練習。

向上舉劍並停住，在注入魔力之後下揮。這一次又保持下揮的姿勢將魔力吸出，迅速拉回變輕的劍身。

靈活使用妖精劍的關鍵在於重量的變化，所以我透過緩慢的動作確實將其掌握，然後再逐步提高速度。

不間斷地反覆練習三十分鐘左右，我總算能使出滿意的動作於是結束了練習。

不知為何居然獲得了掌聲。

回過神一看，發現大家一直待在不會妨礙到我的地方欣賞著。

「真～是太作弊了。你知道自己在做什麼嗎？」

「不就練習動作而已？」

莫非要批評這種自行發明的動作很中二病嗎？

「看來你真的不知道呢。」

亞里沙快步走到我身邊，抓住我的衣領並將臉湊近小聲告知：

「一般來說，沒有人能那麼快就把魔力注入劍裡哦。順帶一提，就算有辦法洩掉劍裡的魔力，也無法再次吸收回來。」

——是這樣嗎？

使用莉薩的魔槍時可以辦到，所以我一直以為是理所當然的……

「大概是因為沒想到要這麼做，所以大家才不會去做的吧？」

「這怎麼可能呢？要是可以輕鬆辦到就根本不需要魔力回復藥了。使用魔法之後消耗魔力，然後再將魔法道具裡的魔力吸出藉此回復，這樣根本一個人就能充當砲台了。」

亞里沙放開我的衣領，做出雙手上舉的投降姿勢。

——原來如此，很不錯的情報。

我向亞里沙道謝。

光是言語上還不足以表達謝意，所以就擁抱她一下。

「嗚哈！不可以這麼猴急啊～」

亞里沙像之前那樣發出怪聲整個人胡亂掙扎著。

看來還是老樣子，自己主動出擊就顯得很冷靜，但被對方熱情以待就覺得害羞。偶爾這麼偷襲她一下實在挺愉快的。

總而言之，我決定今後要針對吸出劍中魔力時的效率為何，還有放在儲倉內一晚再吸出魔力會有什麼程度的衰減仔細進行調查。

倘若我猜想得沒錯，應該可以儲藏平時剩餘的大量魔力才對。

出發前，我先將波爾艾哈特市購買的卷軸全部用掉以登記在魔法欄裡。

雖然比較卷軸和魔法欄兩者之間的效果差異也很有趣，但由於以往還沒有出現過僅有卷軸級別水準的狀況所以只是草草確認了一下。

使用卷軸之後我新獲得了「光魔法」、「冰魔法」和「冰抗性」技能，於是將技能點數分配至最大值並且開啟。

魔法欄的測試我打算等到日落之後前往深山裡進行。

除了在街道移動時遭到一群灰色狼襲擊並補充了大量的狼肉之外，沒有其他值得一提的狀況，真是和平且風雅的一段路程。

當天用完晚餐，我在結束每天必做的詠唱練習後乘著夜色用滑翔翼飛在天空中。由於具備「風壓」魔法，所以可以從任何地方起飛。

距離街道二十公里外的深山裡有一片不用擔心火勢蔓延的荒地，因此我決定選為實驗場地。雖然有零星的灌木和草叢，不過這種程度應該不要緊。

好，開始進入魔法的實驗吧——

我首先選擇的是「火焰爐」。

根據鍛冶魔法的書籍記載，「火焰爐」好像被分類為中級的火魔法。

我回憶起下級的「小火焰彈」可以將迷宮牆壁變成熔岩狀一事，於是利用儲倉內取出的巨大隕石打造作業台。

這個隕石是施展「流星雨」魔法後從天上掉下來的，所以應該相當耐熱。

我用聖劍砍下巨大隕石的邊緣。

以聖劍來說可以感覺到微妙的阻力，但依舊順利地砍斷隕石，所以剩下的部分就收回儲倉裡。

我在完成的作業台上擺放銅幣、鐵製短劍和祕銀礦石，從魔法欄發動「火焰爐」。

畢竟是精鍊用的魔法，似乎可以調節火力大小。所消耗的魔力則是根據火力強度和持續時間來決定。

漸漸提高溫度後，一種燒灼金屬的異臭瀰漫出來。

每當臭味無法忍受時我就會施展「除臭」魔法。

——好熱。

我自從變成這具身體後就很能適應氣候變化，即使如此待在「火焰爐」的火焰旁還是會冒汗。

發動後過了十秒左右，銅幣熔解，三十秒後連同短劍也一併熔解成液體狀。

花了大約三分鐘，終於能夠確認祕銀熔解。火焰的溫度會顯示在ＡＲ內，於是我分別將它們的融點記錄下來。

遇到如此高的溫度，皮膚就像暴露在盛夏太陽底下做日光浴那樣火辣。

換成普通人或許會致命，所以使用這個魔法時得注意周圍才行。

接下來是最大火力的測試。

雖然有些浪費，還是用祕銀合金的短劍來測試吧。

我毫不保留地設定為全開，然後施展「火焰爐」。

這個瞬間——

刺眼的白色火焰充斥整個視野。

不待察覺危機技能產生反應，我當下停止「火焰爐」並利用「風壓」魔法將熱量吹往空中。

或許是光亮調整技能的作用，原本泛白的視野恢復原狀了。

作業台上變得一片焦黑，用來做實驗的祕銀合金短劍僅留下些許的殘渣其餘完全蒸發。

可怕的是作業台本身居然毫無熔解的跡象。

確認自己的身體後，發現受到了輕微的燒傷。

畢竟是足夠將一公尺外的金屬蒸發掉的高溫，這也是理所當然。

應該說，只有受到輕微燒傷這點才比較奇怪。

保護臉部的手是燒傷最嚴重的部位，但看著看著就像倒帶一般自行康復。我想這大概是自我治療技能的功勞吧。

真是強悍到令人噁心的自我修復能力。

——不，如今應該算是相當可靠的技能才對。

我的身體可以透過技能治療，但衣服就被燒掉了。

面向火焰的衣服燃燒後變得破爛不堪，就連高防火能力的許德拉皮革外套也被燒出焦黑的洞。

為了不讓大家操心，就換上和剛才穿的同種類衣服吧。

話說這個「火焰爐」魔法應該是非戰鬥用，但這種超乎常理的高溫似乎可以移作攻擊魔法之用。

由於效果範圍狹小所以容易演變成自爆攻擊，不過我打算拿來當作重要的底牌。

儘管在面對魔族時是以神聖武器來決定勝負，似乎沒有什麼派上用場的機會了。

接著我又進行了其他各種魔法的實驗。

「風壁」、「理力模具」、「研磨」、「冰結」和「淨水」之類的用途似乎相當廣泛。只不過「理力模具」的話要掌握訣竅實在有些難度。

另外像「驅除害蟲」和「止癢」雖然我不需要，但其他孩子們在採集藥草時應該會很方便吧。

我自己是因為蚊子和害蟲無法突破我的皮膚，所以完全不會被咬。

進行土木作業時若具備「土壁」、「碎岩」和「泥土硬化」，效率會相當驚人。一個晚上造出一座城並非痴人說夢。我試著在荒地上建造後竟然三分鐘就能夠建成，簡直可媲美泡麵的時間。

儘管擁有這麼多便利的魔法，但「聚光」實在是想不出有何用途。而「防護柵」並非無法使用，不過還是「防禦壁」和「盾」比較方便。「探知」的話我已經有雷達了。

至於最後的「立方體」魔法——

「這真是好玩。」

這個魔法可以在空中製作出每邊從十公分到十二公尺的透明立方體，大小不同能支撐的重量也有差異。

「究竟可以爬到多高呢？」

我這麼喃喃自語，一邊登上「立方體」製作出來的透明階梯。

效果時間最長為十分鐘，普通的術者會因魔力耗盡而摔下來，但我只是製作足以支撐自己體重的尺寸而沒有超過魔力的自然回復量，所以可以一直做下去。

浮在空中之際我遭到地盤被侵犯的飛行型魔物的襲擊，於是我決定練習一下空中戰鬥。

飛來的魔物等級為二十左右，是一隻輕型卡車體積的甲蟲。根據ＡＲ顯示，似乎叫「甲蟲兵」這個名稱。

這次的目的是空中戰，所以我利用「立方體」魔法在空中建立落腳點來回跳躍，藉以閃避甲蟲兵的突擊和魔法。

——我的動作還真像電玩角色。

有了立體機動技能和空中機動技能的輔助，我學習如何配合機動創造出最小尺寸的「立方體」，然後進一步摸索最合適的動作。

待甲蟲兵的體力耗盡之際，我已經能夠發揮出媲美地面戰的靈活身手了。

這樣一來應該可以和龍或是魔族展開空中戰才對。

＞獲得技能「天驅」。

＞獲得稱號「空中漫步者」。

∨獲得稱號「無翼飛行者」。
∨獲得稱號「天空霸者」。

在我能自由自在地進行空中戰後，便獲得了上述的技能和稱號。
被技能名所吸引，我立刻就將點數分配至技能並開啟。
這個天驅技能就和踩著「立方體」飛上天空幾乎是同樣的效果，卻能夠以更少的魔力來達成。
反應也相當快，用不著每次都要留意製作「立方體」的大小和位置。
即使在消耗魔力較多的「天驅」加速狀態下也比魔力的自然回復量要略少一些，所以不用花時間鑽研飛行方式就可擁有持久的續航力。
由於能承受風壓和大氣減壓的只有我一人，要是帶著其他人飛行就必須控制好速度和高度了。

◆

進行完魔法實驗的後天早晨。

我們走出了山中，來到眼前即將進入大河沿岸街道的場所。

「主人，可以看見與主街道匯合的地點了。」

聽到駕駛台的露露這麼報告，我也出現在駕駛台上。

匯合地點附近建有看似燈塔的箭樓，公爵領的士兵駐守在其中。由於箭樓另一端的樹林阻擋所以還看不到大河。

先行一步前去查看匯合地點的莉薩和娜娜這時騎著馬回來了。娜娜的馬上還坐著蜜雅。

「主人，請看那裡。森林的另一邊有某種東西。」

望向莉薩所指的方向，樹林的縫隙間除了可見到大型船的船帆之外什麼也沒有。唔，莉薩所謂的某種東西大概就是那個船帆吧。

「那是船帆哦。樹林另一邊是大河，所以大概是在那邊往來航行吧。」

似乎是聽見我的說明，小玉和波奇從馬車裡探出臉來。

「船～？」

「在哪裡喲？」

小玉攀上我的身體伸長脖子想要看清樹林的另一端。

波奇也抓著露露的雙肩打直身體，但似乎沒能看見。

「這樣很危險，過來這邊。」

「俘虜～？」

「被抓了喲。」

我將小玉和波奇抓到大腿上放著，雙手支撐著兩人不至於讓她們掉下去。

小玉對於被我抓住一事感到很高興，波奇卻是將腦袋向上轉來訴說道：

「好想看船喲。」

「就這樣坐著，很快就能看到了。」

我這麼說服波奇並撫摸她的腦袋。

這時就連亞里沙也走出了馬車。

「——是這樣嗎？」

亞里沙從後方摟住露露的脖子，進行姊妹間的肢體接觸一邊這麼發問。

不久，河川映入眼簾。就位在行進方向的右手邊。

「瞧——」

「好大的～船～？」

「看到船了喲！」

在我催促的同時，小玉和波奇也高聲歡呼起來。

一艘體積相當大的帆船朝著同樣的方向前進。由於行進方向為順流而下，所以是對方的速度較快。

坐在我大腿上的小玉和波奇向帆船大動作揮手。

位於左邊的波奇大概是視野位置不好，所以選擇將身體扭向右側。

「喂～」

「對面也回頭了喲。」

波奇這麼說道，同樣向帆船揮手。

「竟然能看清楚呢。對面也是獸人嗎？」

「鳥～？」

「是鳥頭先生喲。」

正如亞里沙的猜測，對方應該是鳥人族吧。

波奇她們一直等到帆船被樹林完全遮擋後才停止揮手。

那麼，先在這附近重新調查一下歐尤果克公爵領的情報好了。

這塊領土有一條全長將近八百公里的大河。

大河最北端是賽拉小姐和卡麗娜小姐所前往的達列漢城，全程流經包括公都在內的四座都市，最後與大海相連接。

僅僅有一條這麼長的大河，就可以知道歐尤果克公爵領相當廣闊。

穆諾男爵領儘管形狀不規則卻擁有相當於北海道的面積，但如今所在的公爵領則是更大，差不多有日本本州的面積。由於不像日本那樣形狀狹長，所以比較全長後只有一半左右。

這麼遼闊的土地上僅有七座都市。公都有兩萬人口，是與以往所見其他都市相差懸殊的大都市，的確有資格被稱為「都」。

大概是利用了大河的輸送能力才得以支撐如此多的人口吧。

大河沿岸分布無數的村莊，僅有亞人存在的村子似乎也不在少數。

話雖如此，總人口的八成都是人族，所以和其他領地一樣是人族位居優勢。

根據地圖的搜尋結果，好像沒有魔族、轉生者或是擁有特殊技能的人。

等級三十以上的人和魔物為數眾多，要全部標上記號很麻煩，所以我只標記那些旅途上可能會遭遇到的對象。

魔王信奉者「自由之翼」的成員在整個公爵領裡是三百人以上的大集團。

他們基本上存在於都市或城鎮裡，所以只要標記那些位在最近的都市和城鎮的成員就行了。

◆

於大河畔午休完畢後，我們在跨越大河支流匯合處的橋前方遇上了不速之客。

一群名為大針蜂的中型犬尺寸魔物從支流的上游處逃竄而來。

「波奇、小玉，注意不要被包圍了。」

「系！」

「好喲！」

大針蜂撲向了獸娘們。

「飄來飄去～？」

「喝——喲！」

小玉耍弄著複數大針蜂的攻擊，波奇則是針對露出破綻的個體發動攻擊。

面對小玉引誘至一直線排列的大針蜂，莉薩的魔槍就像串起三色丸子那樣貫穿。

「嗚哈！不妙了！」

「抱歉！」

蜜雅不小心釋放出的大範圍攻擊魔法似乎吸引了大量的大針蜂過去。

「嘿！嘿！」

亞里沙的精神魔法和露露的魔法槍不斷擊落大針蜂，但撲向蜜雅的數量仍未減少。

「執行蜜雅的保護。」

娜娜製造出理術的「盾」並阻擋在敵人與蜜雅之間，大針蜂卻繞過娜娜往蜜雅而去。

莉薩衝了過來，可是距離怎麼看都趕不上。

「佐藤。」

「主人，救命——」

「主……主人！」

雖然想用魔法迎擊，但後衛成員擋在中間所以無法確保射擊線。

我衝刺上前——將蜜雅她們保護在身後再以魔法殲滅敵人。

急忙跑過來的瞬間我感到一種奇異的滑溜感，大概是錯覺吧。

就在我心中納悶之際，剩下幾隻大針蜂都被獸娘們解決掉了。

「呼～」

「辛苦了。」

我將冰涼的果汁遞給亞里沙。

當然，也同樣發給了周遭的其他孩子們。

「謝謝。前鋒果然還是要有人具備『挑釁』技能才行，否則後衛就會變成攻擊的目標了。」

「妳有嗎？」

聽我這麼發問，亞里沙點點頭。

亞里沙所說的挑釁技能是多人線上遊戲中必備的，用來將怪物的攻擊目標集中至擔任盾牌的重裝備角色上。

據說在有些遊戲裡，愈是讓目標集中在自己身上就愈能證明自己是個優秀的盾牌角色。

「亞里沙，關於『挑釁』是什麼，要求追加情報。」

面對娜娜的問題，亞里沙加以回答。

「主人，魔核回收完畢了。」

「翅膀～？」

「是翅膀喲。」

戰鬥後依然精力充沛的獸娘們將大針蜂屍體上回收而來的戰利品交給我。

「第二波大針蜂就快來了，先休息一下吧。」

我告知獸娘們地圖上確認而來的情報，讓她們也加入休息的行列。

十分鐘後，之前預告的第二波大針蜂抵達了。

乘這個機會，我便和娜娜一起挑戰獲得挑釁技能。

「亞里沙，希望提供樣本。」

「ＯＫ——你們這群慢吞吞的笨蜜蜂！全都被蜂蜜熊吃掉算了！」

亞里沙興沖沖地挑釁大針蜂，可惜對方完全沒有反應。

搖搖晃晃地飛來的大針蜂看似墜落般降落在橋面上讓翅膀休息。牠們看起來相當疲憊的樣子，對於亞里沙的挑釁甚至於我們的存在都採取冷淡的態度。

「好，妳試試看吧。」

「了解，你們這群慢吞吞的笨蜜蜂！翅膀是擺好看的嗎——這麼愚弄道。」

娜娜按照亞里沙的指示進行挑釁，但依然沒有任何影響。

這次換我試試看吧。

「過來！」

我簡單這麼大叫的瞬間，橋面上蠢動的二十多隻大針蜂便看準了我直撲而來。

>獲得技能「挑釁」。

要是任其殺來，衣服可能會破掉，所以我在對方接近前使用「短氣絕彈」予以殲滅。

「啊！我的經驗值！」

「雞驗值～？」

「是經經值喲？」

見到趴在地面的亞里沙，小玉和波奇也跟著模仿。

我拍了一下亞里沙的肩膀以化解她的擔憂：

「放心吧，亞里沙。把大針蜂驅趕到這裡的傢伙要來嘍。」

從上游處滑行水面而來的是一種全長九公尺，名叫「鎧蠑螈」的魔物。這傢伙會使用強酸攻擊而且等級高達二十五，所以我無意讓亞里沙她們正面對上。

「——過來！」

我針對出現的九隻鎧蠑螈使用剛學會的挑釁技能。

「各位，對所有的蠑螈發動一擊！絕對不要接近，嚴格執行從遠方攻擊的戰術！」

我這麼告知，然後在鎧蠑螈的面前現身。

在體現了「力量式昇級」一詞的這場戰鬥當中，我那些孩子們的等級提昇了二到四級不等。目前最低是蜜雅的十一級，最高則是獸娘們的十六級。

每個人都學會了許多新技能，其中最值得一提的應該是莉薩的「魔刃」和娜娜的「挑釁」吧。

原本等級太低的孩子們已經開始出現昇級不適應症，所以今天就臨時改在這一帶紮營了。

距離傍晚還有一些時間，我在鎧蠑螈的解體作業結束後決定讓大家自由行動。

因昇級不適應症而倒下的露露、蜜雅和娜娜三人正在馬車座椅變形而成的床鋪上睡覺。

莉薩開始練習剛學會的「魔刃」，小玉和波奇兩人前往河灘進行採集。

亞里沙表示要閱讀在波爾艾哈特市獲得的新魔法書。

我自己則是打算進行久未接觸的物品製造。

備用的面具和新顏色的假髮乘著移動中的空檔已經完成許多，但很費工夫的魔法道具和武器則是好一段時間沒製造了。

況且也獲得了新魔法，所以我決定玩玩看鑄造。

我先在四個方位建立起土壁以防對周圍造成損害。高度大約三公尺就行了吧？

由於是玩票性質，我不使用在波爾艾哈特市購買的鐵塊和鋼材，而是熔解銀幣和黃銅燭台作為材料之用。

花費大約一個小時後，我完成了銀杯、銀質小瓶和無數的黃銅飾品。

小雞的耳環給娜娜，貓和狗的徽章給小玉和波奇，蜜雅是兔子的髮夾，對於其他孩子們我則是製作了花朵圖案的袖釦。每樣飾品都利用鍊成鍍上了一層銀。

因為還有時間，我便決定製作神聖武器。

「那麼，要用什麼材料呢……」

我手貼下巴思考著。

之前製作聖箭時是使用了黑曜石箭簇和山樹樹枝製成，但目前手邊沒有黑曜石，所以我改為沿用製作隕石作業台時所剩下的碎料。

碎料的加工則是以聖劍來進行。

聖劍王者之劍我平常都用於進行魔力填充實驗，因此這一次使用的是聖劍迪朗達爾。

雖然還有另外兩把聖劍，不過迪朗達爾在地球的傳聞裡就算劍刃受損，只要收入劍鞘之後就會恢復原狀，於是我選了這把聖劍。

順帶一提，儘管完全沒有出場機會，其實儲倉裡還沉睡著兩把魔劍和一把聖槍。

使用魔劍時似乎不需要稱號，但外表不但華麗而且還非常沉重，所以我一直不敢讓那些孩子們持拿。

況且若要應付三十級以下的魔物，有祕銀合金材質的武器就很夠了。

話說我利用碎料製作出箭簇和槍尖，就連魔法迴路用的刻溝工具也以碎料製造。至於剩下的小碎片就作為石子之用吧。

在碎料箭簇和槍尖上刻好迴路用的溝槽後，我便進入製作青液的階段。

之前製作的青液在逗留於穆諾市的期間已經用盡所以必須重新製作。這次就多做一點好了。

第二次製作青液，我已經變得駕輕就熟。

我將完成後的青液注入剛才製作的銀質小瓶並收進儲倉裡。這次一共做出了五個小瓶分量的青液。

接下來再用精密刻印棒將青液注入箭簇和槍尖，完成了魔法迴路。

我總共製造了十枝聖箭和三把聖短槍。

由於在使用聖劍時無法一邊拉弓，所以我為了彌補這個缺點才準備了可以單手使用的聖短槍。

「主人，露露她們醒了哦。」

土壁另一端傳來亞里沙的呼喚聲，我於是去除土壁前往大家所在處。

另外，飾品則是深受大家的好評。

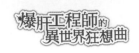

◆

或許是與魔物戰鬥過後覺得肚子餓，今天的晚餐競爭得很激烈。

將飯後的收拾工作交給莉薩她們，我為了實現長久以來的心願正身處於樹叢當中。

「這一帶應該很適合吧。」

我選了一處可飽覽大河的河堤角落。

然後靈活運用土魔法「土壁」和「陷阱」製造出直徑三公尺的浴槽。

成形的浴槽再以土魔法「泥土硬化」予以加固防止熱水混濁，接著鋪上我叫小玉和波奇在河灘上回收而來的碎石子。

這種大小的話應該可以容納所有人吧。

女性用的浴槽完成後，我又在稍遠處建造了自己用的單人浴槽。

雖然覺得混浴也不錯，但生性害羞且正值青春期的露露要是無法安心泡澡就太過可憐，所以我將男女的浴槽分開。

接下來我乘著夜色前往大河中央，將大量的水確保在儲倉內。

再將這些水放入浴槽，用水魔法的「淨水」轉變為乾淨的清水。至於「淨水」所過濾出的雜質結晶就回收至儲倉留待以後拋棄。

緊接著使用火魔法的「火焰爐」以最小火力將水加熱，露天浴池便大功告成了。

我更進一步用「泥土硬化」加固地面以開闢出一個洗澡區。

裝有淡水的木桶和水桶則是擺放在附近作為溫度調節之用。

穆諾城內只有蒸氣室，所以這是久違的澡堂，就悠哉地享受一番吧。

我返回大家所在處告知澡堂已經完成一事後得到了各式各樣的反應。露露和娜娜不知道什麼叫澡堂，所以我簡單說明了一下。

「唔，和少年混浴！啊，之前的辛苦彷彿都有回報了！」

「浴池是男女分開的哦。」

「你……你說什麼——！就因為這樣才叫草食男啊！這一章可是卿卿我我的溫泉劇情吧！」

情緒不正常激動的亞里沙已經在我的預料當中。況且這個又不是溫泉。

「主人，志願從事刷背的任務。」

「不行。」

「沒錯，不行。」

娜娜的發言會被蜜雅和露露否定也不出我所料。

「好久沒有泡澡了呢。我會『再一次』替主人刷背。」

「小玉也要～」

「波奇也要刷背喲。」

回憶起以前曾經在城內迎賓館入浴的獸娘們開心地這麼說道。

雖然有少數人對於「再一次」這個詞彙產生反應，但這點小事就不管它了。

我個人使用的搓澡用具已經製作完畢所以沒有問題。

這麼告知後，大家不知為何顯得很失望。莉薩和露露叫我先進入澡堂，但我表示自己另外準備有浴槽後兩人就乖乖前往浴池了。至於亞里沙果然想要跟來男浴池，不過最後被露露帶走了。

「呼，通體舒暢——」

我泡在男湯裡仰望著夜空。

差不多開始能看見星星了。大河的河面未平靜得可以映照出星星是較可惜之處，但反射出來的月光同樣相當漂亮。

我關掉不解風情的主選單顯示，繼續享受著雅致的情調。

「在大自然當中泡澡，這可是繼大學時代巡遊祕湯之後的首次啊。」

將背部靠在浴槽牆壁放鬆身心之際，忽然有股重量伴隨嘩啦聲響加諸在我身上。根據我對空間的掌握可知道有人過來，但由於雷達已經關閉所以不知對方是誰。

我抬起臉一看，眼前赫然是解開頭髮的蜜雅。

「蜜雅，這邊是男湯哦。」

「嗯。」

我這麼柔聲告誡，蜜雅卻毫不在意地改變姿勢，整個人坐在我的大腿上將背部靠來。

這讓我不經意想起以前曾讓親戚的小孩一起進浴室泡澡。

回收部隊似乎已經往這裡過來，所以暫時就隨她高興吧。

「精靈之村也有澡堂嗎？」

「共用。」

好像存在公共浴池的樣子。

蜜雅將小腦袋靠在我的胸膛，和我一起仰望星空。

這時第一批回收部隊，應該說是第二批襲擊部隊抵達了。

「一起～？」

「泡澡喲。」

小玉和波奇分別從左右噗通跳進水裡。

就算年紀再小，加入妳們幾個之後就超出容量了。與其說是在泡澡，似乎更像是泡在一堆小女孩裡面，實在覺得有點擁擠。

小玉和波奇也想採取和蜜雅一樣的姿勢，於是我用手摟著她們的腰部以防下沉。

「等一下，妳們三個！禁止偷跑哦！」

身穿單薄湯衣的亞里沙神態威嚴地站在我面前。

濕掉的湯衣緊貼身體變成透明，但我對小女孩的身體不感興趣所以怎樣無所謂。

相較於這個，我的目光不自覺投向跟在亞里沙後面過來的年長組。

娜娜的由於太凶殘所以無法評論，但目睹露露比起剛認識之初發育了不少的身材，讓我不禁有種就像父親關心著女兒成長的感慨。

「我覺得主人應該到另一邊的大浴池一起泡澡。」

亞里沙的這個提議獲得全員一致歡迎，所以我也一起轉移到大浴池了。

——果然浴池就是要大一點才好。

「可惡，光線……光線不夠啊。早知道應該學習光魔法才對。」

從剛才開始，亞里沙就在浴池中央唸唸有詞還一邊不斷潛水。

我差不多可以猜到她的目的為何。很遺憾，我身上穿了全新的運動短褲用來代替湯衣，所以她應該看不到想看的東西才對。雖然很不解風情，但就當作是一種緊急避難吧。

「鎖……鎖骨的曲線……」

在亞里沙附近整個人浸泡至肩膀處的露露，此時將目光鎖定在我身上同時紅著臉嘀咕些什麼。被那麼緊盯著不放，實在有些不自在。

我將背部靠在浴槽的牆壁，恢復成剛才的姿勢。

由於水蒸氣不太盡責，導致我很難將視線投向前方。

就在我覺得有點熱所以將雙手搭在浴槽上方後，立刻就被人當成了枕頭。右手臂是小玉和波奇，左手臂則是蜜雅。不知為何，露露也靠過來排隊等待了。

「主人，發現重大的事項！請求確認。」

娜娜在露露的後方這麼出聲。我毫無準備地望向那裡之後——

「胸部會浮在水面！而且很輕，看起來很可愛。」

將湯衣前方打開的娜娜竟然讓胸部浮在熱水上，用無表情的面孔這麼開心道。

倘若這是漫畫，主角大概會在這個場景流鼻血吧。唉呀，真是大飽眼福。

「娜娜小姐，不行！」

「好色。」

露露站在娜娜面前擋住我的視線。要背對我是無所謂，但濕答答的湯衣貼在身上使得可愛的臀部都被我看得一清二楚了。

稍遲一些，蜜雅也在我面前展開雙手雙腳站立著。蜜雅沒有穿上湯衣所以能看見那些不該看的地方。假如我是蘿莉控，想必會歡天喜地吧。

諸如此類的，悠閒但時而喧嚣的泡澡時間就這樣子度過。

隔天早上，莉薩在看到變冷的浴池後露出怪可憐的表情，於是我在重新加熱之後泡了一次晨澡。還是老樣子，看來莉薩真的很喜歡泡澡呢。

多爾瑪一家

「我是佐藤。或許是以前看過的電影印象太深刻，我聽到搜山這個字就會聯想到一群男人手持火把進入山中的情景。夜間進山實在是很危險。」

在距離古魯里安市還有半天路程的街道交會點，我們和舊識的騎士再度碰面。

由於已經透過雷達事先察覺，所以早就做好萬全的接收準備。

「是……是潘德拉剛勛爵嗎……拜託，借我一匹馬。」

拿著我遞來的水壺如淋浴般瘋狂喝水後，騎士這麼告知。

他是我在穆諾市認識的年輕騎士希斯。

「我必須趕去報告太守，『神諭的巫女』被盜賊們綁架了。」

——什麼！賽拉小姐有危險了嗎？

聽到他口中「神諭的巫女」這幾個字讓我急忙搜尋地圖，結果卻發現賽拉小姐正平安地待在古魯里安市。看來對方所指的另有其人。

「那麼，請使用這匹馬吧。」

我牽過娜娜騎乘的駿馬韁繩遞給他。

或許是對於我二話不說就交出馬的舉動感到意外，他表情有些錯愕地接過韁繩。

似乎是一直穿梭於山中，他的騎士外套沾滿草木的汁液，上面到處都是被勾破的痕跡。

「感謝。」

頂著疲憊的神情，他仍將拳頭貼在胸前行了一個騎士禮再上馬奔向古魯里安市。

「對了，主人，這些盜賊要怎麼處理呢？」

剛才在我與騎士對話的期間進行善後工作的亞里沙出聲問道。

亞里沙的身後有三十名盜賊處於解除武裝的狀態被五花大綁，而且還在亞里沙的精神魔法影響下睡著了。

這群盜賊就是追趕神殿騎士的那些人。

至於路肩躺著的三具盜賊屍體則是剛才的神殿騎士所為。

透過雷達事先察覺這場追殺之後，我們就在預計和神殿騎士會合的地點做好萬全準備迎戰，將這些盜賊一網打盡。

明明是盜賊卻裝備得相當充實。除了青銅材質的鎧甲和劍，居然還有四根火杖及雷杖這些軍用的魔法道具，這一點讓我有點在意。

「剛才的騎士大概會帶著援軍回來，麻煩的運送作業就交給他們負責吧。」

處置罪犯的工作還是交給當地的治安機關比較輕鬆。

想著想著，我一邊調查起地圖。

目的是為了從盜賊的基地救出「神諭的巫女」。

基地裡的盜賊有十人，三男七女。被綁架的對象好像是四名男性和三名女性。

三名女性的名字中可以見到之前護衛賽拉小姐的女性神殿騎士。她大概是和剛才的神殿騎士希斯一同擔任護衛「神諭的巫女」的任務吧。

我本來打算獨自前往，但要救的人實在太多了。

還是帶幾個人去吧。會使用精神魔法的亞里沙是必要成員，加上莉薩之後再多挑一人前往好了。

「我要去盜賊的基地救出被害者。亞里沙、莉薩還有小玉，跟我一起走。」

相較於點頭的這三人，一旁的娜娜、波奇和蜜雅三人卻看似很不滿。

「主人，請求同行許可。」

「波奇是不是沒人要喲？」

「姆，要去。」

娜娜依舊面無表情，波奇淚眼汪汪，蜜雅則是鼓起了臉頰。

「我希望妳們三人留在這裡保護露露和馬車。」

「接受主人的據點防衛命令。」

娜娜立刻點頭同意，但波奇和蜜雅卻反應不佳，我依序撫摸兩人的腦袋再次勸說。

娜娜也迅速排在一旁，於是我同樣一起撫摸。

「一個人留下來好害怕~有沒有強大的劍士和魔法使可以保護我呢~？」

領會我的想法後，露露很善解人意地出言引導兩人。

「波奇可以保護喲！」

波奇立刻就上鉤了。

聽了這番宣言，拉車馬也用鼻子「嘶嘶」出聲。

「當……當然，基和達利，還有紐和畢也會一起保護喲。當然扎德也一樣喲。」

波奇急忙叫出馬兒的名字，上下擺動著雙手這麼解釋。

馬兒則是一臉「哼，是我們要保護妳啊」的表情再次「嘶嘶」哼鼻。

在這一幕上演之際，我繼續嘗試說服蜜雅。

「拜託妳了，蜜雅。」

「——嗯，知道了。」

我蹲至蜜雅的目光高度這麼拜託，摟住她的頸部擁抱之後，她終於肯接受了。

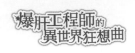

亞里沙「啊——！」了一聲譴責，不過我就當作沒聽見。

用三層防禦壁隔離盜賊後，我們便動身前往盜賊基地所在的山中。

幾人在狹窄的山路上奔跑。當然體力太差的亞里沙就被我扛在肩上一起移動。

不久，樹叢的另一端可以見到洞窟的入口。入口處有看似已經攔腰折斷的結界柱形狀物體。對方似乎是用那個來防止魔物靠近。

洞窟前有兩名男盜賊在把守，如今恰好正在迎接外頭歸來的其他盜賊。

「收穫如何？」

「只有兩個小丫頭跟寒酸的貨物。」

面對把守的強盜這麼詢問，扛著大布袋的強盜表達了不滿。大布袋裡似乎裝的是人質。

「馭手拋下小丫頭逃進山裡，那些血氣方剛的年輕人已經追過去了。」

「希望他們可別忘記頭目要求『活捉』的命令。」

「嗯，大概辦不到吧。況且就算活捉回來一樣會被頭目凌虐致死啊。」

嗯，強盜的頭目是個有拷問嗜好的變態嗎？

將莉薩她們留在樹叢裡，我獨自往盜賊們的方向悄悄靠近。

「沒錯。自從拿到那個奇怪的花瓶後，頭目就變得愈來愈瘋狂了啊。」

「你是說從那些紫袍人手中連同武器和火杖一起買來的那個？」

「我看果然是被詛咒的物品——」

這時我跳進疏於防範的這群盜賊之中，搶在對方反應過來前迅速打昏四名盜賊，至於想要吹響警笛的盜賊則是被亞里沙的「精神衝擊打」弄暈了。

剩下兩名盜賊拋下大布袋準備拔劍卻被我用前踢踹了出去，大布袋也在摔落地面之前及時接住了。

我發出信號叫莉薩她們過來，下令綑綁這些盜賊。

「沒受傷吧？」

「咦？得救了嗎？」

一名中學生年紀的少女從大布袋裡被救出，整個人東張西望這麼嘀咕道。

「姊姊——」

另一個大布袋裡則救出了與亞里沙年紀相仿的小女孩，她在見到剛才的少女之後哭著擁抱對方。看來這兩人似乎是姊妹。

「亞里沙，麻煩妳照顧兩人。我去偵察一下洞窟，莉薩和小玉就負責戒備從外頭回來的盜賊。」

我這麼告知後前往洞窟。返回的三名盜賊都在七級以下，莉薩她們應該就足夠應付了。

我在地圖上顯示洞窟內狀況，朝著營救目標的所在處而去。

遭綁架的人被集中在最深處的大房間裡，盜賊的頭目和擔任副頭目的女性好像也在一起。

與出發時相比，被綁架的人數有所減少。其中有三名男性似乎已經被盜賊殺害，動作必須加快才行。

剩下的六名盜賊裡，四名女盜賊聚集在洞窟內的取水處，剩下的兩人正在往入口移動中。

乘著拐彎的兩名盜賊鬆懈之際迅速將其擊昏，我繼續朝裡面的大房間走去。

「唔——殺了我吧！」

盜賊頭目所在的大房間裡傳出這麼一個女性的聲音。

我從入口將臉探進去查看，赫然發現了整個人被鐐銬束縛在牆上的女性騎士。

女性騎士上半身的金屬鎧甲被脫掉，胸前鎧甲的襯衣破損後露出單邊的胸部。

由於下半身未被脫掉所以我判斷事態不至於太緊急，先確認起周圍的狀況。

女性騎士的身旁坐著一名頭髮蓬亂的中年男人。他向別過臉去的女性騎士出示了某樣東西，沉浸在卑劣的喜悅感之中。

一旁還有個衣著十分暴露、臉上濃妝艷抹的女盜賊。她俯視著女性騎士口中發出「嘿嘿」的低賤笑聲。

其他被綁架的人都關在距離稍遠的鐵牢當中，目光無力地落在地板上。

大房間的角落處則是堆放著幾具令人慘不忍睹的屍體。

好，看來沒有陷阱，就速戰速決吧。

「這麼快想要尋死就一點也不好玩啦。再表現得更討厭一點啊。」

「住……住手！別拿那個靠近我！」

說著完全暴露出人渣本性的台詞，男人手中可見到一隻翅膀被拿掉之後猶如小狗尺寸的蜜蜂。

根據AR顯示，那是一種叫「腐肉蜂」的魔物，會在動物體內產卵，孵化之後的幼蟲又會分泌腐敗毒腐蝕宿主並當作食物。真是一種恐怖類作品裡會出現的凶狠傢伙。

「被這種蜜蜂刺中的人下場究竟會如何——」

我並沒有眼睜睜看著年輕女性遭遇悲慘下場的嗜好，於是便從儲倉裡取出小石子投擲並破壞了腐肉蜂。

「——是誰！」

被腐肉蜂的綠色體液潑到的盜賊滿臉怒容地轉過頭來。

我並未回答，只是平靜地解決掉對方。

被小石子打穿四肢的兩名盜賊倒地之後仍破口大罵已經算不上人話的惡毒言語，所以我踹了兩人的肚子讓他們安靜。這樣一來大概會持續昏迷半個小時吧。

我接著走向思考無法跟上突發事態，只是不斷眨著眼睛的女性騎士。

「我……我記得你是穆諾男爵領的——」

我拿起附近的一塊布遮住對方的胸部，然後用刀子破壞手腕的束縛物。

由於對方也在破壞腐肉蜂的時候沾到了體液，我又拿了水壺和毛巾給她。

「感激不盡，潘德拉剛勛爵。話說你怎麼會來到這裡？」

「我逼問了那些追趕年輕神殿騎士先生而來的盜賊，是對方告訴我的。」

我這麼回答正在搜尋被奪裝備的女性騎士，同時呼喚鐵牢裡的那些人。

「我是來救你們的。馬上就可以出來，請再稍等一下。」

對發出虛弱歡呼聲的人們投以微笑後，我在地圖搜尋鐵牢的鑰匙位置。

看樣子就在牆邊的桌子上了。

「年輕的神殿騎士？那麼你跟希斯在一起嗎？」

「不，我請他前往古魯里安市尋求支援了。」

一邊回答女性騎士的問題，我走向滿是垃圾的桌子。

首先映入眼簾的就是桌上擺放的花瓶。

上面還繪製了眼睛和嘴巴的圖案。

根據AR顯示，這個附有蓋子的花瓶好像叫「咒怨瓶」。

之前在穆諾市消滅的魔族聲稱復活「黃金陛下」需要邪念壺，而這似乎就是它的亞種了。看來收集怨念和負面感情的行動曾經在許多地方進行過。

入口處的盜賊所提到的「讓頭目變得奇怪的花瓶」必定就是這個了。

要是打開蓋子可能會受到詛咒，我於是趕緊將它沒收在儲倉裡。

等抵達公都之後再請特尼奧神殿的聖女大人幫忙解咒好了。

既然很快就找到鑰匙，我便動手救出鐵牢裡被綁架的人們。

「已經沒事了哦。」

「謝……謝謝你。」

我協助帶著小嬰兒的二十五歲女性離開牢房。

最後的一名男性臉部腫脹，一隻手臂好像還骨折了。

「好嚴重的傷。」

「他是為了保護我們而遭到盜賊痛毆……」

「保護自己的女兒和妻子是理所當然的吧？」

因疼痛而扭起嘴唇的男性這麼苦笑道。

一開始對於他為何未被殺害而感到納悶，但在確認過ＡＲ顯示裡的身分後就恍然大悟了。

他好像是公都上級貴族的一員。

大概是為了要勒索贖金才讓他活下來的吧。

看在傷勢嚴重，我拿了一瓶治療骨折的下級魔法藥給對方。這是最近比較用不到的最高品質魔法藥。

「這是魔法藥嗎？抱歉啦。」

男性收下後就像分到一杯水那樣隨口道謝，然後喝下了魔法藥。

「哦哦，好厲害！這藥真棒，已經痊癒了！」

男性對於藥效發出了驚嘆聲。

「我叫多爾瑪。這邊是我的妻子哈尤娜和女兒瑪尤娜。若是來到公都請務必造訪西門子爵家。我以西門家的名譽保證將會隆重款待。」

「原來是子爵家的人嗎──」

記得多爾瑪先生的老家西門子爵家應該在公都有經營卷軸工房才對。

能夠和這位現任子爵的弟弟攀上關係或許是算是喜出望外的幸運吧。

至於他的女兒瑪尤娜就是「神諭的巫女」了。

我投以微笑後，她發出了「啊嗚」的好奇聲音。

身處在這種地方居然不會哭鬧，以小嬰兒來說實在膽量過人。

面對多爾瑪先生的自我介紹，我也向對方介紹了自己。

「穆諾男爵領的家臣？我還是第一次聽說這位遠房堂兄弟有貴族的家臣。遠房堂兄弟他身體還硬朗嗎？」

他和穆諾男爵似乎是親戚關係。穆諾男爵曾經提過自己出身於公都，所以這不算什麼稀奇的事情。

就在與多爾瑪先生客氣地交談之際，後方忽然傳來哈尤娜女士的尖叫聲。

尖叫的原因好像出自於女性騎士的復仇。

滴血的劍尖處可以見到滾落在地的盜賊腦袋。

殺害手無寸鐵的人固然讓我不敢苟同，但在目睹了大房間裡堆積如山的屍體後，這對女性騎士來說應該是理所當然的報復行動吧。

儘管希嘉王國的法律裡對於殺死盜賊並不會問罪，不過還是容我說句話。

「——怎麼？你想說這麼做違反騎士精神嗎？」

「我並不是要阻止您殺死盜賊，不過請避免在眾人面前肆意殺生。」

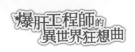

「知道了。以後我會注意。」

對方聽了我的話之後收劍入鞘，開始在房間角落穿戴鎧甲。

真是的，不要搞得這麼血腥好嗎？

我讓救出來的這些人和地面的莉薩她們會合，自己則是去擒下洞窟內的女盜賊，然後回收戰利品及確保移動手段。一切完成後，我決定返回大家等待的場所。

我所確保的移動手段為載貨馬車、類似河馬與恐龍混合體名叫鈍步龍的使役獸，還有外型像迅猛龍的走龍以及其他幾匹馬。

「主人，這隻走龍真是出色。動作相當敏捷。」

「『快速轉身』也都操縱自如喵～」

莉薩和小玉對走龍讚不絕口。或許是亞里沙教她的，小玉說話時帶了奇怪的「喵」語尾。

被走龍脖子擋住視線的小玉站在鞍轎上進行操作。明明是肉食動物，性情卻相當溫馴的樣子。

在坐上鈍步龍拉動的載貨馬車之前，我將戰利品中找到的祕銀短劍及行李袋交了出來。

「哦哦！這是刻有我們家徽的短劍！」

「果然是多爾瑪勛爵您的物品嗎？」

由於在AR顯示中得知是對方的東西，所以我事先還給對方。

「真是太感謝了。這樣一來回到老家之後總算還有臉去見大哥。實在感激不盡，潘德拉剛勛爵。」

「叫我佐藤就可以了。」

「那麼佐藤先生，本次的恩情等到了公都之後——」

多爾瑪先生在此停頓一下，然後有些尷尬地一口氣說了下去：

「儘管和擔任家主的大哥不同，我的手頭並不寬裕，但在社交界也算是挺吃得開。相信一定可以幫上忙。」

我並不希望在社交界亮相，於是拜託多爾瑪先生一路上為我解說公都的事情。

抵達前的這段期間，最令我高興的就是雙方約定好參觀公都的卷軸工房一事。

「對了，既然你的興趣是收集卷軸，是否需要這些呢？這兩卷已經使用，但這個『追蹤箭』的卷軸還未用過哦。」

「我可以收下嗎？」

「嗯嗯，當然了。雖然完全比不上這把短劍的價值，還希望你能夠笑納。」

我感激地收下了多爾瑪先生從行李中取出的卷軸。

之後我使用「追蹤箭」將其登記魔法欄後，發現性能幾乎就和「魔法箭」一樣，只是額外具有追蹤目標的機能，所以使用起來應該很方便。

與鈍步龍這個名字相反，其速度就跟驢子一樣快，於是我們得以搶在前往求援的神殿騎士返回之前和露露她們等待的馬車會合。

◆

神殿騎士帶來的人馬為太守的騎士和隨從總共三十人。

其中的二十四人為了獵殺盜賊的餘黨已經分兵進入山路。

「那麼，接下來就拜託了。」

「是！護送盜賊的任務請包在我身上！」

耿直的老隨從面帶可靠的笑容這麼保證道。

以他為首共計六名騎士和隨從負責運送被我們所綑綁的盜賊。

這些人被放在腳程緩慢的鈍步龍所拉動的貨車上，至於其他載不下的人似乎就用繩子綁起來拖著走。

這在地球可能會被控訴虐待俘虜，但這個世界的盜賊並沒有人權，所以盜賊們也乖乖照做。畢竟只要說一聲「不」就會瞬間被砍掉腦袋，所以大家都很害怕。

言歸正傳，我在腦中甩開這些罪有應得的盜賊，逕自走向我們的馬車。

小玉和波奇在那裡騎乘走龍，莉薩、娜娜、蜜雅則是騎在馬上等待著。

波奇、小玉和蜜雅三人大概是對小嬰兒相當感興趣，不時往馬車裡面窺探。

慶祝完劫後重逢的神殿騎士們也騎著馬待命當中。

「主人！這是莉薩給我的喲。」

認出我來的波奇騎在走龍背上這麼開心笑道。

看來莉薩還是優先選擇了自己的愛馬。

「主人，亞里沙和其他人都已經坐上馬車了。」

我向駕駛台上這麼報告的露露回答一聲「知道了」便坐進馬車。

「露露，出發吧。」

「是的，主人。」

最近露露的駕車技術大概有所進步，起步時已經很少猛然加速了。

「第一次坐到這麼好的馬車。」

「嗯，軟綿綿的。」

「很棒吧～椅子是最近才終於變軟的哦。」

之前救出的村民姊妹坐在我和亞里沙對面的座位上顯得相當開心。

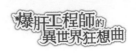

「唉呀～真是一輛很舒適的馬車呢。就和我們家的馬車一樣舒服。」

「您能夠滿意，我深感榮幸。」

坐在馬車最後方的備用座位上，多爾瑪先生很好奇地打量馬車內部。

「這個一定相當昂貴吧？」

「別說了，多爾瑪。」

對於多爾瑪先生這番不太高雅的發言，坐在一旁的哈尤娜女士這麼責備道。

剛才還相當安靜的小嬰兒瑪尤娜突然嚎啕大哭。

根據ＡＲ顯示對方好像肚子餓了。由於哈尤娜女士做出敞開胸前衣物的動作，我於是將目光轉回前方。

傾聽著小嬰兒哭泣的背景音樂，我們在大河沿岸的街道上一路前進。

原以為要徹夜趕路直到抵達古魯里安市為止，但在兩名神殿騎士的建議下就選擇在中途的村莊過夜。

據說夜晚的街道會出現從大河裡爬上來的魔物，所以很危險。

我在確認地圖後發現這並非事實，大概是迷信吧。

「呃——不好意思，這麼多人突然跑過來。」

「不……不會，沒有這回事。」

面對多爾瑪先生的輕鬆語氣，村長卻是用走調的緊張聲音回答。

公都的上級貴族之一和神殿騎士毫無預警地出現在這裡，他會有這種反應也在所難免吧。

大概以為我們是過來找女人，我從地圖上發現村裡的女孩子都被藏在距離村長家很遠的倉庫裡。

真不知道該惱怒對方的失禮，還是應該為了打擾對方一事而致歉。

總之明天出發的時候就送他一些適當的金錢當作謝禮吧。

「實在很對不起，要讓各位待在這種地方……」

「是集會場嗎？」

「是的，大小足夠款待各位的房間只剩下這裡了。」

緊張得語法錯亂的村長帶領我們進入村長家旁邊的平房裡。

裡面有個大約十五坪左右的房間，一群年老的女性正在準備設宴。

待波奇和小玉的肚子開始咕嚕嚕叫之際，準備好的料理終於端上來了。

每個人面前都是加了「豆子、沙丁魚乾、香菇」的湯以及用「香菇和山菜」製成類似大阪燒的食物，還有在同樣的盤子裡各放了一小尾烤魚。

「耶～是大餐哦。姊姊。」

「好……好像祭典一樣呢。」

在我眼中是很尋常的農村飲食，但對於如這對姊妹般的普通村民基準來說似乎是相當高級的餐點。

我、露露和蜜雅吃起來分量剛好，不過對其他孩子們就稍嫌不足了吧。

事實上，波奇和小玉也正在東張西望地看著料理。

「對了，佐藤先生。」

「什麼事？」

村民姊姊輕輕拉了拉我的袖子。

「我們沒有錢支付這樣的大餐哦。」

「費用就不用擔心了。這是我請客，放心享用吧。」

「啊，嗯。」

我告訴這位愛操心的少女沒有問題，然後催促她返回座位。

多爾瑪先生和兩名神殿騎士似乎並不忌諱和平民或是亞人同桌用餐。

「只有粗茶淡飯，真是抱歉……」

「偶爾嚐嚐寒酸的食物也無妨哦。有東西吃就可以了。」

「多爾瑪！這樣對準備食物的人太失禮了。」

聽到多爾瑪先生毫無顧忌的發言，一臉慌張的哈尤娜女士這麼斥責道。

發現村長和前來幫忙的那些老婆婆表情都很僵硬，我於是出言化解：

「我的同行者失禮了。各位的心意我們會懷著感恩之心享用。」

「您……您過獎了。」

或許是錯覺，總覺得村長誤認為我就是那位公都的上級貴族了。

由於多爾瑪夫婦是普通的旅行者打扮，身穿精良長袍的我會被當成貴族也是無可奈何的吧。

事實上唯獨我的面前多了一盤菜餚。稍後再分給想吃的人吧。

「好，來吃吧。」

剛才還聲稱是寒酸的食物，多爾瑪卻搓著手第一個搶先開動了。

吃飯的速度就像個缺乏營養的兒童，但畢竟是貴族所以動作還算優雅。

哈尤娜女士和村民姊妹遲了一些也跟著開動。這三人吃得都相當快。

「「「開動了。」」」

我那些孩子們也伴隨亞里沙領頭的一聲開動後開始享用。

儘管菜色比平時粗糙卻沒有一個孩子在抱怨，頂多只有蜜雅和小玉互相交換魚肉和蔬菜而已。

直到中途為止都是很尋常的用餐景象，但小玉和波奇的樣子卻有些奇怪。

今天的食物很少所以她們都細嚼慢嚥地品嚐，但僅吃完了一半就在自己的盤子和抱著小嬰兒的哈尤娜女士之間目光來回游移著。

喀噠一聲挪開椅子，這兩人忽然站起來拿著自己的盤子走向哈尤娜女士。

——怎麼了嗎？

「分一半～？」

「一半給妳喲。」

兩人都將自己的盤子遞給哈尤娜女士。

怎麼回事？她們的表情都十分鄭重，應該說很痛苦的樣子。

「喂喂，就算食物再怎麼不夠，總不能去吃亞人奴隸的剩飯吧？」

多爾瑪先生的罵聲並非特別大，但出現的時機很不湊巧地讓其他人聽得一清二楚。

聽了這句話，小玉和波奇的耳朵沮喪地垂下。

「多爾瑪！我一直都叮嚀你，開口之前要先替對方考慮一下吧！」

哈尤娜女士站起來，火冒三丈地痛斥多爾瑪先生的發言。甚至還動手了。

腦袋被敲了一下的多爾瑪先生一副可憐兮兮的模樣抬頭仰望著哈尤娜女士。

雖然很想抗議他的發言，但既然哈尤娜女士已經代為訓斥過，我也就很不爭氣地取消對他的回罵。

這個國家對身分有著嚴格的區分，所以站在多爾瑪先生的立場來說或許是理所當然的反應，不過兩人的善意遭到辱罵實在讓我很不服氣。

以後不再叫他多爾瑪先生了。今後我在腦中對他的稱呼就是大叔。

哦，別管大叔了，還是先看看波奇和小玉怎麼樣。

「怎麼了嗎？」

「不多吃一點小嬰兒會死翹翹～？」

「沒有奶奶小嬰兒會哭喲。」

聽不太懂，不過剛才東張西望的原因就是這個嗎？

話說回來，由於小嬰兒在路上一直哭號，所以她們大概誤以為對方肚子餓了吧。

「主人，在前任主人那裡的時候，曾經有一位帶著小嬰兒的豹頭族女性。由於食物很少所以無法分泌母乳，小嬰兒差點就餓死了。當時還是我們亞人奴隸各自分出一半的食物。這兩人想必還記得很清楚吧。」

「原來如此，小玉和波奇真是善良呢。用不著擔心，妳們兩個盡量吃吧。」

聽了莉薩的解釋後我恍然大悟。倘若是獸娘們的前任主人，的確很有可能會做出那樣的事情。

哈尤娜女士撫摸兩人的腦袋稱讚「謝謝妳們替我操心」，至於大叔則是搔搔頭對著空氣抱怨「怎麼連一杯酒都沒有啊」。

村裡的人似乎聽見了大叔的催促，卻沒有任何人予以回應。

小玉和波奇聽了我和哈尤娜女士的話之後便點點頭回到自己的座位。

用完餐後——

「對不起，剛才我的丈夫真是冒犯了。」

「痛痛痛！哈尤娜，我已經在反省了，不要拉我的耳朵好嗎？」

「不行哦。要向這些孩子們道歉才肯原諒你。」

頂著笑盈盈的表情，生氣的哈尤娜女士帶著大叔前來讓他道歉。

「佐藤先生，抱歉辜負了你的奴隸一番好意。」

「找錯道歉對象了吧？」

「唔，雙方都是貴族時就該這麼做哦。況且剛才不是說了嗎？亞人奴隸大多都不乾淨，要是共用食物染上奇怪的疾病就危險了。妳身為母親如果染病，瑪尤娜也會被傳染哦？」

原來如此，是顧慮到小孩子對於細菌的抵抗力太弱嗎？

「兩位請不要吵架。我接受多爾瑪先生的道歉，關於這件事情就到此為止吧。」

「是嗎？聽你這麼說真是高興。」

我和大叔只同行到古魯里安為止。

雖然會利用他和卷軸工房之間的關係，但今後還是小心一點不要讓他和我家那些孩子們接觸吧。

畢竟要是教壞小孩子就不好了。

古魯里安市的騷動

「我是佐藤。雖然西式糕點和日式糕點都很喜歡，但我卻特別中意那種引進西式口味的日式糕點。在保有傳統風貌的同時持續不懈地進化，我認為是一件好事。」

「抵達古魯里安市之後一定要品嚐名牌糕點古魯里安哦！雖然一個要一枚大銅幣，不是那麼容易就能吃到。」

「那是什麼樣的糕點？」

「我想想～是用白色顆粒製作的本體，包上甜甜的黑色顆粒做成的外皮。」

就在和村民姊妹討論市內的名牌糕點之際，駕駛台的露露向我報告已經可以看見古魯里安市的城牆。這段期間，村民姊妹的話題仍持續著。

「妳根本就沒吃過吧。」

村民姊姊轉頭向我解釋妹妹的情報來源：

「——因為來到村裡的商人先生大肆炫耀，所以這孩子一直想吃吃看。」

「哼──等幫傭的地方可以發薪水之後，我一定要先買來吃哦。」

「什麼薪水，那不是還要等好幾年嗎？」

這對姊妹前往古魯里安市的目的似乎是為了到商家幫傭。

她們在幫傭的人家那裡可以確保食衣住無缺直到獨當一面為止，但相對地就無法拿到薪水了。

這種幫傭由於不需要初期投資，所以可能算是比奴隸還要划算的勞動力。

不久，我們抵達了古魯里安市的正門前。

前方有隊伍正在排隊等待入內，但我們卻在神殿騎士的開路下穿過隊伍旁邊。

門前有一群青年貴族正在向那些等待入市的商人進行演說。

「造訪古魯里安市的商人們！我們需要魔劍。為我們提供魔劍的人，保證將來會被提拔為御用商人！」

這些年過二十歲的男性們在正門附近打扮成騎士的模樣這麼大聲疾呼。

當然沒有一個人理會他們。我在波爾艾哈特市也見過同樣的年輕貴族男性，大概是他們的同類吧。

「喂喂，那位貴族大人說提供魔劍就讓對方成為御用商人！好棒哦，姊姊。」

「真的呢。不過我們跟魔劍無緣，所以沒有關係。」

「——妳們就是這樣，在城鎮裡才會被騙哦？」

對於村民姊妹悠哉的交談，憂心的亞里沙發揮了雞婆的本領。

「那個的意思是：『我們沒有錢，可是想要魔劍。免費提供一下吧。假如我們將來出人頭地就可以關照一下你們。就算失敗了也不要抱怨啊。』根本就是只對他們自己有利的胡言亂語。」

「哇啊——原來是這樣。我都不曉得。」

「亞里沙妹妹，妳小小年紀卻很聰明呢。」

聽著這番悠閒的對話，我一邊打開窗戶眺望外頭的樣子。

這群青年貴族用貪婪的眼神盯著莉薩的魔槍，但或許是還未笨到冒犯神殿騎士所護衛的馬車，所以並沒有做出上前找麻煩的舉動。

進門之後，我便讓村民姊妹下車。

由於她們是平民所以需要辦理入市手續。

神殿騎士希斯好像與門衛熟識，所以村民姊妹的入市手續很快就完成，而對方也會將她們護送到幫傭的商家。真是個親切的門衛。

「佐藤先生，謝謝你～」

「真的非常感謝。不但從盜賊手中救出我們，還給予了許多照顧……」

「不用放在心上哦。」

「怎麼可以呢。我們在一家叫『綠屋』的五金批發店幫傭，有什麼需要還請光顧哦。雖然無法給予折扣，不過我們會竭盡所能提供優良的商品。」

儘管認為幫傭只會被委派一些打雜的工作，但我還是接受了她們的好意並且出言道謝。

與村民姊妹道別後，我們繼續在市內前進。大概是正在舉辦什麼祭典，往來行人相當多。

由於大馬路上也沒有將車道和人行道分開，所以馬車前進的速度很慢。

所以我請神殿騎士希斯先行一步前往特尼奧神殿通報。

我自己則是乘這個時候打開地圖再次進行搜尋。魔族、「邪念壺」和「咒怨瓶」並不存在，但找到了二十名左右的魔王信奉者「自由之翼」的成員。

我將這些成員的名字和所在處抄在紙上，之後再乘著黑夜丟進衛兵值班室好了。

「主人～？」

騎著走龍的小玉在窗外這麼呼喚著。波奇也和她一起。

「有武打～？」

「那邊有大人的人在戰鬥喲。」

我對兩人所言很感興趣，於是來到駕駛台望向她們所指的方向。
附近的大公園裡聚集了許多人，是個氣氛相當熱鬧的場所。
「主人，就是那裡。」
「怎麼回事？一群人在圍觀。是比賽嗎？」
就在望著駕駛台的露露所指的方向時，亞里沙從馬車裡探出臉來。
由於東張西望很危險，露露便將緩緩前進的馬車停下來。
「會不會是裘裘莉小姐提過的武術大會？」
說到這個，對方好像曾經提過公都要舉辦武術大會吧。
「大概是爭奪第一階段預賽的資格賽哦。要不要去觀賞一下？」
走下馬車伸了個懶腰的大叔對我這麼提議道。
——你是什麼時候下車的？
「多爾瑪勛爵，我們必須先前往特尼奧神殿才行。」
「別那麼死腦筋嘛。我先在攤子上吃些美味的東西再過去。」
三言兩語化解神殿騎士的制止，大叔敏捷地鑽進了人群當中。
「對不起，多爾瑪他總是這個樣子。」
對於哈尤娜女士的解釋，神殿騎士依舊皺著眉頭。

「——潘德拉剛勛爵。不好意思，為了將多爾瑪勛爵帶回，可以借用你幾名手下嗎？」

「好的，沒有關係。」

她所護衛的對象是「神諭的巫女」瑪尤娜一人，所以好像無法隨便離開這裡。

我拜託莉薩和娜娜兩人前去回收大叔。

騎著走龍的小玉和波奇這時抽動鼻子：

「甜甜的香味～？」

「味道跟蜂蜜點心和甘草都不一樣喲。」

過了不久，我們也聞到了瀰漫而來的甜味。是日式糕點，紅豆餡的氣味。

「唔，好香的味道！是日式糕點嗎？是不是？」

情緒頗為亢奮的亞里沙四面八方游走著視線。

「那邊的小少爺，來份名牌糕點古魯里安如何啊？」

一名脖子掛著貨籃叫賣的女孩從人群中出現，向駕駛台上的我這麼推銷道。

其打扮很像是八〇年代的車站便當叫賣員。

遺憾的是對方未穿和服，而是很普通的村姑服裝，腰部以下繫著稍短的圍裙。

「那麼，給我十一個吧。」

「謝謝惠顧！總共十一枚大銅幣。」

我懶得殺價，所以直接給她兩枚銀幣和一枚大銅幣。

考慮到一個可以在聖留市的門前旅館住一晚，實在是很昂貴的糕點。

我將用葉子裝盛的古魯里安發給大家。

原以為神殿騎士會拒絕，但對方卻是開心地收下了。看來就算在異世界裡，討厭甜食的女孩子也算是少數吧。

「姆，一粒粒黑色的。」

接過古魯里安的蜜雅有些厭惡的樣子。

在我表示「這是穀物和豆子製作的甜糕點哦」之後，她才忐忑地放入口中。

「好吃。」

蜜雅簡短稱讚，然後小心翼翼地開始享用兩手捧著的古魯里安。

「應該可以再多加一些砂糖呢。」

亞里沙挑剔了一下，但轉眼間就全部吃完了。

大概是大量使用了昂貴的砂糖，所以單價才會那麼高吧。

「呼，這就是那個吧。」

「嗯，就是那個。」

沒錯，是「萩餅」。

一種裡面並非包裹搗好的年糕，而是還保持糯米顆粒形狀的丸子。

這個內餡也是顆粒餡，在在都給人一種往昔「萩餅」的感覺。

「這個都市的名字，果然是——」

「應該是出自諧音笑話吧。」

由於不會日語就無法聽懂諧音笑話，所以我並沒有告訴任何人。不過想必是萩餅用紅豆餡將白米周圍包裹起來製成，才會被命名為「古魯里安」吧。（註：「古魯里」是周圍，「安」是紅豆餡的日語發音）

我很確定那個命名的傢伙是個喜歡諧音冷笑話的日本人。

吃完萩餅後，莉薩和娜娜依然沒有將大叔帶回來的跡象。

「我過去看看。小玉和波奇順便帶去擔任護衛，大家就在原地等著。」

我這麼告知，然後牽著小玉和波奇的手進入人群中。

換成平時可能會是大家一起迷路的下場，但擁有雷達的我並沒有這個顧慮。

「想要資格賽參加證的人過來這裡！用不著去公所，本辦事處三枚銅幣販賣中！」

光頭的壯碩男人一手拿著青銅製的徽章這麼叫道。

看來目前正在進行對賭那個徽章的比賽。

「獲勝者，『瓦魯多村之狼』多恩！」

比賽似乎結束了。

周遭的親友團為年輕人提供飲料及擦拭汗水，一邊出言稱讚：

「你太厲害了，多恩！再三枚徽章就能進入第一階段預賽了。」

「哼！這種程度只是小意思！」

多恩青年的胸前如今緊湊地別上了七個徽章。

在街頭比賽獲勝九次之後好像就可以參加大會的第一階段預賽。

「什麼第一階段預賽，可別說這種沒志氣的話。」

「是啊，多恩絕對能在第一階段勝出四場，進入公都的第二階段預賽啊！」

「嗚哈哈，真棒啊。到那裡去的話豈不是可以當上騎士了？」

原來如此，他們的前方吊著一根以武立身的紅蘿蔔嗎？難怪比賽會這麼熱鬧。

由於能夠有更多人可以和領地內的魔物戰鬥，所以我認為這是相當好的活動。

參加街頭比賽的人們等級大多都是五到七級，等級十以上的人非常罕見。

「古魯里安市的第一階段預賽名額還有四個，輕輕鬆鬆呢。」

「千萬不要掉以輕心哦。去年僅僅一天就決定了剩下的三個名額。」

「嗯嗯，現在可不是休息的時候，有沒有下一個挑戰者！不管是誰過來挑戰我都接下了！」

一個回應多恩青年熱血吶喊的中年男人開始和對方比賽。

儘管我對比賽有些感興趣，但已經在圍繞比賽場地的人牆另一端找到了莉薩和娜娜，於是便決定前往會合。

「奇怪～？」

「莉薩被人欺負喲！」

走近一看，只見莉薩和娜娜被五個打扮富裕的年輕人纏住。

「主人，請求協助！」

來到附近後，發現我的娜娜跑了過來。

我就這樣被娜娜牽著手，來到了五個年輕人的面前。

「你是誰啊？」

「我是這兩人的家長。」

這些年輕人是居住在古魯里安市的貴族子弟，五人所屬的欄位都空白。

大概所有人都無官無職，說穿了就是沒有工作吧。

「你們對這些孩子做了什麼？」

本來我應該使用敬語，但面對這種渴望權力的傢伙要是態度過於客氣，會變得得意忘形，所以還是採取高高在上的態度比較好——這是穆諾男爵領執政官妮娜女士在清理不良官吏時所說過的。

「我……我們命令那個亞人讓出手中的魔槍，沒想到居然不肯聽話。」

「那把魔槍只有『槍的名手』霍蘭先生才配得上。」

「既然你就是主人，快命令她把槍獻給霍蘭先生。」

換句話說，只是像個小孩子在吵著：「我要魔槍，給我。」

都已經二十五歲左右了，居然還好意思提出這種荒唐的要求。

順帶一提，被同伴稱為「槍的名手」霍蘭儘管擁有「槍」技能但等級卻只有四。莉薩一邊哼歌就可以把他打倒了。

就在我思考要如何解決對方之際，意想不到的援軍出現了。

「嗨，你們幾個。」

「幹嘛？平民給我滾回去。」

擠開人牆，一身旅行打扮的大叔探出了腦袋。

「不好意思，我們等一下還得在特尼奧神殿會見賽拉小姐，然後再去向沃爾果克勛爵打個招呼才行。你們如果沒有什麼重要的事可以離開嗎？」

「賽拉不是那個逗留在特尼奧神殿的公爵家公主嗎？」

「沃爾果克勛爵就是太守大人吧？」

聽了多爾瑪的發言，青年貴族的跟班們發出不安的聲音。

「喂，平民！竟然敢謊稱與尊貴的大人有交情，簡直無禮至極！我要當場制裁你！」

見到同伴們開始驚慌的窩囊模樣，激動的霍蘭拔出了鐵劍。

「真是急性子啊。看清楚這個吧。」

大叔從外套底下取出刻有西門子爵家家徽的短劍，在貴族子弟面前亮出。

「那……那個是！」

「公……公都的大貴族……」

貴族子弟當中認識西門子爵家家徽的霍蘭，還有他的同伴都驚叫一聲向後退去。簡直就像是黃門大人的印盒。

臉上浮現笑容的大叔往前踏出一步後——

「「「非常對不起！」」」

——這群貴族子弟異口同聲地道歉，然後連滾帶爬地往大馬路的方向逃去。

真想不到，竟然會被大叔幫了一把。

是不是應該把腦內的稱呼改回多爾瑪先生呢——

「真是得救了，多爾瑪勛爵。」

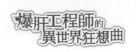

「唔，這不算什麼。畢竟我剛好也有些事想請佐藤先生幫忙。」

態度飄飄然的多爾瑪所指的方向，那裡有好幾個攤車的老闆正在等候著。

……原來如此，是身上沒有帶錢嗎？

還是不要叫他先生了。接下來我腦中的稱呼就改成多爾瑪吧。

我替多爾瑪付完錢後，又到處前往他所推薦的攤車購買禮物準備送給大家。像烤雞肉串和用井水冷卻的瓜果等攤車必備的商品實在很多。

逛攤車的時候，我從多爾瑪那裡得知了貴族子弟們為何想要莉薩的魔槍。

「那麼，他們之所以需要魔槍，就是因為那個可以免除武術大會第一階段預賽的慣例嗎？」

「沒錯，不僅限於魔槍，要是有人擁有魔劍或祕銀材質的劍也是一樣。」

「不過就算可以免除，倘若沒有實力也只會在第二階段預賽以慘敗收場吧？」

他們真的就那麼渴望參加公都的大會嗎？

「並不是這樣哦。公爵軍的近衛隊有一條『突破第一階段預賽』的入隊條件。」

「也就是說，他們是為了加入近衛隊才這麼做的？」

「對於沒有爵位可繼承的年輕貴族來說，所謂的近衛隊可是比佐藤先生你想像中更為熱門的職業哦。」

原來如此，是為了獲得炙手可熱的職業而使出的伎倆嗎？有點能夠理解了。

不過，是否要給予協助則是另一個問題。

我希望他們能夠朝著不依靠我的方向努力。

◆

解決掉在攤車購買的特產品後，我們出發前往特尼奧神殿。

「——人們啊！從虛偽的信仰當中醒來吧！」

馬車的車窗外傳來胡言亂語的這番話，我於是來到駕駛台的露露身旁打量外頭。

有個身穿紫色長袍的男人站在路邊擺放的酒桶上進行演說。

似乎是之前在穆諾市碰到的魔王信奉集團「自由之翼」的一員。

「神不希望人類幸福！以禁忌之名妨礙自由的發展，樂於讓大家總是畏懼於魔物的威脅，這就是神的意志！人們啊！如今正是奪回人族自由的時候！」

紫袍人瘋狂般的演說真的可用口沫橫飛來形容，就連走在大馬路上的人們也無法做出任何反應，只是愣在原地。

而對紫袍人的演說提出異議的，是和我們同行的女性騎士。

身為神殿所屬的騎士，她大概無法對紫袍人的演說視而不見吧。

「可惡，這群魔王信奉者！」

「嘖！愚神的走狗！」

認出女性騎士的身影，紫袍人瞬間跳下酒桶如脫兔般逃進小巷之間。

「站住！你們這群暴徒！」

或許是被對方逃竄的動作惹火，女性騎士騎著馬就這樣追上去了。

就這樣子放棄護衛瑪尤娜的任務，她豈不是會被上司痛罵一頓嗎？

想著這些微不足道的事情，我同時再次搜尋市內的「自由之翼」所在處。

不知道在做什麼，但過半數以上的成員似乎都在被什麼人追趕的樣子。恐怕是在演說之後遭到了治安機關和神殿相關人士的追殺吧。

——嗯？

突然間，地圖上出現了紅色光點。

就在這條路的前方——

「不好了！城裡出現魔物了！」

不知是誰這麼大叫，在大馬路上頓時引發了恐慌。

為了逃離魔物出現的場所，人們來勢洶洶地往這邊跑來。

「亞里沙！」

「O——K——！」

亞里沙默契十足地發動了精神魔法「迴避空間」。

受到亞里沙的精神魔法影響後彷彿看到什麼不乾淨的東西，人們紛紛避開我們的面前跑掉了。

這是曾經在穆諾市對逃離哥布林的人們所使用的同一種魔法。

確認這幅光景後，我再度查看剛才的紅色光點。

出現在那裡的是……魔族——

「除露露以外的人就戰鬥準備。露露妳先將馬車停靠在路肩。」

說是戰鬥準備，也只是亞里沙和蜜雅從萬納背包取出法杖，小玉和波奇則是拿出短劍而已。

我向大家這麼下令後確認地圖。

剛才出現的是屬於「短角魔族」這個種類的下級魔族。

對方等級為三十，固有能力是「變形」和「焰掌」，技能僅有「怪力」和「剛身」兩種。不具備魔法系技能，看來是個前鋒型的魔族。

那裡似乎已經在戰鬥，等級從三十三到十三不等的騎士和戰士大約七人正包圍住魔族。與魔族等級相當的有三個人，所以我應該就不用過去了——不，不對。

——那可是必須冒著整支騎士中隊半毀的風險才足以應付的對手啊。

記得神殿騎士肯恩勛爵當時是這麼說的。

儘管不知騎士中隊的規模為何，但七個人未免也太少了吧。

更何況……魔族旁邊還出現了代表熟人的藍色光點。而且是兩個。

這下可不能置之不理了。

「露露妳在這裡待命。馬車和馬匹交給妳了。蜜雅和亞里沙也——」

「要去。」

「我也要去哦！」

蜜雅和亞里沙打斷我的話拒絕道。

「知道了。你們專心在後方提供掩護。娜娜留下來待命以護衛露露。莉薩妳指揮小玉和波奇跟著我行動。」

「主人，這個。」

我將亞里沙遞來的妖精劍和劍帶別在腰上。

「謝謝妳，亞里沙。我們走吧！」

向眾人這麼宣布後，我穿過已經變得稀疏的人群之間跑了出去。

對於跟在身後的眾人，我告訴她們前方並非魔物而是魔族，魔族的等級與技能，還有戰鬥時必須注意的事項。

我打算讓騎士他們主攻，自己專心在旁輔助，其他人則是負責被營救者的搬運和治療工作。

如今的獸娘們已經具備普通騎士以上的防禦力，所以只要我能妥善彌補戰力的話即使是面對下級魔族也不會有所遜色。

話說回來，真不知道市內為何會突然出現魔族。

可以確定的是，起碼在我們進入這座都市前並不存在魔族。

不僅如此，我甚至能保證整個公爵裡也沒有魔族的蹤跡。由於看起來不像是瞬間移動，所以應該是某人送進來或者召喚而來的吧。

不久，人潮完全散去，僅被拋下的馬車和貨車零星散布在路上。

轉入大馬路交叉的十字路口後，騎士和戰士們與魔族戰鬥的景象映入我的眼簾。

魔族的外觀與出現在穆諾市的魔族相差甚遠，其模樣就彷彿擁有紅色短角的六臂大猩猩那樣。

戰場上有幾台遭到破壞的馬車翻覆，面向大馬路的建築物也破了好幾個大洞。

魔族周邊躺滿了許多已經無法戰鬥的戰士們。

奇蹟的是並沒有人死亡，但繼續放著不管的話大概會有許多人喪命吧。

從狀況來看，目前是由於狂暴的魔族在阻撓而無法展開救援作業。

在最前線戰鬥的好幾個人被魔族強勁的手臂打中，身體就像在蹦床彈跳一樣飛上空中，然後朝著這邊墜落。

倘若就這樣掉下來，即使是重裝備的騎士也會有生命危險。

「蜜雅！膨脹！」

我用妖精劍砍斷身邊滾落的一個酒桶，往騎士們的墜落地點投擲。

「■■■　■　■　急膨脹。」

蜜雅利用魔法製作出來的爆發性蒸氣洪流吞噬了騎士們下墜的動能。

這樣子起碼應該死不了吧。是男人的話就忍著點。

我看準其中一個偏離軌道的美女，迅速繞至其下方接住。

「……咦！咦？」

閉上眼睛準備好要承受衝擊力的禮服打扮美女錯愕轉動眼珠子。

「請不要太逞強了，卡麗娜小姐。」

「佐……不，潘德拉剛勛爵。」

得知接住自己的人是我之後，卡麗娜小姐不知所措地叫著我的名字。

說話結巴是沒關係，不過在胸前伸長手指握住之後又放開究竟是什麼儀式？莫非是在害羞嗎？

而且還在我懷裡不停嘀咕「這是第二次抱我了」、「想不到力氣挺大的呢」，最後更是莫名其妙地失控成「新婚旅行要選在王都嗎」。

還是老樣子，她對於接觸異性實在毫無免疫力。

「禁止公主抱──！」

「嗯，禁止。」

後面追上來的亞里沙和蜜雅這麼抱怨道。

至於剛才墜落的騎士們，小玉和波奇似乎已經給他們體力回復藥了。

『感謝你的救援，潘德拉剛勛爵。』

對於卡麗娜小姐胸前閃動藍光的「具有智慧的魔法道具」拉卡，我則是向他抱怨「制止一下你主人的魯莽行為吧」。

在拉卡的保護之下卡麗娜小姐依然喪失了將近兩成的體力，於是我拜託蜜雅幫忙治療。

就在我當場要放下卡麗娜小姐時，對方卻不知為何抓住我的袖子，而她本人似乎也不清楚是什麼原因。

蜜雅的眼睛變成三角形，不過仍開始詠唱治癒魔法替卡麗娜小姐治療。

「主人，戰線好像要崩潰了。」

「去幫忙～」

「卡麗娜也要跟來喲。」

小玉和波奇拍了拍卡麗娜左右兩邊的胸部打招呼，然後站在莉薩的兩側。

實在太讓人羨慕了……

「知道了！我擔任前鋒，莉薩妳們就優先救出受傷的人。」

我無法模仿她們的動作，所以隨便舉了個手打完招呼便衝了出去。

前線又有兩名戰士倒下，目前僅剩下等級三十三的近衛騎士伊帕薩勛爵以及等級二十九手持大盾的戰士兩人而已。

這兩人都嚴重出血，動作也變得遲鈍。

面對魔族砲彈般的焰掌三連擊，戰士舉起大盾防禦。

戰士腳下的石地板碎裂，被後腳跟帶起的泥土多到將腳踝埋住了。

待衝擊力終於消失的下一刻，魔族迴旋的尾巴將戰士擊飛出去。

戰士不斷彈跳翻滾，最後撞破牆壁消失在鄰近的房屋之中。

魔族的外表看似鈍重，身手卻相當敏捷。

伊帕薩勛爵的劍砍向魔族後猛烈撞上了對方的剛毛。

面對伊帕薩勛爵停頓後毫無防備的身體，魔族擺出連續施展焰掌的架勢。

焰掌釋放的瞬間，我在魔族支撐重心的腳下使用「陷阱」魔法使其失去平衡。

目標偏移的焰掌掠過伊帕薩勛爵的鎧甲，將他直接打倒在數公尺外的地面。

撐起上半身的伊帕薩勛爵在胸甲上遺留有被攻擊的痕跡。雖然看起來很痛，不過總比直接命中來得好。

乍看就要站起來，然而伊帕薩勛爵就這樣吐出大量鮮血倒地不起。

魔族慢吞吞地靠近，準備給兩人致命一擊。

這兩人的體力計量表只剩下不到一成了。

而且「那個位置」很糟糕。

——沒辦法。

儘管我不想引人注目，但只能在他們回復之前擔任盾牌的角色了。

「莉薩，保持距離進行戰鬥！以躲避攻擊為最優先！」

「知道了！」

我向莉薩下達指示，然後再度確認ＡＲ顯示在魔族旁邊的情報。
好頑強的傢伙，體力計量表居然只損失了一成而已。
「我在這邊！大猩猩！」
我在聲音中加入挑釁技能的效果這麼大叫。
魔族輕易飛越突擊的莉薩頭頂朝著我襲來。
開始下墜的魔族將手臂往背後繃緊。
——下一刻。
伸長的手臂如砲彈般落下。
我故意在極近的距離下扭動身體閃避對方的拳頭。
焰掌通過，炙熱的空氣撫過臉頰。
「潘……佐藤！」
「主人！」
「佐藤！」
身後好像可以聽見卡麗娜小姐、亞里沙和蜜雅的呼喊。
魔族燃燒的拳頭深深刺入地面，泥土和石地板的碎片往周圍飛散。
抬頭一看，魔族的眼神憎惡地扭曲著。

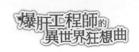

大概是沒想到會被躲開吧。

他就這樣收縮刺入地面的手臂，將本體一併拉回地面著陸。

魔族的另一隻手臂擊出了比剛才更為猛烈的三連擊。

被打中好像會很痛，所以我輕輕跳向一旁藉此閃避。

然後在拔出的妖精劍當中注入不至於產生魔刃的魔力加以強化。

遲了一些著地的魔族伸出短尾巴像鞭子一般襲向我的背後。

這是撞飛剛才那位戰士的偷襲。

我極力忍耐著下意識想要砍斷尾巴的衝動。

面對「咻」地一聲劃破沙塵飛來的尾巴，我輕鬆後退一步閃避並看準尾巴通過的那一刻用力敲打，將其砸到對方的臉上。

「嗚喔」、「嗚啊」的慘叫聲傳來，魔族的動作停止了。

乘著這個絕佳的空檔，我用妖精劍在魔族的腳踝淺淺砍了一下。

同時避免不小心砍斷魔族的腿部。

「哦哦！居然劈開了魔族堅硬的毛皮！」

「明明連騎士他們也一籌莫展，真是太厲害了！」

「好漂亮的劍……」

「那一定是矮人打造的祕銀劍！」

「既然如此，那必定是位著名的劍士。究竟是誰呢？」

不知道從哪裡傳來這些圍觀者的聲音。

我輕盈躍起閃避魔族的尾巴攻擊，然後將目光投向周圍。

小巷子裡有五個衣著富裕的小孩子探出臉，正在觀看這邊的戰鬥。真是一群喜歡看熱鬧的傢伙。

魔族的主戰場已經移動，所以躲在附近建築物裡的人們便一起合作將伊帕薩勛爵和戰士在內無法戰鬥的人抬走。

他們如今應該在建築物的暗處接受回復藥的治療吧。

——「鈴」的一聲，某種清涼的聲音響起。

擊出焰掌的魔族也變得行動遲緩。

在AR顯示中，出現了「行動力下降三〇％」的字樣。

我轉頭望向聲音來源，只見亞里沙正在搖響泛著藍色光輝的「封魔之鈴」。

大概是卡麗娜小姐交給她的吧。

「攻擊腿部。」

「系系～」

「收到喲。」

在莉薩的指示下，小玉和波奇也加入戰鬥。

魔族的一隻腳被癱瘓之後變得動作不敏捷，獸娘們乘機鎖定對方的膝蓋後方反覆發動攻擊。

魔族不勝其煩地揮動尾巴試圖排除獸娘們，但三人每次早就向後躲避了。

就和在聖留市的迷宮裡與實力較高的魔物戰鬥時一樣，她們似乎採取了一擊脫離的戰法。

「你的對手在這裡！」

我為了吸引魔族的注意力再次施展「挑釁」，

這時有兩發火焰彈剛好命中，在魔族的體表被彈開。

看來是亞里沙和蜜雅使用了從盜賊那裡沒收而來的火杖。

「魔法無效……」

「那身毛皮好像具有火焰抗性。」

「攻擊嘴巴裡面應該可以奏效吧？」

正如這群看熱鬧的小孩子所言，火杖的攻擊好像完全無效。

「我來幫忙了！潘德拉剛勛爵。」

卡麗娜小姐這時候如旋風般衝進來，對準魔族的側臉使出飛踢。

真希望她不要大聲呼喚我的名字，搞得好像在四處宣傳似的。

卡麗娜小姐似乎也希望我喊她的名字，其目光往這邊瞥來，但被我視若無睹。

不可以太寵對方。

知道火杖無法奏效後，蜜雅使用水魔法「刺激之霧」燒灼魔族的肺部。

我的肺部差點也一併被燒灼，但向蜜雅投以責難的目光後她卻移開了視線。

抓住這個空檔，魔族向我擊出焰掌。

「戰場上不可以東張西望哦。」

卡麗娜小姐踢開鎖定在我身上的攻擊，轉頭對我這麼得意告知。

『卡麗娜小姐，不可掉以輕心！』

拉卡的忠告徒勞無功，東張西望的卡麗娜小姐被魔族另一隻手的焰掌擊飛了。

——幹嘛跟著東張西望呢。

卡麗娜小姐本身有拉卡的強大防禦力保護著所以沒有問題。

事實上她被那麼狠狠地擊飛出去卻幾乎毫髮無傷，頂多只是頭暈目眩罷了。

拉卡架起的小型光盾加疊好幾層之後的防禦力即使和類似的術理魔法「盾」相比也是格外出色，真希望只抽取那種自動防禦機能讓我那些孩子全員配備。

穿插著這樣的突發事件，我們持續穩紮穩打地戰鬥。

儘管有些厭煩不過必須忍著，要是有所鬆懈讓我那些孩子們受傷就不好了。

——BUFOOOW。

攻擊遲遲無法命中我的魔族感到惱怒，開始伸出手臂在頭頂上不斷轉旋轉。

「退下！」

獸娘們聽從我的指示向後跳去，魔族爆發出的旋轉攻擊便在下一刻刨開大範圍的地面，掀起的沙塵往周圍瀰漫。

「「「哇啊！眼睛！我的眼睛————」」」

看熱鬧的這群人按住自己的眼睛慘叫道。大概是沙塵跑進眼睛裡了吧。

所幸這時周遭沒有任何耳目，我於是繞至魔族背後用妖精劍唰唰地刺向未受傷的另一隻腳使其報廢。

順便也在魔族兩隻手臂的根部輕戳幾個洞好了。

我的力道似乎控制有誤，魔族的體力竟然被我削去了七成。

趕在沙塵散去之前，我將劍上沾染的血跡甩得一乾二淨。

「你們看！」

「不知不覺中居然占了上風了！」

「魔族的背部和腿部滿是鮮血！」

「一定是那個魔槍鱗人攻擊的！」

「這麼說，腿部就是那些小孩子的傑作嗎？」

一群看熱鬧的聒噪傢伙又在短時間內復活，不過還好他們就如同我所安排的那樣產生了誤解。

我繼續和流著滿身鮮血卻仍執意要揮拳攻擊我的魔族展開追逐。

——這時候，一道藍色光輝從附近的建築物屋頂降下。

「卡麗娜，飛——踢——！」

呼喊著愚蠢的招式名稱，卡麗娜小姐的飛踢落在魔族的腦袋上。

我看準開始採取閃避行動的魔族並踹起對手的下巴，在卡麗娜小姐的飛踢配合下使其形成了三明治夾心的狀態。

劈啪一聲，腳底傳來魔族頭蓋骨破裂的觸感。

魔族的體力計量表變得一瀉千里。

「莉薩！動手！」

「知道了！」

莉薩的魔槍挾帶紅色軌跡刺向魔族的腦袋。

「──哈！」

莉薩轉動刺出的魔槍。

短短的一瞬間，魔槍的槍尖出現了紅色光輝。

莉薩本人似乎完全沒注意到。那個想必就是魔刃了吧。

體力計量表完全歸零的魔族化為黑色粉塵逐漸瓦解。

黑色粉塵隨風飄散，將魔族曾經存在的痕跡抹去。

莉薩從黑色粉塵所在處撿起了某樣東西。

「主人，發現魔核以及看似角的物品。」

「──角？」

我從莉薩手中接過拇指大小的魔核以及小型的紅色角狀物。

先不說魔核，當我注視角的時候出現了「短角」這個名稱。

確認詳細情報，其中寫著「將當地的智慧生物轉變為魔族」。

魔族會突然出現在街上大概就是這個物品的緣故吧。

我在地圖上搜尋是否還有其他「短角」但並未發現。

話雖如此，由於我無法搜尋「寶物庫」和萬納背包所以不能絕對肯定沒有。

那麼，這些事情就等以後有時間再想吧。

我將「短角」收進儲倉裡，前往進行傷患的營救作業。

在伊帕薩勛爵最初作戰的地點附近。

我走進三台馬車翻覆後擠壓在一起的殘骸內。

雷達上的藍色光點愈來愈近。

跳上簡陋的神殿馬車上方，我進入車門敞開的馬車內。

「——賽拉大人。」

對於我的呼喚，賽拉小姐只是痛苦地緊閉雙眼。

體力計量表已減少四成，狀態持續為「昏倒」和「內臟損傷」，於是我將魔法藥拿到嘴邊打算讓她喝下。

然而魔法藥卻從她的嘴邊灑出，遲遲無法灌進去。

雖然很抱歉，但我決定用自己的嘴巴餵賽拉小姐喝下魔法藥。透過柔軟的嘴唇，我感受著魔法藥緩緩流入她喉嚨裡。

賽拉小姐微微睜開眼皮。

我離開賽拉小姐的臉龐，等待對方意識清醒的那一刻。

「……潘德拉剛勛爵？」

「您清醒了嗎？」

「是……是的──」

我抱著賽拉小姐來到馬車外面。

儘管不知道賽拉小姐是什麼時候恢復意識，不過她只是將手貼在嘴唇上低垂臉龐所以無法觀察到她的表情。

剛才那個是醫療行為，所以應該不算數吧？

◆

救出賽拉小姐後，事態進展的速度令人眼花繚亂。

我們將重傷者和賽拉小姐送到神殿，在神殿與多爾瑪一家道別後受到太守在城堡召見並獲得口頭感謝和一百枚金幣的獎勵，甚至就這樣子被邀請參加晚餐會。

由於只有我和卡麗娜小姐兩人能參加食物超級美味的晚餐會，所以我希望在可能的範圍內盡量重現那些料理讓大家得以享用。

而晚餐會就在剛剛結束，如今將場地轉移至沙龍進入歡談時間。

被一群婦人圍繞著的卡麗娜小姐似乎從剛才就一直被追問感情上的話題。

「卡麗娜小姐的未婚夫是潘德拉剛勛爵嗎？」

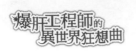

「——不……不是的。」

面對太守夫人的問題，卡麗娜小姐很不自然地這麼回答。

卡麗娜小姐的個性屬於內剛外柔，所以面對初次見面的人無法對答自如。

雖然很想上前幫忙，不過我如今同樣被男性成員圍繞著追問穆諾市防衛戰和白天消滅魔族的事情。

「既然是足以打倒魔族的劍豪，想必也可在武術大會上奪冠吧？」

「剛才也說過，我們只是針對騎士和戰士們消耗至半死不活的魔族給予最後一擊罷了。況且若沒有同伴們的協助和魔法的掩護，我早就力不從心橫屍現場了。」

其中一名貴族拋出這樣的話題來，我則是再次強調之前的聲明以否認自己會參加大會。

在武術大會上觀戰還是比較合乎我的個性。

對對，說到騎士——

白天的下級魔族戰當中，為何不是神殿騎士肯恩勛爵而是近衛騎士伊帕薩勛爵來擔任賽拉小姐的護衛，其原因我已經從他們口中得知。

所有的神殿騎士都因為出動掃蕩「自由之翼」而不在場。

當時搜尋地圖發現正在進行追逐的那些人似乎就是神殿騎士了。

順帶一提，那位女性騎士因為拋下護衛瑪尤娜的任務不管而在事後遭到神殿高層狠狠訓斥了一番。

「那麼，你的意思是就算抵達公都也不會參加武術大會了？」

聽到我不會參加武術大會，太守很好奇地這麼追問。

我看起來那麼像個戰鬥狂嗎？

「是的，我並不擅於與他人競爭……」

「我可以用手中的推薦名額讓你參加決賽哦？」

「還請太守閣下您用在底下的自己人身上比較妥當。」

「嗯，真是個無欲無求的人啊。」

我再三否定參加的意圖後，太守總算是接受了。

「話說潘德拉剛勛爵，聽聞你的劍可是連魔族的毛皮也能劈開的名劍。那果真是出自名匠的作品嗎？」

「是的，那是我請波爾艾哈特自治領的杜哈爾師傅所打造的。」

我這麼老實回答一名神情激動的老貴族。

「什……什麼！」

「竟能讓那位脾氣古怪的杜哈爾老先生親手打造，佐藤先生還真有一套啊。」

「那位大人即使面對大貴族，凡是看不順眼的人就絕不會替對方鍛劍啊……」

「果……果然是因為有羅特爾子爵的介紹嗎？」

同席的這些貴族當中發出了驚呼聲。

唯獨其中的一人表現得無拘無束。正是厚著臉皮被邀請參加晚餐會的多爾瑪。他如今身穿一件從太守公館借來的貴族服裝。

話說回來，杜哈爾老先生的名號真是響亮。

由於太守等人希望見識這把劍，我於是讓人將來訪時所寄放的妖精劍拿到沙龍。

「這個莫非是──真印？」

從管家那裡接過妖精劍後，目睹劍柄的太守發出了驚呼。

繼太守之後，其他貴族也驚嘆連連。

「據說那個真印，在杜哈爾老先生的作品當中也僅會出現在傑作上啊。」

「我還是第一次親眼目睹實物。」

「這劍柄的工藝真是出色。」

「唉呀，光是這個劍鞘就具有美術品的價值了。真想幫我的佩劍也製作一個如此高雅有品味的劍鞘。這是出自哪一間工房的商品呢？」

拔劍出鞘之前就引發了一陣騷動。

這個劍鞘是我確定會被邀請參加太守的晚餐會時，匆忙將不起眼的黑鞘稍事加工而成，所以就算被問到出自哪個工房也答不出來。
於是我就謊稱劍鞘也是來自杜哈爾老先生。
我將拔出的劍交給管家放在臺座上，然後擺在太守面前。
「此劍名曰『妖精劍』。」
「多麼美麗的刃紋啊。」
「像這種綠銀的刃紋，就算是精選的一級品祕銀也很難出現哦。」
「不愧是杜哈爾老先生的作品。」
我也認為這是一把很漂亮的劍，不過真有那麼吸引這些眼光刁鑽的貴族嗎？
以後還是注意一下，不要拿出來向一些奇怪的人炫耀好了。

「我出去稍微吹個風。」
這麼請示後，我便離開沙龍的座位。
剛才一直品嚐著太守珍藏的美酒並傾聽他年輕時候的荒唐事蹟，但之後話題開始轉變至古魯里安市的利益關係，於是我便中途離席一下。
畢竟那可不是一個外人可以繼續聽下去的內容。
我打開露台的門來到陽台上。

這裡明明是二樓，中庭的地面卻與陽台同高。

我將手伸向背後關上玻璃門。

這似乎是剛才閒聊時提到的公都玻璃工房所製造的產品。

據說在歐尤果克公爵領裡，玻璃製品並不算什麼稀有的東西。

「潘德拉剛勛爵？」

一個銀鈴般的聲音讓我回頭，只見賽拉小姐的頭髮在月光的照耀之下泛著夢幻般的銀色光輝。

簡直——

「——就像妖精一樣。」

「唉呀，潘德拉剛勛爵真會說話……」

後半段不小心說出口了。一定是因為喝醉的關係，使得詐術技能失控了。

「晚安，賽拉大人。還請忘記我剛才的失言。」

「呵呵，我不會忘記的。」

或許是因為周圍沒有其他人，今晚的賽拉小姐表現得不像個巫女，那隨意的模樣更像是一名她這個年齡的普通少女。

我那冗長的姓氏可能很繞口，於是我便告訴賽拉小姐：「請叫我佐藤就行了。」

「佐藤先生，要不要一起在庭院裡散步呢？」

「是的，非常樂意隨行。」

賽拉小姐帶著頑皮的微笑這麼提議，我則是同意了。

中庭裡設置有仿造小河的水路，那裡盛開著在月光下淡淡發光的月見草。由於會自己散發微弱的光輝，所以應該和日本的月見草是不同種類吧。

可以聽到月見草底下傳來鈴蟲的「鈴鈴」鳴叫聲。

「啊，是螢火蟲。」

賽拉小姐的目光盡頭處，兩隻螢火蟲就像在跳舞一般在月見草之間輕盈飛舞。

「真是漂亮呢。」

夢幻般的光景配上充滿神祕感的美少女，真是詩情畫意。可以的話真想把露露也排進去。

在流水聲與蟲鳴聲的圍繞下，我和賽拉小姐沿著水路散步。

實在是令人心神寧靜。

好安詳的治癒空間。

「對了，佐藤先生……」

賽拉小姐頭也不回地喃喃道。

「佐藤先生……你認為命運是能夠改變的嗎？」

一個相當沉重的主題被拋出來。

倘若我還在青春期大概會很喜歡，但年紀大了就對這類話題感到頭疼。

還是選擇不會得罪任何人的肯定性回答好了。

「當然可以。」

或許是訝異於我會如此斷然回答，賽拉小姐浮現驚訝的表情。

因此我再試著做出補充：

「這個世界上沒有什麼不可改變的命運。」

雖然認為宇宙大崩塌是無從改變的事情，但賽拉小姐並沒有問及這一點。

「你真的……這麼認為嗎？」

賽拉小姐吞吞吐吐地這麼詢問，就彷彿心中存在什麼糾葛一般。

身為公爵千金兼神諭巫女的賽拉小姐，她身上的壓力想必也不輕鬆吧。

「是的，我真的這麼想。面對不合理的命運就要極力將其扭轉。」

為了化解賽拉小姐沉重的煩惱，我盡量輕鬆地說道。

將手握在腰部後方的賽拉小姐突然一個轉身過來：

「呵呵，即使會被魔王殺死也在所不惜？」

「是的，屆時我會從魔王手中將您救出。區區的魔王輕而易舉就能解決了。」

配合賽拉小姐的語氣同樣說出了俏皮話之後，她終於傳出開朗的笑聲。

我拿出手帕遞給笑得快要流眼淚的賽拉小姐。

「——有佐藤先生真是太好了。」

擦拭眼角的淚水後，賽拉小姐瞇細雙眼浮現笑容。

「謝謝你，佐藤先生。」

那彷彿即將消失的脆弱笑容讓我有股衝動想要擁抱賽拉小姐，但極力忍住了。

一種無法言喻的氣氛支配著現場。

五年後還另當別論，如今怎麼可以對只有自己一半年齡的少女做那種事。

——唔，現在的身體好像也是同年齡吧。

「唉呀？這不是佐藤先生和賽拉嗎？你們在這種地方幽會？」

黑暗的另一端傳來這個聲音，讓賽拉小姐的肩膀猛然顫抖一下。

走過高聳盆栽的小路在此現身的是多爾瑪。

「多……多爾瑪叔叔！我和佐藤先生並沒有做出什麼不檢點的幽會舉止！」

「是嗎？不過賽拉妳這麼稱呼聽起來很親暱啊。」

那種不會察言觀色的個性在這種時候顯得無比可靠。

「討厭，叔叔你真是的！」

被多爾瑪挖苦後，賽拉小姐就像個小孩般生氣。

「多爾瑪勛爵，還請別再繼續挖苦她了。」

「誰叫佐藤先生年紀輕輕卻如此老成，挖起苦來完全沒有成就感啊。」

那是因為骨子裡已經三十歲左右了啊。

「我只是為了今天的事情在向佐藤先生道謝。」

「挑在這種沒有人的地方？」

「叔叔！」

「抱歉，我閉嘴好了。」

多爾瑪一針見血的吐槽讓賽拉小姐柳眉倒豎出言阻止。

「晚風吹多了會感冒的。我們差不多該回沙龍了。」

「……說得也是。」

「唉呀？準備回去了嗎？要是你們繼續幽會，我本來打算先走一步。」

彷彿被賽拉小姐的一聲「叔叔！」所嚇走，多爾瑪逃向通往沙龍的小路。我和賽拉小姐同樣也跟在模樣滑稽的多爾瑪身後。

走著走著，多爾瑪拋出了話題：

「不過，與魔族的戰鬥當中竟然沒有出現任何死者，真是奇蹟啊。」

「是的，這都多虧了神的庇佑和佐藤先生他們的協助。傷者可以透過魔法治癒，但死者就無能為力了……」

面對多爾瑪的輕鬆發言，賽拉小姐則是站在神殿的立場回答。

其中包含了對我們的讚賞這一點讓我很有好感。

話說回來，其中的一句話讓我耿耿於懷。

「難道沒有能夠復活死者的魔法嗎？」

「……沒有。」

或許是對我的問題感到意外，賽拉小姐遲疑一下才回答。

不過，明明是奇幻世界卻居然沒有復活死者的魔法！

——實在太可惜了！

「妳忘了嗎，賽拉？少爺他遭到謀殺的時候，可是聖女大人——」

「多爾瑪叔叔！」

多爾瑪的失言讓賽拉小姐臉色大變地制止。

語氣和剛才可愛的「多爾瑪叔叔！」簡直判若兩人。

「抱歉抱歉，這個好像不能說出來吧。佐藤先生，剛才的就當作沒聽見吧。」

「是的，我什麼也沒聽到。」

我爽快地答應多爾瑪的要求。

關於復活道具的情報恐怕是一種機密，不然就是使用條件相當嚴格而無法輕易動用吧。

要是隨意散布不完整的情報，大概會在追求復活的那些人當中引發混亂。

「賽拉大人，您剛才出去散步了嗎？」

見到我們三人進入沙龍，太守夫人這麼出聲道。

幸好有多爾瑪跟著。要是只有我和賽拉小姐兩人，或許會傳出什麼不必要的流言蜚語吧。

不知道為什麼，卡麗娜小姐看我有眼神有點凌厲。

可能是怨恨我沒有出手幫忙而放任她不管吧。

「我派人去庭院裡找過您，但好像沒能遇到。」

「找我有什麼事嗎？」

聽了太守夫人的話，賽拉小姐不解地微微傾頭。

「是的，剛才特尼奧神殿派來緊急特使——」

太守夫人用沉穩的聲音告知賽拉小姐。

賽拉小姐向對方道謝後便前往緊急特使等待的隔壁房間。

多爾瑪不知為何也跟著賽拉小姐過去，於是我也裝作被吸引一般跟著兩人。

緊急特使這個名稱讓我感到很在意。

「——公都的特尼奧神殿要緊急將我召回嗎？」

「是的，由於使用了大河的信號燈，所以無從得知詳細的內容。」

「知道了。我會向太守大人借用快艇回去。」

聽著賽拉與神官的對話，我打開地圖確認公都周邊和特尼奧神殿，看起來並沒有發生什麼大騷動的樣子。

大概是神殿內部的問題吧。

據說大河即使在緊急狀況下也禁止夜間航行，賽拉小姐於是決定天亮後搭乘太守準備的快艇返回公都。

「一路上小心，賽拉大人。」

「好的，我們公都再會了。佐藤先生。」

我在貴族專用的碼頭上目送賽拉小姐搭乘快艇。

身後的亞里沙和蜜雅的眼神就彷彿在看待外遇的丈夫，不過這場與友人的道別並沒有什麼不可告人的地方。

古魯里安的鐘敲響了。

這個鐘似乎是用來告知緊急用的快艇即將通過。

彷彿在回應般，大河下游也迴盪著同樣的音色。

港口的管制塔揮動旗子後，在河面上待命的快艇便挾帶著噴發的水柱緊急加速啟航了。

「好快～？」

「真的很快喲。」

一旁的小玉和波奇見狀不斷做出舞動雙手的驚訝表現。

快艇據說搭載了魔法驅動的高速推進架構，可以時速一百公里的速度在水面上行駛。

我只看清楚片刻，那似乎是一種水翼船。

另外，由於快艇的可乘坐人數較少，與賽拉小姐同行的僅有神殿騎士肯恩勛爵一人，多爾瑪一家和其他神殿騎士們日後將會搭乘太守的大型船前往公都。

我們也預計順便搭乘以作為消滅魔族的獎勵。

大河之旅

「我是佐藤。聽到乘船旅行我的父母會聯想到豪華客輪，但身為小市民的我則會浮現出搭乘渡輪前往離島旅行的印象。殘留於波浪間的航跡真是浪漫呢。」

賽拉小姐出發的兩天後，我們和多爾瑪一家及卡麗娜小姐一行人坐上太守的船。護衛的騎士們也一起。

船體比想像中還要大，甲板的面積足以裝載好幾台馬車。

這次只有我們的馬車要裝載，所以港口的作業員在前一天就幫忙裝上船了。

身高超過六公尺的魔巨人和小巨人們操作港口的吊掛用起重機將馬車裝上船的景象實在是難得一見。

啟航的汽笛鳴響。

那並非使用蒸氣而是以魔力鳴響的器具，所以應該稱為魔笛比較合適吧？

「啟航！」

船長的一聲號令下，船員們開始匆忙動作。

船長是人族，不過船員好像有半數是獸人。

主桅桿的瞭望台上則是配置了鳥人族和蝙蝠人族之類的飛行型亞人。

我倚靠在甲板的扶手上，朝著前來送行的人們揮手。

「佐藤大人～蜜雅大人！歡迎再來玩哦～還有亞里沙也是。」

大聲這麼送別的人是太守千金。

她在我們消滅魔族的時候似乎就混在那些看熱鬧的小孩子當中。當初還以為都是男生，所以剛知道實情的時候嚇了一跳。

得知蜜雅是精靈之後，太守千金便向對方請教魔法，我和亞里沙則是擔任翻譯和解說工作。

這段過程令我有些懷念，不過我對中學生年紀的小孩子不感興趣所以也沒有發生什麼特別的事件。

明明被放在最後才叫到名字，亞里沙卻開心地向對方大動作揮手。

不愧是亞里沙。身為轉生者才能擁有這份成熟的心態——

「呵呵呵，豈能夠容許新角色豎立旗標呢！就這樣子永遠消失吧。」

什麼新角色……該不會把太守千金當成登場角色了吧？

今天的亞里沙有些壞心腸。

我乘著船身在轉向的時候輕輕敲了亞里沙的腦袋，然後一起走向在船頭附近看著水面七嘴八舌的波奇等人。

「接下來要前往的公都裡也有邪教集團嗎？」

「嗯嗯，有啊。似乎是比想像中更具規模的組織。」

扶著在船頭展開雙手的亞里沙腰部，我一邊進行這樣的對話。

「那麼，我們要像這次一樣掃蕩嗎？」

「盡量吧。公都的高階貴族裡也有他們的成員，大概無法像這次一樣輕鬆了。」

古魯里安市的「自由之翼」成員因為我透露他們的所在而被送進牢裡。

逃走的幾人我則是在昨晚化身為黑頭巾的神祕男子予以擒獲，一起送進牢中。

「要把那個角的事情告訴公爵大人嗎？」

亞里沙所說的就是將人類變成魔族的「短角」一事。

「先見到公爵，確認對方的秉性之後再來判斷吧。」

「嗯，我想這樣比較好。」

街上突然出現的下級魔族固然可怕，但人們因疑神疑鬼而變成暴徒才更為恐怖。

「真是的，想不到就連異世界裡也有恐怖分子。」

「的確。」

我打從心底同意亞里沙不勝其煩的這句話。

「那個，士爵大人，這樣子很危險，您差不多該……」

我們如今所在的船頭就位於禁止入內的區域裡面，這還是亞里沙硬拜託才讓我們進來的。

全程負責照顧我們的領隊小姐面有難色地這麼訴求，於是我帶著看似心滿意足的亞里沙回到普通的甲板。

「這下子又彌補了一項前世的遺憾呢～」

剛剛還在想那種姿勢十分眼熟，看來好像是某著名洋片的其中一幕吧。

由於是名作，連我都知道片名為何。可惜因為太忙所以沒能去電影院，只有看過預告片而已。

「那麼，這就帶領各位前往房間。」

在領隊小姐的帶領下，我們走下甲板後方通往客艙的樓梯。

這艘船是三層大甲板的大型船，第二層有客艙和船長室，第三層則是家畜室和貨物室，然後就是船員們的房間了。

公都位於三百公里外的下游處，不過這次因為搭乘太守的專用船所以好像用兩天時間就可抵達。

普通船班由於會在中途的四座都市和城鎮停靠，因此行程會拉長至三～四天。

至於乘船旅行最令人擔心的暈船，出發後半個小時卡麗娜小姐的女僕隊其中一人就倒下，一個小時後則是換成多爾瑪倒下，接下便就此打住。

儘管很多人都是第一次搭船，不過之後並未再出現其他暈船的人。

領隊小姐已經將暈船藥發給多爾瑪和女僕，相信應該很快就會恢復吧。

在房間裡放好行李後，我允許大家自由行動。

「好舒服的風。」

「是的，河水的氣味和綠意的芬芳都迎面撲來。」

傾倒著裝有果汁的高腳杯，我躺在領隊小姐準備在甲板的沙發上愜意休息。並非在貴族公館裡見到的那種，而是使用抗濕氣素材和編織方法的製品。

一旁坐在草編蒲團上的莉薩迎著柔和的風讓朱紅色的頭髮隨之飄逸，同時瞇細了雙眼。

即使在船上，她也將愛用的魔槍放在自己身邊。

由於穿著鎧甲太煞風景，所以今天的莉薩換上了和其他孩子們一樣白底有圖案的連衣裙。每個人的圖案都不同，莉薩的是象徵紅色火焰的花紋。

其他孩子們都跑去船內探險所以不在這裡。

露露會一起跟去讓我很意外，但她似乎是第一次搭乘這麼大的船，所以會禁不起好奇心的誘惑也在情理之中。

一邊想著這些事情之際，前去觀看小船的卡麗娜小姐回來了。

「真是閒得發慌。」

「卡麗娜小姐不妨也和大家一起去船內探險如何？」

「……潘德拉剛勛爵覺得我很礙事嗎？」

魔乳的彼端如小孩耍脾氣一般的目光俯視而來，於是我向一旁的莉薩使了個眼色請她幫忙準備好備用的沙發。

說是準備，也不過是拿掉蓋在上面的防水布而已。

「我並沒有這種想法哦。要坐下來嗎？」

「……是的，那麼我就失禮了。」

卡麗娜小姐端莊地坐在莉薩所準備的沙發上。

遙想著魔乳與慣性法則之間的關連性，我一邊向卡麗娜小姐攀談：

「要來點果汁嗎？相當刺激哦。」

「會刺激嗎？」

「是的，可以看見至今未曾體驗的世界。」

「刺激……未曾體驗……」

卡麗娜小姐這麼喃喃自語，目光在我舉起的高腳杯和我的嘴巴之間來回游移。

「我……我現在不會口渴，還……還是不必了。」

卡麗娜小姐的美貌泛紅，快速搖起雙手並甩頭。魔乳之舞真是太精彩了。

不知道她聯想到了什麼，不過這個年紀的女孩子似乎想像力太過豐富。

過了好一會看似冷靜下來，但她依然將泛紅的臉從我的目光移開。

這時，探險完回來的小玉和波奇直接俯衝而來。

「回來了～」

「喲！」

「好的，歡迎回來。」

我在空中接住兩人，讓她們坐在沙發的兩側。

她們看起來很口渴，我於是讓兩人飲用邊桌上的果汁。

「唰唰的～？」

「嘴裡劈里啪啦喲！」

雙手捧著杯子的兩人在沙發上站了起來。

這兩人都驚訝得瞪圓了雙眼。小玉的尾巴甚至還膨脹。

「哦哦，這不是碳酸水嗎！嗯～久違的口感～」

亞里沙奪去我的高腳杯喝了一口後說出這樣的感想。

公爵領好像可以採集到天然的碳酸水，這在大河沿岸的都市當中算是比較廉價的東西。

「狡猾。」

蜜雅將亞里沙那裡搶來的高腳杯放在嘴邊。

或許是在精靈之村並不稀奇，喝下加了碳酸水的果汁後蜜雅仍未感到驚訝。

「不用爭搶，桌子上還有很多哦。」

「你完全不懂呢～」

「嗯，木頭人。」

我只是糾正一下而已，說得也太難聽了吧。

莞爾地望著這幅光景，露露一邊將果汁倒入新的高腳杯裡。

「露露，倒一半就可以了。」

「是……是的——哇，哇哇！」

見到汽水的泡沫就要滿出來，露露這麼焦急道。

我迅速抓起高腳杯，吸掉那些要滿出的泡沫。

「這樣就沒問題了。」

「謝謝您，主人。請先不要動哦。」

露露用手帕擦拭我嘴唇殘餘的泡沫。

「露露姊，快快，讓我來處理這條手帕──」

「不行哦，亞里沙。這個我自己來洗。」

不知道什麼時候移動過來的亞里沙正在和露露爭奪手帕。

我代替面帶笑容開始嬉鬧的露露倒了一杯果汁給娜娜。

「感謝主人。」

「注意一秒～？」

「要注意劈里啪啦喲。」

娜娜將碳酸水果汁拿到嘴邊時，小玉和波奇這麼提醒道。

「接受兩機的建議，會注意──這麼報告道。」

向小玉和波奇點頭後，娜娜的嘴巴碰上果汁──

「主人！」

──她用人偶般的動作猛然轉頭望向我這邊。

「主人，這個果汁有生命──這麼報告道。」

「只是碳酸水罷了。會劈里啪啦是因為化學反應哦。」
對於面無表情卻深感驚訝的娜娜，我這麼澄清她的誤會。
雖然也考慮過要編點故事來捉弄她，但一想到娜娜很可能相信就作罷了。
「佐——潘德拉剛勛爵，可以順便給我一杯嗎？」
剛才不時在偷看這邊的卡麗娜小姐終於按捺不住跑了過來。
「好的，我立刻就倒一杯。」
「主人，讓我來吧。」
在與亞里沙的爭奪戰當中獲勝的露露帶著活潑的笑容替我代勞。
對碳酸水的新鮮感冷卻後，小玉和波奇吃力地爬上沙發並坐在我的左右兩側。
由於是兩人座的沙發所以剛好擠滿整個座位。
「鄰居～」
「喲！」
坐在沙發上的小玉和波奇接過剛才交給莉薩保管的果汁。
「我要大腿！」
亞里沙攤開雙手直接了當地要求，我於是將她抱起來放在大腿上。
「姆。」

慢了一步的蜜雅這麼低吟，不過我這邊已經擠不下了。

她跺著腳步繞到沙發後方抱住我的後腦袋，然後開始抓亂頭髮。

「蜜雅，不要玩頭髮。」

「……嗯。」

被我這麼提醒後她立刻就放開頭髮，但接下來又開始玩弄我的耳朵。

這種事情麻煩等妳長大了再說好嗎？

「大白天的就黏在一起，實在太不知羞恥了！」

目睹這番天真無邪的肢體接觸，卡麗娜小姐怒目以對，然後從露露那裡一把搶過果汁猛然喝下。

——啊！

大概……這個時候每個人的想法都只有一種。

「噗」的聲音傳來。

橙色的飛沫在空中飛舞。

人生中第一次喝到碳酸飲料的卡麗娜小姐將果汁一口氣噴出，拿在手中的高腳杯也跟著滑落。

果汁被噴向無辜的露露，手中滑落的高腳杯則是被卡麗娜小姐豐滿的胸部彈出，經由坐在旁邊的娜娜胸部反彈之後掉落地板。

——唉～

我將亞里沙放在地上站了起來，從萬納背包中取出毛巾遞給三人。

娜娜和露露的白色連衣裙被打濕，透出了現代風格的內衣。實在讓人不知道要看哪裡才好。

這種內衣是亞里沙設計後由我裁縫而成。立體縫製著實花了我好一番工夫。

卡麗娜小姐的衣服也濕透，但這個世界的胸帶對我來說完全沒有什麼挑逗感。

說到這個，拉卡明明就可以防禦高腳杯才對——不對，要是防禦的話會使得果汁飛濺四周而導致損害增加，所以才特意不去防禦的吧。

「娜娜小姐！不可以在這種地方解開釦子擦拭。」

「可是，露露。從衛生觀點來說應該盡快除去果汁——這麼主張道。」

「不行。」

露露和蜜雅這麼斥責甲板上開始脫衣服的娜娜。

「娜娜，這是命令。去房間換衣服。屆時再擦拭身體。」

「——接受主人的命令。」

大概是因為果汁黏答答的很難受吧。

娜娜的回答顯得有些遲疑。

「來，卡麗娜小姐也到房間裡換衣服吧。」

「好……好的。」

『卡麗娜小姐，我也希望清洗一番。』

對於愣在原地的卡麗娜小姐，拉卡也出言勸告對方更換衣服。

或許是破壞自己淑女形象的失敗讓她感到沮喪，卡麗娜小姐手中拿著毛巾卻絲毫沒有遮掩胸部的意思。

看似心裡覺得過意不去，其目光追逐著走向房間的娜娜和露露。

我從萬納背包取出另一條毛巾披在卡麗娜小姐的肩膀上以掩蓋胸部。

「露露和娜娜她們並沒有生氣哦。繼續這樣下去會讓我不知道眼睛該看哪裡，請先回房間更衣吧。」

我再度這麼後建議後，卡麗娜小姐紅透了臉按住胸部，整個人看似逃跑般衝向了樓梯。

在樓梯入口處，我的順風耳技能捕捉到卡麗娜小姐向露露和娜娜道歉的聲音。

船員們在打掃沙發周邊的期間，我們眺望著從舷邊看出去的大河沿岸風光以打發時間。

「你們看你們看！是人魚，人魚哦！」

不知為何要強調兩次。

循著亞里沙所指的方向望去，那的確是人魚。

對方在AR中是「鰭人族」，似乎是水棲的亞人。

這艘船上的是鰓人族的士兵，不過據說另外還有名叫魚人族的種族。

鰭人將貝類和蝦類捕撈上來後運送到小船上的人族那裡。

與其說是海女，總覺得給人一種比較像養鸕鶿人的鸕鶿在捕魚的印象。

我只是下意識注視著小船，但領隊小姐在察覺這一點後便將小船叫了過來。

由於話題朝著購買水產品的方向進行，我便帶著莉薩移動至舷邊的升降機前。

然後和領隊小姐及莉薩一起搭乘升降機的吊籃來到水面附近，查看小船裡面有何收穫。

有托盤一般大小的大型貝類、龍蝦尺寸的蝦子，甚至連伸長腳之後長達兩公尺的章魚也在魚貨之列。

我記得章魚應該無法棲息在淡水才對，不過在異世界可不能將地球上的常識套用過來。

「這……這種奇妙的生物可以食用嗎？」

「嗯嗯，這叫章魚。外觀不怎麼樣卻很美味哦。」

我這麼向看到章魚後大吃一驚的莉薩解釋。

她似乎並未發現自己在驚訝之餘緊緊抱住了我的手臂，但這種事情不值得去特地糾正，所以就順其自然了。

「士爵大人，您要購買多少呢？」

每人一隻蝦子，再來幾個貝類還有三隻章魚應該就足夠當午餐了。

我這麼告知品項後，領隊小姐露出驚訝的表情。

據領隊小姐所言，其他領地的人和貴族都很忌諱章魚所以覺得相當稀奇。

另外，水產的價格比市場行情便宜許多，只要兩枚大銅幣。

「章魚～？」

「可惡的傢伙喲。」

小玉和波奇上前捕捉從水桶裡逃出來的章魚，但在觸手的纏繞下陷入苦戰當中。

或許是遲遲無法剝離觸手而感到不耐，波奇正在用力啃咬觸手。

味道或許很美味，不過最好還是不要生吃吧。

小玉不知什麼時候已經擺脫觸手，正在用爪子戳著纏住波奇的章魚。

不要在那裡玩耍，趕快救波奇出來啊。嗯，不過那種逃避的動作很可愛，也難怪會讓人想要看下去。

那麼，差不多也該出手了——

「佐藤。」

後方傳來蜜雅可憐兮兮的呼喚聲。我回頭一看，發現竟然連蜜雅也淪落為章魚的犧牲品了。

波奇還另當別論，換成蜜雅被章魚觸手纏住之後實在有種不道德的感覺。

亞里沙也是，不要嚷著「色色精靈出現了——」趕快救人吧。

我請換好衣服回來的露露一起幫忙剝開蜜雅身上的觸手。

波奇那邊似乎是娜娜和莉薩在幫忙剝離觸手。

「黏答答。」

蜜雅頂著十分可憐的表情訴說自己的不滿。

我讓領隊小姐舀一些水過來。

這時，後方傳來了波奇「救命喲」的呼救聲。

回頭一看，只見波奇被章魚墨汁弄得全身黑漆漆的模樣。而莉薩和小玉似乎躲到一邊去了。

「主人，請求魔法箭的使用許可。」

離開波奇身上的章魚這次改纏在娜娜的上半身。

不同於蜜雅，這實在太煽情了。

章魚最後被莉薩和我聯手去除，但臨走之前還報復性地噴出墨汁，所以剛換好衣服的娜

娜一身襯衫變得烏漆墨黑。

「主人……」

娜娜面無表情，整個人卻散發相當悲慘的氣息望著我。

看來今天娜娜的運勢是遭遇水難吧。

航行中的船會搖晃，所以在房間裡用水清洗會導致淹水。

沒辦法，我只好在甲板上架起屏風，讓遭到章魚毒手的三人進入裡面淋浴。

屏風外面我則是悄悄使用了「風壁」以避免屏風被風掀起。

與其說是為了不讓娜娜以外的其他兩人被看見，主要其實是避免她們感冒。

船員和騎士們都背對這邊執行任務，可說是相當紳士的舉止。

「擦乾。」

「波奇也想要擦乾喲。」

蜜雅和波奇來到屏風外面要求我擦拭身體，但在周遭人的目光之下我只能叫她們「今天」先自己擦，然後將兩人按回屏風裡面。

這時候會看到娜娜裸露的肌膚也是不可抗力。我絕對沒有什麼不良的企圖。

「嘴角彎起來了哦。」

「真沒禮貌。」

亞里沙的話讓我差點下意識將手伸向嘴邊，但最後伸個懶腰掩飾過去了。

既然今天已經大飽眼福，我決定親自來製作章魚料理。

我透過領隊小姐向船長確認是否可以在甲板上煮飯。

對方回答不生火的話無妨，因此我拿出調理用的加熱魔法道具便獲得了許可。

「粉紅～？」

「捲起來了喲。」

小玉和波奇很好奇地看著水煮章魚。

我將水煮章魚切成薄片加上香草，用醋調味後分裝在小碗裡。

「主人，飯已經煮好了。」

「謝謝。借我用一下。」

我利用露露拿來的白飯製作章魚抓飯。蜜雅的那一份則改成利用紅蘿蔔和花椰菜代替章魚的蔬菜抓飯。

貝類和蝦子我先讓莉薩清洗後擺放在烤網上。

完成了抓飯，我便將烤網放在高火力型的加熱魔法道具上面開始烘烤。

醬油淋上切成薄片的貝柱後，暴力般的香味頓時擴散開來。

「嗚～受不了了！」

「等不及～？」

「前胸快要貼後背喲！」

亞里沙、小玉和波奇三人在烤網附近迫不及待地抽動鼻子猛吸味道。

在等待的時間裡，我試著品嚐未經調理的章魚薄片。原本還在擔心有沒有土味，不過感覺就算做成生魚片也沒問題的樣子。

「我也要品嚐！」

「小玉也是～」

「波奇也想要品嚐喲。」

我分別讓眼尖的孩子們各吃下一片。

「章魚果然還是新鮮的好。」

「扭來扭去～？」

「沒有什麼味道喲？」

亞里沙讚不絕口，但小玉和波奇好像不太滿意。

「主人，生吃的話會弄壞肚子哦。」

「冒昧建議，我的意見也和露露一樣。」

露露和莉薩這麼勸告我。

「沒問題的，這個非常新鮮。」

由於衛生及新鮮度的問題，生魚片的調理方法大概還未廣為流傳吧。

我同時使用很少出馬的鑑定技能確認過，吃了應該不會肚子痛才對。

察覺到船員們投來羨慕的目光，於是我找來領隊小姐提供一些小費讓他們的午餐能夠豐盛一點。

就在料理準備完畢時，我讓年少組前往邀請的哈尤娜女士也來了。

她懷裡抱著瑪尤娜，但不見多爾瑪的身影。

說到不在場，就連近衛騎士們也一樣。他們在目睹我使用章魚製作料理後就搬出「我們有自己的糧食」這個委婉理由拒絕了。

對方如今正在上風處的後方甲板從事周邊監視任務以避開氣味。

……明明就很好吃。

「潘德拉剛少爺，謝謝您的邀請。多爾瑪他說沒有食慾，我就留他一個人過來了。」

這位哈尤娜女士或許是因為平民出身，所以對我使用敬語。

據說多爾瑪由於自己和哈尤娜的感情不被家裡允許，兩人因而私奔了。

後來被得知瑪尤娜具備「神諭」天賦之後就獲得結婚的許可，得以回到公都。

「來，趕快吃吧。大家都請就座。」

說是座位，也只有蒲團而已。

侍餐的工作交給卡麗娜小姐的女僕隊，大家在「開動了」的口號下開始用餐。

「好吃！筷子停不下來！」

「好吃喲！」

亞里沙豪邁地用筷子夾起章魚生魚片，然後將抓飯塞得滿嘴都是。

波奇也模仿亞里沙的吃法，把臉頰塞得像倉鼠那樣鼓起。

那不斷「嗯嗯」咀嚼的燦爛表情就連晴朗的天空也為之遜色。

見到那樣的笑容，我實在很難叫她細嚼慢嚥地品嚐。

「脆脆的口感相當獨特，苦味中湧現的鮮蝦甘甜和美味真是太棒了。」

「美味美味～？」

莉薩和小玉完全不剝殼，很有野性地「喀喀」吃著整隻烤蝦。

由於看起來相當滿意，我就不糾正她們正確的吃法了。

或許是大家的吃相都津津有味的樣子，卡麗娜小姐也想跟著模仿但遭到女僕碧娜訓斥了。

「好吃。」

將蔬菜抓飯塞滿嘴巴的蜜雅感覺有些落寞。

我於是用烤網烤了一些切片蔬菜，然後製作芝麻味噌醬遞給蜜雅。

「佐藤。」

帶著豁然開朗的燦爛笑容，蜜雅開心地過來擁抱我。

只要她能覺得高興就值得了。

「蜜雅，希望分到星星——這麼懇求道。」

「嗯，給妳。」

娜娜向蜜雅索求的星星其實是切成星星狀的紅蘿蔔。

在製作切片蔬菜的時候我加入了一些玩心，看來似乎打動娜娜的心弦了。

下一次製作燉湯的時候試著加入切成各種形狀的蔬菜說不定會相當有趣。

「主人，您看起來很開心呢。」

「嗯嗯，很開心哦。」

我帶著笑容這麼回答將烤熟的貝柱盛裝在我盤子裡的露露。

藍天之下，能夠和美少女和美女一起享用美味的料理實在是太幸福了。

真希望有一天也能和聖留市的潔娜及公都的賽拉小姐一起享受這樣的時光。

善後作業由卡麗娜小姐的女僕隊接手，所以飽餐一頓的我們便決定躺在領隊小姐鋪在甲板的柔軟大毛皮上享受午睡。

不光是我那些孩子們，抱著瑪尤娜的哈尤娜女士和卡麗娜小姐也在一起。

這個毛皮好像是取自「八足豹」這種魔物。搜尋地圖後發現似乎就棲息在公爵領的東南方，下次過去打獵一下吧。

想著這些事情，我一邊昏昏欲睡地進入了夢鄉。

◆

——我作了個夢。

小時候某個炎熱夏天的夢。

眼前可以看到沐浴在密集蟬鳴聲中一邊衝上長長石階的少年。

那是我。拉著牽繩帶上祖父家養的狗，我兩層併做一層地跑上階梯。

背在肩膀的包包裡應該還放著當時最新型的掌上型遊戲機。

由於是俯瞰視點的夢境，我將目光移到境內。

在神社境內，「棕色」頭髮看似很文靜的青梅竹馬正在踢著小石頭玩耍。

小時候的我一跑進境內，俯瞰視點便移動至原本的視點。

我一走進境內，原先背對這邊的「金髮」小女孩便開心地轉過來。

「噢！我等很久了哦，佐藤。」

「真是的，在遊戲之外要叫我一郎。」

佐藤這個名字是我祖父養的狗。名字很怪，據說是因為當初送狗給祖父的那個人就叫佐藤先生。這種隨便取名的作風還真像我們家。

「哼哼，我叫的可是狗哦。」

「這樣啊。那麼妳今天就別玩遊戲，在外面跟狗一起玩耍吧。」

我這麼刁難道，對方立刻一改高高在上的態度變得焦急起來。

還是老樣子，說起話來那麼老氣橫秋。

「等……等一下，我不玩的話，誰來從阿凱亞帝國手中拯救特洛伊聯邦呢？」

「好好，等到了陰涼處再玩吧。」

我們並肩坐在境內通風良好的陰涼處外廊上。解開牽繩的狗狗佐藤也不懼夏天的炎熱在境內跑來跑去。

我從包包裡取出兩台掌上型遊戲機「pocket」，將其中的一台給她。

她最喜歡的就是操作控制器時的那種「喀嚓」聲。

所以總是在打開電源之前用小小的手指不斷按響按鍵。我將兩台遊戲機裝上通訊線之後打開電源。

「哦哦，開始了。」

遊戲是以特洛伊戰爭為製作靈感的太空戰爭模擬遊戲。

儘管是設計給小孩子玩，但裡面卻已經加入索敵範圍和補給的概念了。

「姆，居然又從索敵範圍外發動偷襲。就因為這樣，你才是佐藤。」

她這番不講理的怨言讓我不禁面露苦笑。

「不然為了公平起見，我從下個地圖開始送妳一次『地圖探索』哦。」

「太好了——既然這樣就順便附贈『彗星彈』吧。」

「咦——『彗星彈』可不行哦。這樣豈不是戰況會一口氣逆轉了。」

「這樣最好！只要一發，怎麼樣？只要一發就好了，你就送給我嘛。」

拗不過她甩亂「朱紅色」的頭髮這麼懇求，我最後還是答應了。這大概是所謂的「誰也鬥不過哭鬧的小孩和地頭蛇」吧。雖然不知道地頭蛇是什麼東西。

「呼哈哈哈，嘗嘗這個吧——」

她很開心地用「彗星彈」驅逐我的主力。

接著將我失去航行能力的戰艦加以擄獲，整個人露出喜不自禁的表情。

「呼——『彗星彈』真是痛快呢。還順便獲得了戰艦當作禮物。」

心情正好的她在將戰艦拖回自己的陣地時突然變得錯愕。

這個遊戲是以特洛伊戰爭為製作靈感，所以當然也存在相當於「特洛伊木馬」的戰法了。

「哇啊，機器人從戰艦裡冒出來了。啊，那艘航母才剛完工而已。不行，不能對那邊的工廠下手～」

被眾多機器人從內部攻擊並摧毀補給設施後，她讓原先埋伏起來的真正主力發動突擊。

最後戰鬥在些許之差的情況下以我的勝利告終。

「嗚嗚，好過分。居然對小女孩那麼不留情。」

他雙手撐在外廊這麼悔恨道。那美麗的「藍色」頭髮散落在外廊上。

「妳想，戰鬥就必須全力以赴，否則就太對不起對手了吧。」

「哼——佐藤討厭死了。我要詛咒你一輩子只被平胸的女孩子喜歡。」

就算是開玩笑，這種詛咒也太重了吧。

在我班上，巨乳偶像可是最受大家歡迎的。

「話說回來，妳吃敗仗的時候總是那麼不甘心呢。」

所以跟她一起玩也相當愉快。

「那還用說嗎！輸的時候要全力懊悔，不然就無法獲得成長！就因為會利用失敗的教訓，人才得以成長！」

眼中浮現淚水，她撥起「橙色」的頭髮一邊這麼帥氣地宣告道。

撥起頭髮的那隻手戴著手鐲，上面的藍色鈴鐺在陽光的照耀下反射發光。

「奇怪？妳之前有戴那個手鐲嗎？」

「哼哼，這可是我今天的幸運道具！」

她挺起單薄的胸部這麼自豪，然後取下其中一個鈴鐺遞了過來。

「也給佐藤你一個鈴鐺吧。這個是幸運道具，要好好珍惜哦？」

「嗯，謝謝妳。」

我將收下的鈴鐺小心翼翼地放進胸前口袋——

◆

好懷念的夢。

不清楚是什麼時候的事，只記得自己在境內和青梅竹馬一起玩過遊戲。

說到這個，我終於想起佐藤這個角色名的是源自於祖父家裡所養的狗。

這件事情絕對不能讓其他人知道……

大概是夾雜了之前見到聖留伯爵領的轉移門時所引發的閃念，我那個青梅竹馬的女孩子頭髮顏色變得亂七八糟。真是的，夢境未免也太隨便了。

我撐起上半身打算喝水時，放在稍遠處睡覺的卡麗娜小姐枕邊那個鈴鐺赫然映入我的眼簾。

從森林巨人那裡拿到的「封魔之鈴」。

頂著朦朧的腦袋，我不自覺地遙想那個東西與夢境的關連性時——

亞里沙冷不防整個人跳了起來。

「怎麼了——」

「主人！」

亞里沙搶在我說完之前便抱了上來，就這樣用雙手雙腳緊緊將我扣住。

原以為是平常的性騷擾，但樣子有點奇怪。

面對不安地反覆呼喚著「主人」的亞里沙，我撫摸她的頭髮。

「——亞里沙？」

「對……對不起。」

亞里沙果斷離開我的身體，坦率地開口道歉。

「妳作了惡夢嗎？」

「嗯，其實豬——」

說到一半，亞里沙閉上嘴巴。

「——我說不出口。」

「亞里沙？」

「主人被一群肌肉男團團包圍參加男性祭典，這種事情我根本說不出口！」

亞里沙做出一手拿著手帕哭泣的舉動。

大概是夢到了不堪回首的過去吧。乾脆就讓亞里沙這麼蒙混過去算了。

「妳已經說了啊！」

我抱住亞里沙的腦袋假裝扣住她。

明明一點也不會痛，亞里沙卻發出嬉鬧的聲音不斷搥打著我的手臂，於是我隨便做了肢體接觸後便放開她。

大概是被吵醒，其他孩子們也睡眼惺忪地爬起來。

「討厭寒冷～」

「討厭餓肚子喲。」

「您不要緊吧？主人！」

獸娘們擁抱的力道讓我感到有些喘不過氣。

「佐藤。」

迷迷糊糊的蜜雅一把抱住我的臉並撫摸我的頭髮。

「主人。」

娜娜則是模仿蜜雅做出同樣的事情。

我在享受著幸福的感觸同時轉動目光，對上了撐起上半身靜靜流著眼淚的露露。

與我四目相接，她露出安心般的微笑擦拭眼淚。

雖然不太清楚，不過大家好像都作了惡夢。

「神諭的巫女」瑪尤娜無意中映入我的眼簾，但大概跟她無關吧。

倘若只是睡在旁邊就會受到影響，身為母親的哈尤娜女士應該每天都會作奇怪的夢才對。

由於大河禁止夜間航行，所以我們所搭乘的船在接近日落時分才駛入祖魯特市的港口。

話說回來，乘船旅行真是輕鬆。今天一天就順著大河往下移動了一百六十公里，最快明天就可以抵達公都了。

中途我們遭遇過一次水賊和三次魔物的襲擊，但不用我們甚至於護衛騎士出馬，船上專屬的鰓人族水兵們和鳥人兵們就很習以為常地出動擊退了。

◆

「潘德拉剛勛爵真的不過去嗎？」

「是的，畢竟我並沒有接獲邀請。」

在祖魯特市港口停放的馬車前，我這麼搖頭拒絕卡麗娜小姐的懇求。

幸好她的一身晚禮服是相當含蓄的設計。

倘若晚禮服是那種強調胸部乳溝的迷人設計，我無疑會被徹底吸引住而上下點頭了。

卡麗娜所說的是接受祖魯特太守的邀請參加晚餐會一事。

獲邀的是多爾瑪一家、卡麗娜小姐及幾位近衛騎士。神殿騎士們似乎會以瑪尤娜的護衛身分前往太守的城堡。

不同於為了獎勵我們消滅魔族而獲邀的古魯里安市，像我這種最低階的名譽士爵本來就不可能被邀請參加太守的晚餐會。

卡麗娜小姐和多爾瑪一家一起坐進祖魯特太守派來的馬車裡。

面對從馬車內望向這邊的卡麗娜小姐，我用開朗的笑容揮手送別。

「我們先在港口附近的商店街逛一下，然後出發前往多爾瑪勛爵所說的料亭吧。」

「沒有預約不要緊嗎？」

「我可不會犯這種錯誤哦。已經事先請領隊小姐幫忙預約了。」

畢竟對方聲稱在那裡有熟人，叫我不用擔心，倘若真的被取消預約再隨便找個餐廳或攤車解決就好了。

畢竟意外事件也算是旅途中的醍醐味之一。

祖魯特市的商店街道路不寬，店舖也是兩坪左右的狹小面積彼此相鄰著。

由於店舖不深，老闆就站在店前販賣和招攬客人。所有的店舖前都沒有牆壁。

商品的種類也毫無一致感，食品店旁邊的店舖竟然在販賣工藝品。就是這麼一個充滿雜亂氣氛的場所。

由於是很混亂的地方，我命令大家必須兩個人以上牽著手以防遭遇人口販子。

另外我並未讓獸娘們裝備原本的武器，而是換成青銅材質的便宜貨。

「主人！是昆布哦！」

「哦，乾燥昆布嗎。」

「就用這個做昆布捲吧。」

真是內行人的要求。

用來熬高湯也不錯，就買個幾把好了。

「順便來點海參怎麼樣？用來熬湯很棒哦？」

「那麼這個也買一袋。」

「謝謝惠顧！」

一把昆布和一袋海森參總共才一枚銅幣，真是便宜。

「主人！」

就在臉上難掩喜悅之際，娜娜將我的手臂抱在胸前帶我到隔壁的商店。

「希望進行保護！」

娜娜指著小巧的玻璃藝品髮飾。

店鋪上擺滿了仿造小雞、魚類、貓和狗等外型的小東西。

「如何，這位小少爺？每件都是一枚大銅幣哦。」

「嗯，貴了點呢。」

根據市場行情應該是每個一枚銅幣左右。

其他孩子們也跟過來看，於是我讓大家挑選自己喜歡的。

在等待的空閒時間，我和老闆起勁地聊著。

「這種玻璃藝品是這個城裡的工房製作的嗎？」

「是啊，那裡被內牆另一邊的貴族區圍住，所以沒辦法直接去採購哦？」

嗯，被當成是外國商人了嗎？老闆的話中透露出些許戒備之意。

「有沒有鏡子？」

「我們這種偏僻的店裡怎麼可能會有呢？能夠用來當作鏡子和窗戶的平坦玻璃只有公都的玻璃工房才做得出來，你還是去公都進貨比較好啊。」

我向老闆道謝，然後確認大家的狀況。

差不多也該選完了。

為了打發時間，我另外挑選了送給卡麗娜小姐一行人和賽拉小姐的藝品。

這時腦中忽然浮現聖留市的潔娜那張側臉，於是我也幫她挑了一個。就送她這個很適合搭配約會服裝的藍色玻璃胸針好了。

漫長的殺價讓我覺得很麻煩，於是就爽快地付款了。

大概是我不經殺價就直接付款，感到意外的店長笑嘻嘻地幫我結帳。

「這位小少爺，找禮物送人的話不妨買件歐克玻璃如何？」

或許以為我是個好宰的客人，老闆從店內取出一個箱子來。

「歐克玻璃是什麼？」

「就是歐克帝國所製作的玻璃哦。」

老闆打開箱子一邊回答我的問題。

「您應該知道在王祖大人擊敗魔王之前，這一帶都是屬於歐克的帝國吧？」

「嗯嗯，這個我聽過。」

「這就是那個帝國的特產，所以就取名為歐克玻璃了。」

他從箱子裡取出一只紅色玻璃製的高腳杯。

手握的地方施以銀質裝飾，杯體部分中央有彷花朵外型的藍玻璃薄片熔接其上。其自然的程度乍看之下完全找不到接縫。

「——真是精巧。」

「對吧？一共只有兩件，您看六枚銀幣怎麼樣？」

比市場行情便宜一些。可能是在這一帶找不到買家吧。

我心想可以在飲用火酒時使用，所以就按照老闆的開價購買了。

另外又在其他幾個露天攤位買了東西後，我們便前往目的地料亭。

不知道領隊小姐是如何介紹我們，但獸娘們並未遭到冷淡對待，所有人都被帶到包廂裡享用了豐盛大餐。

主菜是裝在一艘小船裡的巨大蝦類料理。除了製作精巧的小盤和小碗，色彩繽紛的蔬菜和水果也在經過調理後擺放上桌。

看來領隊小姐確實已經告知過店家我們當中有人不能吃肉或吃魚了。

倘若我要自己蓋一間房子，真想雇用像她這樣的管家或祕書。

「吃飽飽～？」

「很幸福，喲。」

肚子鼓起的小玉和波奇心滿意足地這麼說道。大概是吃得太飽而昏昏欲睡，兩人從剛才就踩著搖搖晃晃的步伐。

由於晚餐吃得太多了些，我們便沿著港口散步一邊往船上走去。

「蒸蝦很可愛——這麼告知道。」

「很漂亮的工藝呢。」

「味道相當出色，蝦子的殼吃起來也是脆脆的絕妙口感。」

娜娜、露露和莉薩彼此交換著晚餐的感想。

莉薩的感想讓人有些遺憾，不過對此我就大方地忽略好了。

「滿足。」

蜜雅牽著我的手喃喃說道。

握住我另一隻手的亞里沙則是很安靜。

晚餐期間明明那麼活潑，等到散步之後卻又像煩惱什麼一般表情凝重。

「是吃太多覺得不舒服嗎？」

「──嗯，有一點。」

感覺實在不像她所說的那樣，唯一想到的可能性就是午睡時作的夢了。

等到亞里沙願意透露之後，她應該會主動找我商量吧。

我們吹著晚風一邊緩緩走著。

反射於大河的天光和都市的燈光交融在一起，營造出至今從未見過的美麗景色。

我駐足靜靜欣賞這幅景色之際，露露彷彿極為感動般呼出一口氣：

「好棒。」

「友軍露露的評價──這麼肯定了。」

這兩人似乎都和我一樣很喜歡大河的絕景。

或許是錯覺，總覺得她們的目光並未停留在大河上……不過因為沒有其他東西能讓她評為很棒，所以大概是我誤會了吧。

「差不多該走了──」

察覺到異樣感，我往下方看去。

大概是我停下來好一會，小玉和波奇已經在莉薩的腳邊睡著了。

由於兩人都頂著鼓鼓的肚子，所以我並非讓莉抱在兩側手臂下方而是指示娜娜和莉薩一人抱起一個。

「主人，有船在動。」

莉薩在我耳邊竊竊私語般說道。

日落後的大河應該是禁止航行，會是哪裡的船呢？懷著這個疑問我調查了地圖。

——所屬「自由之翼」。

「又是那些傢伙嗎。」

我的喃喃自語讓剛才一直很安靜的亞里沙產生反應。

「莫非是那些魔王信奉者？」

「嗯嗯，好像是。」

原本應該待在都市裡的「自由之翼」成員，他們搭乘那艘船似乎要去什麼地方。

倘若只是被治安機關追趕而出逃還無妨，要是出來實行什麼陰謀詭計，就無法放著不管了。萬一放任他們召喚出魔王來就會相當麻煩。

先針對船本身和看似地位最高的成員標上記號好了。

這個莫非和賽拉小姐被緊急信號召回有所關連嗎？我懷著這個念頭打開地圖以確認賽拉

小姐的狀態。

——什麼？

「怎麼了，主人？」

目睹了過於震撼的情報，我無心回答亞里沙。

——狀態「附身」。

這便是賽拉小姐目前的狀況。

不為人知的夜晚

「我是佐藤。以前看過的驅魔小說裡有一句話：『不可與惡魔做交易。因為惡魔會用甜言蜜語誘惑人類。』直到現在我還會想起這句話。」

「我說，到底怎麼了？主人？」

見到我整個人凍結般愣住，亞里沙再度這麼發問。

「你們先回船上吧。我臨時要去個地方。」

「怎……怎麼回事？……快一點，快告訴我。」

亞里沙臉色蒼白地追問道。

不像平常那樣開玩笑，而是很認真的表情。

「賽拉大人在公都遇到危險了。我要過去一趟救她。」

「咦，那個神諭的巫女——該不會是魔王就要復活了吧？」

這種思維也太跳脫了。

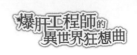

復活所需的「邪念壺」已經摧毀，途中發現的「咒怨瓶」也沒收了。

就算魔王有一天會復活，那應該也是相當久以後的事情才對。

這一次恐怕只是讓下級魔族附身作為魔王復活的第一階段罷了。

「別擔心。區區下級魔族罷了。」

「不……不行啊！要是魔王的話該怎麼辦！」

其他孩子們看似已經理解，唯獨亞里沙表現出不同於以往的憂心。

「不用擔心，我會平安回來。不是答應過妳要製作美味的昆布捲嗎？」

「不……不要豎這種死亡旗標啊，笨蛋——」

如亞里沙所言，這句話有點在豎立死亡旗標的意味，但我完全沒有尋死的打算。

很少這麼驚慌失措的亞里沙緊緊抓住我的長袍。要是強行剝離，亞里沙纖細的手指大概會折斷吧。

「賽拉大人現在被附身，不快去救她就糟糕了。放開我吧，亞里沙。」

「不要……還記得我白天說過作夢的事情嗎？」

亞里沙顫聲道來：

「那個時候我只是在掩飾，其實我夢到了主人和巨大的豬頭壯男在戰鬥。主人用黑色的劍迎戰，可是最後卻被那個壯男手持的黃金刀斬殺……」

亞里沙擠出來的這番話，要斷定為「只是一場夢」的話實在有點沉重。

畢竟亞里沙應該不知道我擁有黑色神劍的事情才對。

不過，即使賽拉小姐的所在之處有魔王，我也不能放任她不管。

倘若悠哉地等待沙珈帝國的勇者過來，賽拉小姐早就性命不保了。

「沒事的。就算有魔王我也會將他打倒。把手放開吧。」

「不要！別過去……我好擔心。」

亞里沙頑固地搖頭。

雖然對於淚眼汪汪的亞里沙很抱歉，但我現在沒有時間跟她爭論了。

「既然怎麼樣都講不聽，我就要『命令』了哦？」

「那就試試看啊……區區的『命令』，我的少女之心是不會屈服的。」

真沒辦法。

我實在很不想使用命令，不過如今可是攸關賽拉小姐性命的時候。

「那麼就用『命令』吧。放開手，亞里沙。我命令妳回到船上待命。」

「絕對……我絕對不讓你去！」

即使收到我的命令，亞里沙依然不放手。

亞里沙的呼吸變得急促，額頭上浮現汗水。

由於違反了奴隸契約「遵從主人命令」這一項，痛苦正在折磨亞里沙。

「不……不要走，佐……藤……」

因痛苦而喪失意識的亞里沙抓著我的長袍就這樣整個人癱軟。

「亞……亞里沙！」

忐忑地關注事情發展的露露上前抱住了亞里沙的肩膀。

我鬆開亞里沙昏迷後仍抓住我長袍的手指，將她抱起來交給露露。

然後撫摸著她喪失意識至今依舊表情痛苦的腦袋，在她耳邊解除命令。

原本懷疑是否有效果，但亞里沙的痛苦表情的確消失了。

「露露，亞里沙拜託妳照顧了。」

「是……是的。」

用溫柔的吻拭去亞里沙的淚水後，我將後續交給露露。

「祝您旗開得勝。」

「主人，祝您好運——這麼加油道。」

「主人，請不要太勉強自己哦。」

「佐藤，不要受傷平安回來。不可以受傷，絕對哦。」

我向莉薩、娜娜、露露以及說了一長串的蜜雅點點頭，以銀面具勇者的姿態躍上了黑

夜。

另外，小玉和波奇直到最後仍在熟睡。

◆

我在趕赴公都之前先前往太守公館尋找卡麗娜小姐。

目的是從她那裡回收「封魔之鈴」。

透過地圖搜尋調查卡麗娜小姐的現在位置後，我看到了奇怪的情報。

——狀態「麻痺」？

看樣子太守公館裡好像出事了。

我從天空中降落在晚餐會會場的露台上。

「——來吧，先從誰開始折磨呢？第一個為『咒怨瓶』貢獻怨恨的是誰啊？」

會場的餐桌上有個紫色長袍的男人在獨自演說當中。

這個男人似乎是「自由之翼」的成員，等級三十一的死靈使。他身邊飄浮著具備種族固有能力「麻痺」的浮遊靈。倘若沒有AR顯示，我大概只會當作是半透明的褐色物體吧。

「說到活祭品，果然就要先從少女開始。騷靈們啊——」

死靈使下達指示後，男人手裡的袋子自動伸出了繩子將倒在地板上的卡麗娜小姐綑綁並抬起來。

看來是因為參加晚餐會而沒有帶上拉卡，最終導致了這種局面。

「唔，佐藤……」

「咕嘎嘎嘎，最後還在唸著意中之男的名字嗎！姑娘啊，我會好好幫妳打扮，讓那個男人過來的時候痛哭失聲啊。」

死靈使身分的男人俯視著卡麗娜小姐發出令人厭惡的嘲笑。

「首先就從那對胸部開始——呃啊！」

為了守護卡麗娜小姐的魔乳，我對死靈使施以如雨般落下的「短氣絕彈」。

死靈使發出毫無創意的粗野哀嚎同時整個人被颳飛，撞破牆壁從房間裡消失。

我已經控制好威力讓他不至於死亡，但死靈使的狀態依然變成了「重傷」，體力計量表也差點歸零。

浮遊靈和拿著繩子的騷靈襲來，但被我從儲倉取出的聖劍一擊消滅了。

至於放在桌上的「咒怨瓶」則是先回收至儲倉內。

「穆諾之女啊，妳的人生似乎波濤洶湧呢。」

我回憶著以前如何表演，一邊讓卡麗娜小姐喝下麻痺解除藥。

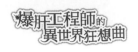

「……謝……謝謝您，勇……勇者大人。」

「抱歉挑在妳剛獲救之際。我希望借用妳手中的『封魔之鈴』。現在急需使用。」

卡麗娜小姐猶豫了一下，接著解開頸部的鈕釦從胸口處取出鈴鐺。

我的目光差點被隱約可見的乳溝所深深吸引，但一想到目前的狀況就忍住了。

「請……請用……」

「嗯嗯，我確實收下了。」

向看似想說些什麼的卡麗娜小姐保證「一切結束後前來歸還」，我留下足夠所有人使用的麻痺解除藥之後離開了現場。

另外，瀕死的死靈使似乎被太守聚集而來的士兵所逮捕了。

◆

我在夜晚的大河上空飛翔，不到半個小時便抵達了公都上空。

根據地圖所示，賽拉小姐的目前位置在「豬王的迷宮：遺跡」。

在打開地圖以3D方式顯示之後，位於公都遙遠地下的空白地帶裡閃動著賽拉小姐的記號。

我根據這個情報尋找通往地下的路徑。

都市的地下散布著迷宮般的下水道，貴族區的地底下甚至還有避難所。

而就在我不斷確認的期間，發現「自由之翼」的成員有幾十人正在移動中。

——真是可疑。

我對所有在公都的成員都標上記號，然後朝地下道的入口而去。

在視野邊緣持續顯示記號一覽表後，可以見到部分成員的現在位置從「歐尤果克公爵領」變成了「豬王的迷宮：遺跡」。

看來似乎猜對了。

繼續監視著成員們的動態後，我發現他們會先集合在一處，再用某種手段從那裡轉移出去。

我調查一下通往成員集合地點的最佳路線，然後前往地下道。

光是待在地下道的入口附近就能聞到臭味，我於是將沾了香水的手帕按在嘴巴上進入其中。

地下道的橫向通道相當汙穢，所以我並非徒步而是在空中飛翔。

就這樣一邊飛行一邊確認裝備。

武器沒有問題——

以神劍為首，有我平常使用的聖劍王者之劍，其他更有三把聖劍、一把聖槍、兩把魔劍和從巨人那裡獲得的魔弓。

這些幾乎都是我在「龍之谷」獲得後就封存於儲倉內，應該可正常使用才對。

此外我更有拋棄式的十枝聖箭，以及準備了與聖箭同樣製作法的三把短槍。

這些拋棄式武器在過剩供給技能的輔助下都已經將魔力填充至臨界值。

但另一方面，防具則是存在許多問題。

龍之谷的戰利品當中那些高性能防具幾乎都毀於「流星雨」之下，所以目前除了聖盾之外僅有我自己製作的鎧甲而已。

即使如此也總比沒有好。我藉助快速更衣技能穿上了鎧甲。

魔王在前等候的可能性並非為零的情況下，我還不至於裝備著「布衣」就魯莽地直接突擊。

不久後，我抵達了成員們的集合地點附近。

來到這裡的路上好幾次遇到了蜘蛛網形狀的警報裝置，但在我的發現陷阱技能和察覺危機技能之前根本不算什麼阻礙。

在下水道裡前進的途中，我從一名落單的成員身上搶奪紫色長袍並且換上。

這就像祕密結社的制服那樣可以隱藏相貌和體型。由於長袍相當寬鬆，所以能夠穿在皮甲外面。

「自由的天空中。」

「羽翼飛舞。」

順風耳技能捕捉到地下道彼端傳來這樣的對話。

大概是用來確認對方是否為同伴的口令吧。

我快步穿過地下道，向站在一道古怪門前的男人說出剛才的口令。

男人默默讓出門前讓我通過。

門後是個大房間，中央擺放著看似巨大魔法裝置的朱紅色物體。房間的照明恰好相當昏暗，完全看不見兜帽底下的臉。

物體周圍聚集了好幾名成員在爭論些什麼。

「怎麼辦？紫三位的少爺還未過來。」

「既然是那位大人，大概是累了在哪裡休息吧。」

看來好像有幹部遲到了。

「距離儀式剩沒多少時間了，先送過去吧。魔力足夠嗎？」

「沒有問題。」

面對似乎是現場主事者的男聲，正在檢查魔法裝置操控面板的女性這麼回答。

儀式這個名稱讓我感到心神不寧，不過儀式如今尚未舉行的事實又讓我稍微鬆了一口氣。

只要和這些傢伙一起傳送出去，應該就可以救出賽拉小姐了。

「——門開啟了。」

「好，同志們！前往儀式廳吧！」

幹部的這句話讓普通成員們擺出朝天空舉起一隻手的回應動作，於是我很識相地跟著照做了。

進入物體中央的圓環後，我們便從剛才的房間裡面移動至廣大的地下空洞裡。

看來那個圓環是一種轉移裝置。雷達上的顯示也變成了未探索區域。

我發動魔法欄的「探索全地圖」以取得現在位置的情報。

這裡好像是位於公都地下的迷宮最深處。

迷宮內沒有魔物，有人存在的地方似乎也只有這個大空洞。橫躺的雞蛋型空洞最短直徑也有三千公尺，真佩服這樣也不會崩塌。

大空洞內林立著奇妙的畸形物體，小至兩公尺大至超過五公尺的都有。

稍微觸摸一下，似乎是用大理石般硬度的石頭所製成。

遠方有個格外明亮的場所，成員們好像就是在那裡舉行儀式。

來到這裡可以聽見念經般的聲音，和詠唱咒語似乎有些不同。

「儀式已經開始了嘛……」

——什麼？

「動作快！否則會趕不上『再臨儀式』哦！」

幹部的發言讓成員們急忙跑過物體林立的區域。

我也混在他們當中前往儀式會場，一邊收集奪回賽拉小姐和脫逃所需的情報。

除了賽拉小姐，還有其他兩名同年紀的神諭巫女也被抓來。這兩人好像都和賽拉小姐一樣被附身了。

在場成員超過兩百人，幾乎都是等級五以下。超過三十級的人包括「自由之翼」的首領在內僅有三人而已。

首領會使用重力魔法和空間魔法。另外，我還確認了高等級的兩名幹部身上持有那個「短角」。這些傢伙必須盯緊才行。

通往最上層的逃脫路線共有三條。北方的那條路線應該最難被追上。

確認完畢時，儀式會場已經近在眼前了。

首領所在的祭殿上有個石床，處於昏迷狀態的賽拉小姐正被放在上面。

和賽拉小姐一起被綁架的兩名巫女則是被剛才的高等級幹部們控制雙手，整個人舉到賽拉小姐的身體上方。

幹部們單手抓住纖瘦巫女的雙手手腕，另一隻手則握著形狀怪異的儀式用短劍。

兩名巫女都處於附身狀態，所以頂著能樂面具般的表情任由他們擺布。

連同賽拉小姐在內，巫女們全身的肌膚暴露在外，身上用紫色的顏料畫上魔法陣一般的圖案。

我目不轉睛地確認這幅光景。

然而就在我評估著營救的時機之前，儀式已經展開了。

「我們在此獻上純潔的少女們，祈求偉大之王再臨！」

「「「再臨！」」」

首領的呼喊讓成員們跟著附和道。

控制兩名巫女的幹部們舉起儀式用短劍。

我像飛箭一般衝了出去。敵我雙方的距離為兩百公尺。

地下空洞內響起「轟隆」的聲音，身後傳來成員們的慘叫。

後面那些成員大概是暴露在全速緊急推進的天驅反作用力之下吧。

邁出第二步的同時，我從懷裡取出小石子並投擲。

被轟隆聲嚇到的幹部們轉頭望來。
搶在我踏出第三步前，小石子便打碎了儀式用短劍。
不過，幹部們似乎還未放棄。
他們用碎裂的短劍刺向巫女們的心臟打算繼續進行儀式。
——絕對要趕上！
在心中這麼呼喊的瞬間，我的身體被一種彷彿水中奔跑的異樣感所籠罩。
回過神來，我已經來到幹部的腳邊一腳踢飛他們的短劍。

V獲得技能「縮地」。

似乎是很方便的技能，不過如今狀況緊急還是以後再研究吧。
我看準還不肯放開巫女的幹部下巴處將其打飛，然後拉開兩名巫女。
「什麼人！」
看似首領的那個人想必打算這麼開口吧。
但我並未聽完就將「短氣絕彈」砸向首領腹部使其痛不欲生。無論對方具備什麼稀有技能，只要在使用前將其打倒就沒問題了。

不理會伴隨飛濺的血花倒地的首領，我對「附身」狀態的巫女搖響儲倉裡取出的鈴鐺。

當然，正是「封魔之鈴」。

伴隨清涼的音色，半透明狀的青色與紅色異形從兩名巫女身上浮現。

不知為何，賽拉小姐的身體卻沒有任何變化。

這個事實讓我有種心臟被凍結般的不祥預感，但我還是決定優先解決那些快剝離出來的異形。

猛然揪住青色和紅色異形，我就這樣將其拋向儀式會場外。

然後朝著異形連續發射小火焰彈。下級魔族應該會被這樣的攻擊癱瘓才對。

面對將我團團圍住並舉起法杖的成員，我則是擊出傾盆雨下的「短氣絕彈」瓦解他們的戰力。

當然，和首領不同，直接命中可能導致喪命，所以我用擦邊球的軌道發射。

朽木般紛紛倒地的成員後方，這時出現了兩隻魔族的身影。

是我剛才拋出去的那兩個傢伙。

——不是下級魔族？

那氣勢就和之前在聖留市地下迷宮交手的黑色上級魔族一樣。

『竟敢打擾儀式，真是個不解風情之輩矣。』

『然也然也，看來是下等的人族也。』

使用「矣」語尾的是個紅皮膚長有類似鹿角的四公尺高魔族。帶著「也」語尾的則是比前者小號一些，青銅色皮膚且擁有水牛角及兩對共四隻翅膀。

前者會使用「空間魔法」，後者為「重力魔法」，等級都是六十三。

青皮魔族發出低吼，賽拉小姐便出現在對方所抱起的手臂上。

——是轉移魔法嗎？

「的確。居然打擾吾之再臨儀式，真是無藥可救的蠢貨呀。」

賽拉小姐撐起一隻膝蓋作為扶手，用毫無羞恥之心的姿勢這麼痛罵我。

緊閉的眼睛睜開，賽拉小姐的雙眸泛著紫色的光輝。

——不對。

賽拉小姐的眼睛是萌黃色。

為了驅除附身於賽拉小姐的傢伙，我再一次搖響「封魔之鈴」。

這次就像亞里沙在古魯里安市的魔族戰時所做的那樣，注入魔力以提高效果。

「哼，真是不快呀。」

然而，結果還是一樣……

附在賽拉小姐身上的傢伙很不愉快地嘖舌。

『主上，請交給我處理也。』

「也好，就去打倒勇者呀。」

向前踏出一步的青皮魔族肩膀上遊走裂縫，傳出了低吼聲。

不待察覺危機技能產生反應，我立刻抱起腳邊的巫女們向後跳去。

剛才倒在我腳邊的首領和兩名幹部，這時就彷彿被隱形的鐵鎚打中遭到壓扁。

——沒辦法。

暫時先救兩名巫女出去好了。

為了脫離現場，我將技能點數分配至「縮地」並且開啟。

『很不錯的反應速度矣。』

直接逃跑的話應該會追上來吧。

我這麼心想，使用後撤步拉開距離，然後在自己和魔族之間架起層層的土壁。

『身為勇者竟然用土魔法，太不起眼矣。』

『只要會飛就不必理會牆壁也。』

長有翅膀的青皮魔族從牆上探出臉來。

對準那張臉，我連續施放「魔法箭」、「短氣絕彈」和「小火焰彈」。

儘管不認為這樣就能打倒對方，但應該足夠牽制一下了。

我並未確認結果，直接抱著巫女使用縮地離開現場。

原本擔心巫女嬌弱的身體是否能承受緊急加速的傷害，但似乎是杞人憂天。

她們的體力計量表毫無變化。

看來縮地並非單純肉體上的技術，就像重現術理魔法的天驅一樣是藉由某種魔法手段進行移動的技能。每一次大約要消耗十點的魔力。

我反覆使用縮地，轉眼間便抵達北側的通道。

目視祭殿的方向，魔族好像沒有追上來。

我讓不知什麼時候昏過去的巫女們躺在北側的通道裡，然後架起「防禦壁」和「土壁」以確保她們的安全。

這樣一來就算天花板坍塌也能安然無恙了。

當我返回祭殿時，那裡已經化為一片血海。

「——你殺了所有人嗎？那些可是你的信徒吧？」

「既然是信徒，想必樂意成為吾復活之養分呀。」

那傢伙透過賽拉的身體這麼說道。

其後方站著紅色與青色的上級魔族。

「你不打算離開那個身體嗎？」

「哼，這姑娘如此重要呀？」

我的建議讓那傢伙愉快地扭起嘴角，然後粗魯地抓起賽拉小姐這個年紀來說發育良好的胸部。

「切下這個乳房之後，你還能說出同樣的話嗎？換成這美麗的臉蛋又如何呀？」

然後又用另一手的短劍放在臉頰上威脅我。

很遺憾，既然「封魔之鈴」無效，接下來只能激烈論戰奪回賽拉小姐了。

就賭一下那傢伙的自尊心吧。

「把賽拉還給我，然後光明正大地一戰吧！還是你沒有人質在手就會害怕呢——」

有兩隻上級魔族隨侍在側的那傢伙，其真正身分就是——

「——魔王！」

「呼哈哈哈哈！要和吾決一勝負嗎！這才叫勇者！」

哦，想不到反應挺正面的。

「儘管從前敗給了帶領天龍的勇者希嘉．大和，不過平庸的勇者根本就沒有資格成為吾之對手。試著打倒吾之部下吧。這樣一來，吾在決戰前就將這姑娘的身體還給你作為獎勵。」

儘管不清楚魔王會不會守約，但至少獲得了承諾。

萬一情況緊急，再考慮請特尼奧神殿的聖女大人來淨化一下吧。

『小心那傢伙的魔法也。』

『我有反射守護，沒問題矣。』

為了不讓賽拉小姐的身體受到戰鬥波及，我用天驅拉開與祭壇的距離。

『休想逃走矣。』

眼前的空間裂開，紅皮惡魔從中出現。這就是那傢伙的空間魔法吧。

我從主選單的魔法欄中連續使用「追蹤箭」和「短氣絕彈」予以牽制。

當然，彈數是最高的一百二十發。

『還給你矣。』

襲向紅皮惡魔的魔法都悉數回到我這邊了。

具有目標追蹤性能的「追蹤箭」朝著紅皮惡魔掉頭，但「短氣絕彈」就朝著命中我的方向直直飛來。

這就是剛才提到的「反射守護」嗎？真是相當麻煩的東西。

我利用縮地將其躲開。

後方傳來那些畸形物體被「短氣絕彈」擊倒的聲音。

『真是不愉快矣。』

紅皮惡魔發出咆哮，空間頓時出現裂痕將「追蹤箭」破壞了。

我從儲倉裡取出聖劍迪朗達爾。

我並非捨不得拿出來使用，但平常所用的王者之劍因魔力填充實驗而積蓄了逼近過剩供給狀態的魔力，所以我不敢隨便拿來用。

如此珍貴的聖劍用完即丟的話未免也太可惜。

聖劍迪朗達爾的性能略遜於聖劍王者之劍，不過比起聖劍朱路拉霍恩就強上許多，所以應該沒有問題。

左邊出現察覺危機技能的反應，我於是用縮地離開原地。

剛才所站的位置，地面頓時凹陷。

『一個人獨吞不妥也。』

看來這次是青皮魔族的重力魔法了。

我利用縮地進行瞬間移動以踏入青皮魔族的懷中，就這樣躍起向上劈出聖劍——

突然間，一股驚人的沉重壓力壓在我身上。

＞獲得技能「重力魔法：惡魔」。

＞獲得技能「重力抗性」。

我忍住高重力強行揮劍，但在聖劍擊中青皮魔族的前一刻便停下刀刃並以後撤步拉開距離。

『這一代的勇者直覺真是敏銳也。』

『真可惜，要是繼續砍過來，勇者的身體就會變成兩半矣。』

這傢伙也施加了「反射守護」嗎？

倘若察覺危機技能未發出警報我就危險了。

總覺得身體有些被紅皮魔族拉扯過去的感覺。查看紀錄後，對方似乎施展了名叫「吸引」的魔法。真像遊戲中的頭目角色會使用的招式。

＞獲得技能「空間魔法：惡魔」。

＞獲得技能「空間抗性」。

我開啟了兩種抗性技能。

『明明等級那麼低，魔法卻很難生效矣。』

『呼嘎嘎嘎！那是年老力衰的藉口也？』

乘著上級魔族對罵之際，我展開下一波行動。

針對兩隻魔族擊出「短氣絕彈」。

果不其然一樣被反射回來，於是我以後撤步進行閃避。

從飛回來的「短氣絕彈」軌跡推測，反射的彈道似乎並非完全相反。

我再度向兩隻魔族發射「短氣絕彈」。

『不管來幾次都白費功夫矣。』

這個「反射守護」是沒有次數限制的類型嗎……真棘手。

紅皮魔族和青皮魔族用於詠唱的嘴巴紛紛傳出低吼。

順從察覺危機技能的指示，我跳向一旁閃避。

剛才所處的位置出現相當深的裂痕，隱形的重力鎚彷彿在追殺我一般將地面砸出大洞。

我利用天驅閃避重力鎚，在自己和青皮魔族之間連續架起土壁以爭取時間。

看來必須先打倒會使用空間魔法的棘手紅皮魔族才行。

乘著對方攻擊停歇之際，我發動下一波策略。

從魔法欄中選擇「風壓」魔法，然後在製造出來的暴風裡從儲倉取出大量的鹽巴灑出。

顆粒細小的鹽巴在空中飄浮著。

『障眼法可是下策矣。』

呼嘯的鹽巴讓紅皮魔族一身隱形的「反射守護」暴露出來。

雖然是很傳統的確認手法，但效果十分出眾。

「反射守護」並非像名稱那樣可以完全反射，而是一種空中飄浮的無數吸收孔和排出孔在身體周圍隨機活動的機制。

由於它們每一個都比塵埃的體積還小，所以肉眼無法看見。

鹽巴的顆粒顯然較大，但進入吸收孔的鹽粒一樣會被傳送至排出孔。那並非物理性質的孔洞，應該是極小型的轉移門吧。

為保險起見，我向吸收孔之間的縫隙投擲細小的釘子以進行確認。

在穿過吸收孔旁邊的瞬間，我目睹了釘子被附近的吸收孔吸入然後從極近距離的排出孔裡跑出來。

無論細劍或箭枝都無法在不接觸的情況下通過縫隙。

發現青皮魔族遲遲不發動攻擊，於是我將目光投去，只見對方抱起手臂很好奇地旁觀著我和紅皮魔族。那態度顯得相當從容。

我從儲倉裡取出一捆線。

這是利用山樹果實的纖維製作而成，魔力傳導率十分優秀的珍品。

我對這捆線注入魔力，然後在所有的線身發動魔刃。

『變成刺蝟勇者矣。要是以為細線就能穿過縫隙，那就試試看矣。』

紅皮魔族信心滿滿地這麼嘲笑道。

——你能笑的也只有現在了。

我用縮地撲向魔族的正面，拿著這傢伙稱為刺蝟的魔刃線刺出。

『你想自殺矣？』

面對眼前飛出的無數魔刃線，我用事準備好發動的「盾」魔法進行防禦。

轉眼間「盾」整個碎裂，但這並不重要。

——抓到了。

我解除線身的魔刃，同時繼續維持以魔力強化的狀態。

這時候我抓住了從「排出孔」跑出來的線束。

然後用力將其甩向一旁。

連同卡住線身的「吸收孔」和「排出孔」也一起移動。

原本從容嘲笑的紅皮魔族換上錯愕的表情。

其他閒置的吸收孔準備移動以填補縫隙——但已經太遲了。

只要露出片刻的縫隙就很夠了。
當聖劍迪朗達爾醒目的藍色軌跡殘渣融入黑暗之際，紅皮魔族也化為黑色粉塵四散了。

＞獲得技能「閃光斬擊」。
＞獲得技能「線使」。

『太吃驚也。』
青皮魔族操作重力，將自己身邊的「反射守護」撤除掉。
嗯，果然不讓我使用同一招了嗎。
我將剛獲得的技能開啟使用。
『見識一下吾之奧義也。』
雙肩的詠唱口發出詭異的低吼聲。
在此同時，我也將魔力注入聖劍。
——魔族的詠唱時間比人類更快。
聖劍散發藍色光輝，附帶了滅魔之力。
——不過，那個時間並非為零。

縮地將我和青皮魔族的距離縮短為零，我搶在那傢伙詠唱完畢之前朝著對方身體擊出閃光斬擊。

沒有什麼特別的觸感，從四面八方被劈開的青皮魔族化為黑色粉塵消失無蹤。

……太簡單了吧。

用聖劍對付魔族果然特別有效。只要刀刃觸及，感覺上級和下級並沒有多大差別。

◆

我用天驅飛回祭壇後，迎接我的是賽拉小姐模樣的魔王在鼓掌。

坐在石床邊緣翹起一隻腳作為支撐的魔王當場站了起來。

「精彩呀。吾為之前看輕你為雜牌勇者一事道歉呀。」

裸身威風站立的魔族，就像舞台劇女演員那樣朗聲說出這番話。

「想不到沒有其他同伴協助，勇者竟能單獨殺死吾之朝臣呀。」

賽拉小姐的身體泛著淡淡的紫色光輝。

——有種不祥的預感。

必須趕快將魔族逐出賽拉小姐的身體才行。

「你的要求我做到了，魔王！趕快離開賽拉的身體吧！」

「好吧，給予完成試煉之人獎勵也是王之本分呀。」

——太好了，看來對方答應得比想像中要爽快。

魔王將手臂揮向一旁，籠罩賽拉小姐身體的紫色光輝變得更深了。

「勇者啊，吾承認汝夠資格作為對手呀。」

魔王這麼宣告後，賽拉小姐的雙眸散發出強烈的紫光。

——什麼？

「黑髮的勇者，巴里恩的走狗啊。吾不追問你隱藏面貌的理由，你應該會像大和那樣讓吾玩得愉快對吧？可千萬不許讓吾失望呀。」

魔王的這番話讓我伸手觸摸頭髮，發現金色假髮竟不知什麼時候不見了。

假髮和面具我還有備用的，不過現在不是做這種事情的時候。

——得趕快將他逐出賽拉的身體。

「嗯嗯！等你離開那具身體之後再來盡情一戰吧！」

「那麼，你就收下呀。」

劈啪聲響起。

賽拉的背部裂開。

從中冒出了一顆豬頭。

——啊……

《對了，佐藤先生……》

『多虧你將吾之朝臣作為獻祭，吾全身充滿了力量呀。』

彷彿脫去衣服一般，紫色皮膚的豬頭魔王顯現了。

猶如孩童的身高看著看著逐漸膨脹，轉變為比成人壯碩五成的巨軀。

緊接著，魔王的身體布滿紫色波紋般的光，皮膚頓時發出金色光輝。

——為什麼，我那個時候要相信魔王的話呢？

《佐藤先生……你認為命運是能夠改變的嗎？》

從前與賽拉交談過的這句話在腦中甦醒。

早在沒有體毛的豬頭魔王開始出現的那一刻，賽拉就已經喪命了。

——什麼叫「我會從魔王手中將您救出」！

翻騰的懊悔感在我體內肆虐著。

然而，這只是片刻間的事情。

以時間來說應該連一秒都不到吧。

我的高精神值立刻將我充滿懊悔的陰沉內心拉回平常狀態。

恢復正常的思考在過去的記憶中找到了希望。

——復活魔法。

我腦中忽然浮現這個名稱。

儘管賽拉否認，但多爾瑪卻肯定過復活魔法的存在。

而賽拉並未否定多爾瑪的那番話……應該吧。

既然如此，現在絕望還太早了點。

『吾復活之時已經到來。人類啊，盡情恐懼吧！世界自此刻開始邁向毀滅呀！』

我用縮地接近演說中的魔王，全力擊出掌底將賽拉的身體剝離。

然後接觸將剛死去的賽拉小姐身體將其收入儲倉。

當然，連同流出的血液也一起。

在我的儲倉內並不會隨時間經過而導致劣化。

倘若是特尼奧神殿的聖女，說不定可以將剛死去的屍體復活。

就像賽拉在古魯里安城含糊其詞的那樣，復活魔法很有可能存在某種風險或使用條件。

不過現在煩惱這個也沒有意義。

所以……振作起來吧，佐藤。

如今必須全力思考如何消滅這個傢伙。

『嗯？你想做什麼呀？與其回收屍體，應該要繼續追擊吾才對呀。』

不予理會魔王傲慢的發言，我開始進行戰鬥準備。

在進入戰鬥前，我先調查好魔王的情報。

名稱為「黃金豬王」，是等級高達一百二十的歐克魔王。

除了前所未見的高等級，這傢伙還擁有「一夫當關」、「萬夫莫敵」、「變幻自如」這三種特殊技能。

儘管不知詳情為何，但從名稱來推測應該分別是戰鬥力強化系、耐久力強化系和變身系

的技能吧。

至於普通的技能當中有魔王必備的「劍」和「回避」等物理戰鬥系，至於稀有的「破壞魔法」和「爆裂魔法」等魔法戰鬥系也相當充實。

染成金色的皮膚似乎是某種支援魔法或特殊技能的作用，ＡＲ顯示中出現「物理傷害降低九十％」和「魔法傷害降低九十％」的訊息。

——真是荒唐的防禦力。

這樣一來使用魔法攻擊似乎比較妥當，但這傢伙又具備「下級魔法無效」的討厭技能。

這大概是穆諾市防衛戰中交手的魔族技能「下級魔法抗性」的向上相容版吧。

『才剛復活，吾之實力更遜於全盛期呀。這可是你千載難逢的獲勝機會呀？』

倘若這樣就叫虛弱，原本究竟有多麼強悍……

魔王身旁出現了道具箱的黑色裂縫，他從中取出了斗蓬和兩把柳葉刀。

魔王披上的紅色斗蓬變形成為奢華的服裝。

根據ＡＲ顯示，柳葉刀似乎被分類為魔劍，在性能上甚至不遜於聖劍。

籠罩魔王身體的金光延伸至兩手持拿的柳葉刀上，將刀身染成金色。

ＡＲ所顯示的柳葉刀攻擊力逐漸提高。其威力原本就足以匹敵聖劍，如今已確實在聖劍迪朗達爾之上了。

『來吧，使出全力放馬過來呀。』

我正有此意。

就讓這傢伙當作我替賽拉小姐復仇還有發洩怒火的對象吧。對此——

「——我不會手下留情的。」

魔王愉快地嗤笑我的發言。

我架起從儲倉內取出的黑劍，瞪視眼前的魔王。

一開始就要竭盡全力。沒有任何的保留。

對了，為了能在接下來的一擊確實消滅魔王，就更進一步強化神劍吧。

只要注入魔力，魔劍和聖劍甚至於普通的木籤都能獲得強化。

既然如此，這個法則應該也適用於神劍才對。

我將魔力注入神劍當中。

——什麼？

在我一開始注入大約十點魔力的瞬間，全身的魔力便以驚人的速度遭神劍吸取。

——唔！停下來啊！

我憑藉意志力制止自流星雨以來的首次急遽魔力消耗。

儘管成功降低了速度，但只能任憑神劍一點一點地吸取。待大致能夠停止之際，我的魔力已經剩下不到一半了。

而且，神劍仍在以每秒十點的速度吸取魔力。

『竟然隨意揮舞超出自己實力的劍，真是個未成氣候的勇者呀。』

魔王的斥罵聲對我來說顯得非常刺耳。

些許的察覺危機反應讓我轉動目光，只見神劍周圍生出了漆黑的氣息。

ＡＲ顯示中並沒有任何情報。

——什麼東西？

『既然無從下手，就讓吾示範一下吧。』

我用縮地躲開從上段姿勢砍下來的右手柳葉刀，然後利用天驅縱向避開藉由時間差橫向砍來的左手柳葉刀。

——當然，躲避的方向是往前！

魔王紫色的雙眸發出詭異的閃光。

——必須搶在魔王發動什麼招式前將其解決掉。

對準眼前逼來的魔王豬頭，我揮出神劍的一擊。

在我的神劍還未觸及魔王的遙遠距離之外，浮現出了好幾層卡麗娜小姐的拉卡所使用的那種魔法小盾。

小盾伴隨打破冰之薄膜般的「嘩啦」清脆聲響，留下白光之後逐一消失。

由於是守護魔王身體的魔法所以防禦力應該很高，但在神劍面前根本算不上什麼阻礙。

『怎麼可能——』

我可沒有興趣聽你的遺言。

不待對方說完，我縱向劈開了魔王的腦袋。

魔王的臉從接觸神劍的地方開始消滅。真不愧是神劍。

——強烈的察覺危機反應從側面而來。

我當下用天驅踹著空氣脫離現場。

伴隨一聲「嗡」的沉重呼嘯聲，柳葉刀劃過了我剛才所在的地方。

倘若這是一種死後僵直現象還好辦，但看來並非如此。

魔王的脖子處竟然冒出了一顆新的腦袋。

……不愧是魔王。

『竟然逼得吾使用萬夫莫敵的效果……』

復活後的魔王這麼喃喃自語，同時向後跳去以拉開距離。

——奇怪。明明魔王退後了，察覺危機卻始終在反應當中。

危機感打從一開始就來自於前方的魔王，但我卻從手中的神劍上感受到更加強烈的危機。

『好可怕的劍呀。大和所用的光之劍簡直無法比擬呀。』

我對著魔王將神劍舉至眼睛位置後，終於目睹了異常為何。

纏繞在神劍上的漆黑氣息彷彿有生命一般從刀刃處往我的手延伸過來。

……糟糕。

這是某種很不妙的前兆。

我迅速將神劍收進儲倉。

然後取出在上級魔族戰當中使用的聖劍迪朗達爾，並且將稱號從「弒神者」改回「勇者」。

儘管這樣比不上魔王的柳葉刀，但像剛才那樣繼續使用神劍才更為不妙。

查看紀錄確認有無遭受奇怪的狀態異常後，我頓時感到背部有些發涼。

＞獲得技能「即死抗性」。

＞獲得技能「破盔」。

剛才那種詭異的目光似乎就是即死攻擊。

倘若沒有等級差和魔眼抗性技能，說不定被幹掉的人反而是我。我迅速開啟「即死抗性」。

『吾也要拿出真本事了呀。』

魔王的身體再次籠罩紫色光輝。

剛才也看過，就和亞里沙使用特殊技能時相當類似。

從魔王的發言聽來，他似乎用了剩下的兩個特殊技能。

『剛才的黑劍怎麼了呀？』

察覺到我手裡換了一把劍，魔王疑惑地這麼問道。

「不好意思，已經撤換了。接下來就用聖劍對付你。」

我的話讓魔王得意地揚起嘴角：

『原來如此，是那種有使用次數限制的武器呀。』

純粹只是我的雞婆而導致無法使用，不過這點我無意說出來。

我稍微注入魔力以強化聖劍迪朗達爾，然後再用聖刃保護表面。

對面魔王已經可稱為柳葉刀Ⅲ的強化刀，這種程度是必要的。

——上吧！

首先牽制對方。

為確認是否能生效，我連續擊出平常的「魔法箭」、「短氣絕彈」和「小火焰彈」組合。

三種攻擊魔法在接觸魔王金黃色的皮膚之前就被彈開消失了。

觸及黃金皮膚的就只有「小火焰彈」的殘渣而已。

很遺憾，我猜得沒錯，擁有「下級魔法無效」的魔王似乎是無法用下級魔法給予傷害的。

在魔法阻礙對方視線的期間，我利用縮地移動至魔王腳邊，從魔王的死角處向上劈出聖劍。

我的劍還未碰到魔王，遠遠地就出現和神劍時相同的小盾群擋住聖劍的去路。

被聖劍觸及後的小盾輕而易舉地碎裂，然而——

慢慢地。

沒錯，聖劍的力道慢慢地被削弱當中。

等到摧毀將近一百枚魔法小盾後，聖劍總共才前進五十公分便停止了。

我試圖施力強行砍進去，但魔王對此可不會悶不吭聲。

『這種程度的攻擊對吾無效呀！』

魔王這麼吼道，然後向我砍來。

我用聖劍迪朗達爾接下從左上方襲來的柳葉刀。

下一刻，金黃色與青色的火花照亮地下空洞，充滿整個視野。

——好重的攻擊。

我雙腳使勁支撐著。

或許是無法承受這種沉重壓力，腳下伴隨「轟咚」一聲陷入地面。

因閃光而刺眼的視野在光亮調整技能的幫助下立刻就恢復。

看準了我略微失去平衡，魔王揮下了左手的柳葉刀。

我倉促間拿出儲倉裡的聖盾加以抵擋。

雖然勉強擋住，但由於並未用帶子固定在手臂上，聖盾下一刻就被擊飛出去掉到大空洞的另一端了。

我乘著魔王回刀之際以後撤步拉開距離。

魔王處傳來「嗡嗡」的低頻雜音。

『嘗嘗這個呀！』

魔王周圍跑出了好幾個漆黑圓環。

它們就像獨立的生物一般向我襲來。我以短氣絕彈和追蹤箭迎擊，但無一不是在觸及魔法圓環後就蒸發消失了。

──是抗魔法攻擊嗎？

我從儲倉取出小石子投擲，但就像水滴落入燒熱的平底鍋那樣伴隨聲響消失掉。物理攻擊好像也可以抵禦的樣子。

這次我收起魔劍，將加諸了聖刃的青銅釘投向漆黑圓環。

一種類似板子裂開的「劈啪」聲響起，漆黑圓環碎裂了。

這樣一來似乎可以用聖劍正常迎擊了。

──察覺危機技能出現反應。

我急忙跳向一旁以躲避無法目視的攻擊。

剛才我所在的位置被神祕物體輕易刺穿，然後粉碎。

『你是如何躲開吾必殺之上級魔法呀？』

看來魔王就和亞里沙一樣，都可以無詠唱使用魔法。

──真不愧是魔王，太棘手了。

胡亂反擊的會也只會被小盾群擋下。必須設法解決掉那個，否則永遠都攻擊不到本體。

而且拉開距離後又會施放魔法。

要化解攻擊，首先應該要從增加攻擊次數做起。

我瞥了一眼剛才的攻防中聖刃瓦解掉的聖劍狀態為何。

刀刃有些微損傷。要是魯莽互砍，很有可能會導致這把聖劍報廢。

對魔族格外有效的聖槍和備用的聖劍要先保留起來，所以改用魔劍來抵擋柳葉刀似乎比較好。

這麼判斷後，我用空著的左手取出魔劍巴爾蒙克。

這並非聖劍但攻擊力足以媲美迪朗達爾。儘管毫無關係，不過兩把都是黃金劍柄所以可以湊成一對。

我對聖劍使用聖刃，魔劍則是附加魔刃。要讓魔劍產生聖刃實在是無能為力。

『竟能同時使用魔刃與聖刃！』

驚訝的魔王仍揮著柳葉刀砍來。

我同樣用聖劍和魔劍的二刀流抵擋魔王的連擊。

面對魔王上下左右挾帶無法預測的軌道而來的劈砍，我拚命將其架開並且閃避。

>獲得技能「二刀流」。

光是柳葉刀無法突破僵局，焦急的魔王又增加了剛才那種無法目視的子彈。

一發子彈掠過我身邊。由於察覺危機技能對於柳葉刀的反應比較大，導致我很難閃避無法目視的子彈。

∨獲得技能「破壞魔法：惡魔」。

∨獲得技能「破壞抗性」。

我迅速開啟抗性技能及二刀流技能。

光是子彈經過身邊就會造成衣服蒸發，所以我逐漸變成一副亞里沙看了會歡天喜地的模樣。

我從魔法欄發動「盾」魔法試圖抵擋，但卻被無法目視的子彈一發摧毀。看樣子下級魔法果然是擋不住上級魔法。

子彈每次掠過身體就會留下火辣辣的搔癢感。

不久後我的專注力大概會渙散，吃下一記漂亮的安打吧。

儘管想用發動聖刃的聖劍防禦無法目視的子彈，但光是抵擋柳葉刀就已經忙得不可開交了。

雖然再度取出魔劍用於防禦戰，然而同樣除了化解攻擊之外就沒有其他餘力了

『美中不足的勇者啊。你是怎麼回事？能夠靈活使用截然相反的魔刃與聖刃，閃避和劍

術也超越吾之速度和反應，然而攻擊卻絲毫未夾雜虛實。而且使用的魔法也是威力荒唐至極的下級魔法。』

一邊這麼說著，魔王仍未停止手中的柳葉刀和無法目視的子彈。

多虧了剛才獲得的二刀流技能，總覺得迎擊起來稍微輕鬆了點。

「看起來並不像在手下留情。就彷彿是個速成的勇者呀。」

分析得太過準確，聽了實在令人難受。

『抗性也高得驚人呀。包括即死、石化、詛咒或麻痺，吾之所有魔眼都無效呀。』

記錄裡從石化開始，麻痺和詛咒之類的特殊攻擊應有盡有，但都被擋下來了。

『簡直就像在對抗神……』

說是神也太誇張了。

我只是等級稍微高一點，又擁有全部的抗性罷了。

在搔癢感破壞專注力之際又胡思亂想的結果，使得我遺漏掉魔王的柳葉刀。

魔劍巴爾蒙克被擊飛至大空洞的彼端。

為了避免追擊，我不得已發動了「火焰爐」。

大概可以擾亂一下視線吧。我懷著這樣簡單的想法使用，但效果比想像中還好。

之前擋下我聖劍攻擊的小盾群就像紙張一樣被燃燒殆盡。

『「火焰地獄」嗎！那就是你的底牌了呀！』

魔王這麼呼喊的同時，令人震耳欲聾的轟隆聲響徹四周。

前方傳來驚人的閃光和壓力。我不抵抗這股壓力，主動跳向後方以化解其威力。

看來我被魔王的大範圍攻擊魔法直接命中了。

周邊的畸形物體被清掃得一乾二淨，變成一片空地。

＞獲得技能「爆裂魔法：惡魔」。

＞獲得技能「爆裂抗性」。

雖然很好奇破壞和爆裂有何區別，但現在我急需抗性。

老實說剛才的攻擊痛死我了。簡直讓我懷疑痛苦抗性有沒有發揮作用。

體力計量表幾乎沒有減少居然痛成這樣……愈來愈怕會被柳葉刀直接砍中了。

自我治療技能轉眼間就治癒了傷勢，但破破爛爛的衣服已經完全不見蹤影。

光著身子也很難看，我於是取出方便活動的衣服並藉助快速更衣技能瞬間穿上。這種速度大概會被對方當成變身吧。

我乘這個時候從儲倉取出魔劍諾辛格以取代弄丟的魔劍巴爾蒙克。

——對了。

為了不再讓搔癢導致失敗，我在魔法欄當中使用平常沒能派上用場的生活魔法「止癢」。

籠罩全身的清涼感抹去了搔癢。魔法果然棒極了。

就在我重新體認到魔法的美好之處時，魔王從粉塵的彼端現身了。

『嗯，看來是以抵銷告終了呀。』

——抵銷？

那副模樣讓我實在無法這麼想。

魔王的半個身子被燒爛。

大概是剛才「火焰爐」的火焰突破小盾群到達了魔王的本體。

難道弱點是火焰？或者「火焰爐」是中級魔法的緣故？理由不得而知。

『嘗嘗這個呀！』

魔王同時發動剛才的爆裂魔法和漆黑圓環。

以爆裂魔法發動時的轟隆聲作為信號，我向地面擊出「短氣絕彈」以擾亂視線，然後乘機在空中翻滾，使用天驅繞至魔王的後方頭頂。

下方可以看見漆黑圓環通過。

剛才「短氣絕彈」掀起的沙塵讓「無法目視的子彈」軌道浮現出來。
看來並非只有兩種，魔王同時發動了三種魔法。
或許是錯覺，我突然覺得沒有沙塵也可以看到「無法目視的子彈」了。

>獲得技能「魔法視」。

哦，獲得便利的技能了嗎？不過現在無暇將其開啟。
我從魔王的後方頭頂發動天驅，如猛禽般襲向對方。
進入攻擊距離後我同時再次發動「火焰爐」，然後用雙手的聖劍和魔劍砍下。
小盾群在「火焰爐」的業火之下如紙張般燃燒掉落。
劍身搶在完全燒盡之前觸及小盾群，但由於所剩枚數不多而得以維持足夠的威力到達魔王的身體。
我撕開火焰，挾帶藍色與紅色的軌跡以聖劍和魔劍劈中魔王的黃金皮膚。
然而，魔王的體表卻有金黃色的波紋擴散，攻擊因而被擋下。
遭到阻擋的那一刻，我有種擊碎了某種防禦膜的觸感。
那似乎是強力的防禦膜，不過應該無法多次抵禦才對。我就加快速度，直到剝離後攻擊能夠穿透為止。

彷彿在嘲笑我的決心，手持柳葉刀的魔王手臂如鞭子一般襲來。

這種可動範圍和動作以生物學來說是辦不到的。我心知應該是魔王「變幻自如」這種特殊技能的效果，於是用兩把劍抵擋來勢洶洶的柳葉刀。

不過，這正是魔王的陷阱——

在察覺危機出現反應的同時，無數白色短槍穿破魔王的背部飛了出來。

我倉促採取了回避行動，但面對出乎我意料爆發性加速的白槍終究無法完全躲開。數把白槍貫穿我的身體。

——好痛、好痛、好痛！

我藉助無表情技能忍住幾乎脫口而出的呼喊聲。

在痛苦抗性技能的輔助之下壓制了燒灼般的劇痛後，我用膝蓋折斷並擊飛刺來的白槍。

這時我才第一次近距離觀看白槍，看來那並非短槍而是變形後魔王的肋骨。

疼痛僅存在一瞬間，立刻就像退潮般消失了。

至於隱隱的作痛就只能忍耐。

魔王自然不會放過因疼痛而停止動作的我，當下便拋開柳葉刀轉而控制我的行動並開始勒住全身。

魔王的手臂明明是往反關節的方向彎曲卻力量驚人。

若單純思考應該是等級較高的我力氣更大，但卻無法掙脫對方。

果然是魔王的特殊技能讓他的力量強化了好幾倍甚至於好幾十倍。

魔王加大力氣，彷彿打算就這樣折斷我的身體。

——喘……喘不過氣了。

由於手肘以下被壓制住所以無法揮劍。我將兩手劍收進儲倉裡。

然後全力施放出我僅剩的唯一希望「火焰爐」。

就連耐熱的祕銀也能蒸發的紅蓮之火燒灼著魔王的身體。

當然，在極近距離下施放的我也不會安然無恙。

明明不像魔王那樣直接暴露在火焰下，我剛換上的衣服卻在轉眼間就燒光了。

拜火焰抗性所賜，我的身體只是皮膚變紅而沒有遭受任何燒傷。

當然，高溫讓我簡直快要瘋了。

這場忍耐大賽似乎是我略勝一籌。

魔王困住我的手臂放鬆了力道。

有些許的空隙就很夠了。我使勁加大空隙脫逃出來。

手臂還沒有什麼感覺。要像恢復成平常那樣揮劍大概還要幾秒鐘。

我從儲倉裡取出已經填充過剩魔力的拋棄式聖短槍。
地下空洞頓時充滿藍色光輝。
構成聖短槍核心的青液魔法迴路將過剩填充的魔力逐步轉換為聖光。
爆發性的聖光輝煌將魔王的腹部連同防禦一併貫穿，劃出一道直至地下空洞彼端的藍光軌跡。
——又來了。
魔王的體力並未歸零。
儘管處於腹部破個大洞且全身冒出火焰和濃煙的瀕死狀態，魔王依舊舉起了拳頭。真是驚人的鬥志。
我將魔力一口氣注入儲倉取出的聖劍迪朗達爾，然後發動聖刃技能。
——這樣就結束吧。
我使出的閃光斬擊挾帶藍色軌跡被吸入了魔王的心臟。
體內噴發出的藍色聖光讓魔王的上半身爆裂四散。
我以後撤步拉開距離，一邊從儲倉裡拿出回復道具。
透過體力回復藥回復略微減少的體力後，我從用於進行魔力填充實驗的聖劍王者之劍中回收魔力藉此完全回復，最後換上新衣服。另外還裝備了堅固的鞋子。

這樣一來，就準備好面對下一場戰鬥了。

——沒錯，要放心還太早了點。

剛才用神劍打倒對方時也復活了，所以不能樂觀地認為復活僅會發生一次。

魔王的屍體上溢出金色光輝。

看來第三回合要開始了。

金色光輝消失後，魔王的上半身復活了。真是讓人沒有成就感的傢伙。

幸好剛才破壞上半身時，對方的兩把柳葉刀好像不知道丟在哪裡了。

像剛才的聖短槍還有兩把，不過在不知道魔王會復活幾次的情況下還是不要隨便使用。

『能讓吾二度使用萬夫莫敵效果，你可是自狗頭以來的第二人呀。』

——狗頭是誰？

好像在哪裡聽過，但要談論一個我不認識的人就請到別處去吧。

我在內心這麼嘟噥，同時開啟剛才獲得的魔法視技能。

『為了破解吾之萬夫莫敵，當初是勇者大和帶來天龍發動偷襲。無名的勇者啊，沒有了天龍的「光之氣息」真能將吾打倒嗎？』

嗯，我的姓名欄是空白所以叫我「無名」嗎？今後就自稱為無名勇者好了。

「天龍已經在長眠了。」

就在我儲倉的墓地資料夾裡。

所以，我就連天龍的份一起奮戰吧。

魔王的破壞魔法襲來，於是我擊出一掌改變其軌道。

魔王那句『怎麼可能呀』則是被我無視了。手掌火辣辣的，真是不太想觸碰那種魔法。

我對雙手取出的聖劍迪朗達爾和魔劍諾辛格注入魔力並做好準備。

「順帶一提，真正的勇者正在帝都和巨乳美女度假中。」

為了分散魔王的注意力，我隨口說了句俏皮話。

倘若真的在度假，就要去揍他一拳。

『真正的勇者？你又是什麼人呀？』

「我是兼差的哦。原本只是個喜歡觀光的旅行者。」

我檢查自己的身體。

多虧了體力回復藥和自我治療技能，被肋骨槍刺中的傷口已經消失。

雖然還會疼痛但不至於無法作戰。再等下去的只會讓對方更有時間回復。

魔王會使用破壞魔法，不過鎖定不太精準，想命中我的話就用範圍魔法吧。

或許是心裡想著這樣的事情，範圍魔法真的襲來了。

我將魔劍和聖劍彼此交叉以化解範圍攻擊，同時向後退去以減低威力。

魔王的氣息攻擊緊接著襲來。

我用力踹地往空中閃避。

這個距離遠遠還不到劍可攻擊的範圍。

當然，面對逼來的灰色氣息，我利用天驅再度踹向空中避開。

——然後收起雙手的裝備，換上魔弓。

來到魔王的正上方後，我朝著魔王發射魔弓。

當然，裝填的箭枝是已經過剩填充魔力的聖箭。

藍色光輝突破魔王的氣息，從那傢伙的嘴巴一路貫穿至腹部。

魔王的背後著地，我轉身朝向那被復活金光所籠罩的身體連續射出三枝聖箭。

然而，聖劍卻平白通過了金色光輝的另一端。

——復活時處於無敵狀態……這是在玩遊戲嗎！

既然這樣，我就奉陪至魔王的隻數耗盡為止。

『居然再次將神聖武器用完即丟——』

復活後的魔王開始說些什麼，但我無心聽下去。

我在對方復活前使用土壁圍起四周，在魔王無法閃避的情況下用魔弓三連射將其打倒。

魔王果然在金色光輝的籠罩下再度復活了。

『怎麼可能……竟能輕易施展禁忌的招式——』

我對魔王所說的內容並非不感興趣，但目前還是先專心削減他的隻數吧。

第五回合也是用聖箭三連射將其解決。只不過，聖箭至此已經用盡了。

我將完成使命的魔弓收回儲倉，在復活中的魔王周圍重新架起土壁。

『將神授之聖劍視為草芥一般——』

無心聽著魔王的發言，我連續擊出了兩把過剩填充魔力完畢的聖短槍。

這次試著同時破壞心臟和頭部，但魔王就跟上次一樣再度復活中。

既然這樣，就只能將對方大卸八塊之後加以蒸發或焚化了。

我將武器換成聖劍迪朗達爾並產生聖刃。

『你是從哪弄出如此多的神聖武器——』

——我自己做的。

利用「火焰爐」燒掉魔王的防禦時我一邊在心中這麼回答，然後以聖劍迪朗達爾發動閃光斬擊技能。

接著又回刀，準備將斷成兩截的魔王進一步砍成四塊。

彷彿在垂死掙扎，魔王手臂的骨頭就像十字弓箭那樣從伸出的手掌裡面飛出。

我放棄第二擊，用特技表演般的動作閃避。

攻擊方式變得愈來愈荒謬了。

看著籠罩於復活金光下的魔王，我一邊取出魔劍諾辛格並覆蓋上魔刃。

『怎麼啦，勇者？找不出任何辦法打倒這具不死之身了呀？』

復活完成的同時，魔王施放出範圍爆裂魔法。

我使出的閃光斬擊僅僅在魔王的體表留下很深的傷口，並未將其打倒。

那傢伙從腋下取出兩根肋骨擺出架勢，在發出短暫的咆哮之後肋骨籠罩著黑色火焰。

『嘗嘗吾之黑焰骨刀呀。來吧，舞動死亡之舞。』

魔王以二刀流襲來，但黑焰骨刀比起柳葉刀脆弱多了。頂多只有在刀刃互砍之際差點被黑焰燒傷而已。

『你究竟是什麼人呀？沐浴在龍也會被燃燒殆盡的破滅黑焰當中為何還能毫髮無傷？』

大概是因為我等級很高吧？

不，或許是破壞抗性達到ＭＡＸ的緣故也說不定。

況且我的確受了傷，只不過回復速度較快罷了。

由於自我治療的回復過程也會消耗魔力，所以我必須注意讓自己盡量不要受傷。畢竟會很痛。

『既然傷不了，就打到你受傷為止呀！』

或許是每次破壞後都不斷再取出的黑焰骨刀影響，聖劍迪朗達爾和魔劍諾辛格的損傷愈來愈嚴重。

我利用「火焰爐」遮蔽視線以拉開和魔王的距離，然後更換武器。

這次是聖劍加拉廷。根據詳細情報，似乎是王者之劍的兄弟劍。

另一隻手則是取出聖槍朗基努斯。雖然很難單手使用，不過換成聖劍朱路拉霍恩的話很難打得過黑焰骨刀。

我對聖劍和聖槍注入魔力強化後包覆聖刃。

這是比之前更添三成威力的強力組合。

——就用這個削光你的隻數。

「我要上了，魔王！」

『來呀，無名的勇者啊！』

我使勁這麼大叫後，就連魔王也像故事中那樣回以吶喊。

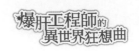

◆

在那之後我五度打倒魔王，但魔王的隻數似乎還剩下不少的樣子。

眺望著魔王被金色光輝籠罩後復活的連續鏡頭，我開始確認現狀。

我的聖劍加拉廷和聖槍朗基努斯都嚴重耗損，差不多該更換了。

這五場戰鬥中我學會了槍專用的「三連螺旋槍擊」這個比「閃光斬擊」威力更高的必殺技技能。

不過，即使如此威力也不足在瞬間殲滅魔王，我只得不情不願地繼續耗下去。

當然，撇開風險問題的話也不是無法打倒對方。

倘若這裡是荒野或沙漠，只要連打流星雨就能輕鬆打倒魔王。但這裡可是公都的地下。

若使用流星雨，地面上的公都必定會遭到摧毀。要是真的這麼做，大魔王的稱號我就拿定了。

另外，若甘願冒著永遠失去聖劍王者之劍及迷宮崩塌的危險，用過剩填充的聖劍王者之劍斬殺對方即可。

至於冒著被神劍那種不明的黑色氣息所侵蝕的危險，屆時受害損害的將只有我一人而已。

但可以的話，實在很不想使用上述三種手段。

如果有威力在火焰爐之上的中級或上級攻擊魔法，即使是魔王我也能夠輕易打倒了……

或者，早知道當初就量產更多一些魔力過剩填充的聖箭。

儘管我有製作神聖武器的青液，但在魔王復活為止的短時間內是不可能製作的。

就在無濟於事地這麼胡思亂想之際，籠罩魔王的金色光輝逐漸變淡。

第十三回合差不多要開始了。

『PWWWGUEEEE！』

雙眸發出詭異暗紫色光芒的魔王傳出咆哮。

好像從上上一次開始魔王就變得口齒不清，如今似乎終於無法聽懂人話。

搞不好魔王也快要瀕臨極限了。

『BWWWGWOOOOO！』

下半身如蛇一般變形的魔王發動尾巴攻擊。

我用聖劍加拉廷劈砍後，尾巴的鱗片就像對人地雷那樣飛來。

我以縮地閃避，同時對準魔王本體擊出聖槍朗基努斯的「三連螺旋槍擊」，但卻被變形為十條鞭子的手臂擋住了。

魔王的胸膛像維修艙口那樣打開。

在染成暗紫色的肉膜間可以見到肋骨。

看準停下來的我，包覆黑焰的肋骨猶如生物一般伸長襲來。

我急速脫離至上空，不過肋骨比我想像中還要快。

我靠著聖劍加拉廷和聖槍朗基努斯勉強接下對方的攻擊。

下方可以見到魔王張大的嘴巴。

那嘴裡出現黑色火焰——

我倉促之下全力施展「火焰爐」以抵禦魔王的黑焰氣息。

轟隆聲與強烈的熱空氣充斥四周。

看樣子雙方好像勢均力敵。

能夠抗衡足以蒸發祕銀的「火焰爐」，像那種氣息我才不想被沾到。

——蒸發？

這個關鍵字讓我想到了什麼。

——只有受到輕微燒傷。

影像在腦中重現。

那是我在進行蒸發祕銀的實驗時嗎？

——只是皮膚變紅而沒有遭受任何燒傷。

這個影像是什麼時候？

對了，記得是對魔王全力施展「火焰爐」時。

兩者的差別在哪裡？

是什麼導致了這種差異？

那還用說，當然是獲得蒸發熱能的金屬粒子有無的差別。

而且是容易攜帶魔力的魔法金屬粒子。

我的腦中射入一絲光明。

不過，同時也理解了。

遲遲無法消滅魔王。

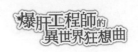

這十三場戰鬥可不是打著好玩的。

要打倒魔王還需要一樣東西。

——我腦中浮現的是散發藍光的破邪之鈴。

《這個是幸運道具，要好好珍惜哦？》

說得也是——

下方的氣息停止，魔王讓手臂變形為柳葉刀樣式朝著上空漂浮的我突擊而來。

不過，現在的我就連飛蛾撲火那樣害蟲般微小的威脅都感覺不到。

我將聖劍和聖槍收回儲倉，選擇了那個。

代替鈴鐺取出來的是裝滿青液的銀質小瓶。

我一口氣將剩餘魔力注入用來製作神聖武器核心的青色金屬溶液。

「這樣一來——」

零點幾秒的時間內便完成魔力過剩填充狀態，閃光般的藍色光輝從指縫洩出。

我向無畏襲來的魔王伸出了手。

然後對準離開我手中的藍色烈光發動了火力全開的「火焰爐」。

『都結束了——————！』

接收了龐大熱量的金屬塊蒸發，化為藍色的烈光圓錐傾盆而下。

圓錐以聖光包裹住魔王。

將其燒得面目全非。

地下空洞裡響起震耳的毀滅之聲。

光之圓錐深深挖穿迷宮堅硬的地面後就此消失。

◆

我用天驅來到地面挖出的洞穴底部，那裡有個看似魔王之核的紫色破裂球體。

——這就是餘燼嗎。

我提防了一下，但似乎並不會再繼續復活了。

其證據是出現了那些傢伙——

「嘻嘻，輸了呢。」

「輸了呢，輸給了大和。」

「也輸給無名的勇者。」

就和之前「搖籃」事件中在不死王賽恩成佛後所見到的一樣，從魔王之核冒出了三個紫色的小小光輝。

不，顏色有點黑。裡面夾雜了可說是暗紫色或黑紫色的光。

感覺起來的印象相同，但說不定是完全不同的東西。

「誰叫牠是歐克嘛。」

「下次要用什麼呢？」

「鼬鼠看起來很聰明哦。」

我砍向這些以為我無法出手而疏忽大意的黑紫色光輝。

——三道漆黑的斬擊。

留下些許的殘渣，黑紫色的光輝便消滅了。

我迅速將附帶黑色氣息的神劍收回儲倉，把稱號從「弒神者」改回「勇者」。

雖然覺得碎裂的黑紫色光輝被神劍所吸收，但由於神劍的狀態並未出現變化所以大概是我看錯了吧。

之前用聖劍撲了個空，所以這次我冒著危險改用了神劍。

消滅黑紫色的光輝後，紀錄中快速流動著獲得戰利品的訊息。這些稍後再確認，我先將其回捲至前方。

紀錄中清楚記載「打倒了神的碎片！」所以應該真的打倒了魔王才對。

仔細一想，自己的行為很像是在與神為敵，但我無暇多想就直接行動了。

話雖如此，既然是會協助魔王的存在，我大概什麼都不做也會與其敵對吧。

而就算要敵對，希望至少是一百年後，時間也請以神的標準來計算吧。

＞獲得稱號「弒魔王者」。
＞獲得稱號「弒魔王者『黃金豬王』」。
＞獲得稱號「真正的勇者」。
＞獲得稱號「無名英雄」。

奇蹟的代價

「我是佐藤。在家庭用遊戲的黎明時期，有一段時間未搭載儲存功能。聽說當時是將繼續遊玩所需的好幾十字『復活咒語』抄在紙上。」

呼，真累。

大概是戰鬥中多次使用了火焰爐，地下空洞裡就像蒸氣浴那樣悶熱。

我從魔法欄使用「冰結」來乘涼，然後從儲倉取出一撮鹽巴和甜果汁以補充鹽分和水分。

鬆了口氣之後為了真正讓身體狀況恢復，我依序喝下精力回復藥和營養補充藥，並同時確認主選單的時鐘。

時間過得比我所想還要慢。距離來到地下之後才一個小時而已。

打開儲倉欄，確認在戰鬥中遺失的聖盾和魔劍巴爾蒙克都因「戰利品自動回收」而回來了。

在和魔王的最後戰鬥中又燒掉衣服，我於是從儲倉找了件廉價的衣服換上。

在回收兩名巫女之前，我先前去將埋在沙塵底下的轉移裝置廢棄掉。

畢竟要是讓那些人又在公都地下蠢動，就麻煩了。

「底部大約直徑兩公尺嗎……」

我從儲倉裡取出妖精劍並覆蓋魔刃，利用閃光斬擊技能將轉移裝置的底部切斷。

當然，切斷後的轉移裝置就回收至儲倉。

繼穆諾男爵領的堡壘遺跡中獲得的「魔砲」之後，總覺得我又增加了沒有用處的收藏品。

不過儲倉的容量無限，所以應該無妨吧。

轉移裝置的底部留有看似紅色導線的痕跡。

大概是依靠外部魔力啟動。

——嗯，這方面就等到有空時來研究好了。

由於全身滿是灰塵，我用天驅飛上天空以大河的水沖洗，然後拿毛巾隨便擦拭，再換上像樣的衣服。

這次選擇的是神職人員樣式的雅致高級長袍。

然後再戴上白色面具和備用的紫色假髮。銀面具在戰鬥中已經燒掉，金色假髮則因為滿是塵土所以不想戴在頭上。

最後外面再套上一件外套，就準備好要回歸了。

返回巫女們所在的場所，我去除掉保護她們的土壁。

巫女們看來已經清醒，兩人正依偎在防禦壁的另一側不停發抖。

「你……你想對我們做什麼？」

「拜託，讓我們回到神殿。」

解除防禦壁進入其中，兩名巫女立刻對我這麼說道。

……被關起來的地方出現一個戴著面具的可疑傢伙，會被當成是綁架犯的同夥也在所難免吧。

「要贖金的話，我會向家裡——」

個性較為剛強的女孩想要交涉，但我打斷對方的話同時丟給她們兩人遮蔽身體的布和衣服。

我對中學生年紀的小孩子不感興趣，但總不能讓正值多愁善感的少女赤裸著身體。

「穿上衣服吧。還是妳們要光著身子回神殿呢？」

考慮她們可能認識賽拉，所以我改變了聲音。

在穆諾市防衛戰裡模仿配音員的聲音後獲得了「變聲」技能，於是我現在用不著刻意維持也可以發出別人的聲音。

「——你……你願意讓我們回去嗎？」

「當然了。其他部隊正在對付那些綁匪。等妳們換好衣服就要回地上了。」

我背對著穿衣服的巫女們這麼告知。

根本就沒有什麼其他部隊，但總比告訴她們被全部被魔族殺死來得好。

「我們換好衣服了。」

「那麼，我要抱著妳們奔跑，把手臂繞在我的脖子上貼緊了。」

「怎……怎麼可以……居然要抱著男士的身體。」

「好……好髒。」

很像有潔癖的巫女會出現的反應，不過在這種地下空間走路返回地面不知道要花上幾天幾夜。

「妳們把我當成馬車或魔巨人就好。要是在這種地方磨磨蹭蹭的，可不知道綁匪什麼時候會過來哦。」

我藉助詐術技能和說服技能讓巫女們同意抱住我。

「巴里恩大人，請原諒我。」

「我被玷汙了……」

這番話讓我第一次發現，原來這兩人是巴里恩神殿和加爾雷恩神殿的神諭巫女。

扛起兩人後，我利用天驅和縮地穿越原先已經規劃好的逃脫路線。

因為有搬運技能所以一路上不至於太過顛簸，但速度有點快，變得就像雲霄飛車一樣。

即使是清秀的巫女，骨子裡依舊為青春期少女，她們不時發出喧囂的尖叫聲。

待抵達最上層後，兩人都看似被嚇暈般睡著了。不但遇上綁架而且差點被殺死，想必一定很累了吧。

另外，我不去看這兩人的「狀態」為何。

「嗯，接下來的通道被掩埋了嗎……」

從前在最上層似乎有個可通往公都地下的樓梯，不過被人用土魔法完全掩埋了。

我的魔法當中可以用來挖掘的只有「碎岩」和「研磨」。換成其他的魔力效率就太低。

之前在穆諾男爵領挖掘祕銀礦脈時使用的「陷阱」要是可以派上用場就好了，但由於魔法性質的緣故只能在腳邊使用。

——腳邊？

我看了一下腳邊，轉而望向天花板。

然後用天驅飛上天空，從儲倉取出妖精劍劈開天花板。

將剝離後落下的厚石材回收至儲倉，我降落在泥土裸露出來的天花板。

接著我在「腳邊」的「地面」上使用土魔法「陷阱」開出一條通往地面的通道。

這個費了我一些工夫。

天驅是用腳踹向在天空中製作的落腳處藉以飛行的技能，所以即使可以站在空中也無法抵抗重力反向站立。

這一次我是先在「手邊」製作落腳處，然後以倒立的方式嘗試降落在天花板。

這些姑且先不提，最後我成功來到了公都的下水道。

目測有些失誤，所以從距離公都側轉移裝置所在的房間數十公尺外跑出來。

我用手邊的石材覆蓋出口，然後隨便弄髒一點藉以掩蔽。

因為我有偽裝技能和湮滅證據技能的關係，掩蔽得太完美以後很可能會找不到，於是便在地圖上的這個位置標上記號。

我扛著巫女前往轉移裝置的房間。

透過地圖已經事先確認過，這個房間裡不知為何已經空無一人。在房間前把守的男人不見蹤影，被我奪走衣服的「自由之翼」成員也不見了。

雖然有點在意，不過我來這裡只是為了轉移裝置，所以就和大空洞裡一樣將其切斷後收到儲倉裡。

這樣一來，就沒人可以在地下迷宮裡作怪了。

辦完事情後，我扛著巫女們前往出口。

確認完地圖，我發現有一條路徑可以從特尼奧神殿的用地內出來，於是就選擇該路線在地下道裡用天驅飛行。

沿著定好的路線機械式移動之際，我一邊在儲倉內確認賽拉的遺體。

物品名是「賽拉的遺體，破損度：極大。失血度，大」。

我試著將賽拉流出的血液拖放至遺體上，結果成功合成了。

物品名變成「賽拉的遺體，破損度：極大」。

既然如此──我懷著同樣的念頭試著拖曳體力回復藥，卻無法放在上面。

莫非就像裝備聖劍時需要「勇者」稱號一樣，說不定這種作業也需要掛上某種稱號。

雖然只是靈光一現，不過距離到達神殿還有一些時間就來試試看吧。

我從稱號當中依序嘗試了「救護員」、「藥師」和「聖者」三種。

不知為何，並非「藥師」反而是「聖者」才符合這個條件，所以我在將稱號改成「聖者」後順利把體力回復藥合成至賽拉的遺體。

儘管如此，她也並未就此復活。

物品名只是從「賽拉的遺體，破損度：極大」變成「賽拉的遺體，破損度：大」罷了。

我反覆合成了好幾次體力回復藥，最後使得物品名變成了「賽拉的遺體」，所以應該不

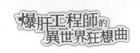

是徒勞無功吧。

就在進行這種操作一邊飛行之際，我在途中發現了衣著破爛唯獨眼睛會發光、就像個神祕生物的人物以及數不清的白色鱷魚，但看起來對我沒有惡意於是就不予理會了。

等到參觀公都告一段落後，我再帶著禮物過來玩玩吧。

◆

「唉呀，今晚的暗殺者真是優秀呢。我還是第一次在這麼近的距離才察覺到。」

我溜進了特尼奧神殿巫女長的房間裡，但立刻就被誤認為殺手了。

一個白色面具紫色頭髮的男人突然闖進來，對方會有所戒備也是理所當然的。

「唉呀，暗殺的同時順便綁架嗎？」

察覺我扛在肩膀上的兩名少女，巫女長困惑地這麼詢問。

巫女長除了神聖魔法系以外還擁有人物鑑定技能和察覺危機技能，所以我為了讓她相信接下來所說的話，於是把稱號改為「勇者」，等級設定成和王祖大和傳說一樣是八十九級。

「初次見面，尤．特尼奧巫女長。我叫無名，並沒有加害妳的意圖。」

不久後她應該會透過人物鑑定技能解開誤會，但我為了縮短時間便主動自我介紹。畢竟這是禮貌。

我將巫女們放在來訪客人用的沙發上。看兩人暫時沒有醒過來的跡象，就這樣讓她們繼續睡下去吧。

「這兩人是我從魔王信奉集團手中救出的巴里恩神殿和加爾雷恩神殿的巫女。」

「的確很眼熟。對了，無名先生，可以讓我看看你的臉嗎？戴著那種面具不方便交談。」

「很抱歉，巫女長。我奉行為善不欲人知的主義，還請見諒。」

「是嗎，真是個害羞的勇者大人呢。」

聲音很年輕。她在月光照耀之下的臉龐看起來實在不像八十歲。就算說是二十歲也有人會相信吧。

「對了，無名先生，你是否知道特尼奧神殿的巫女賽拉的下落呢？」

「——我知道。」

我沒有顯露在表情上，但語調卻低了一些。

或許是從我的話中察覺到一切，她的臉色變得僵硬。

「……那孩子……已經去世了吧。」

我點了個頭回應對方。

「無名先生，可以老實回答我一個問題嗎？」

「倘若我能回答。」

她有些顫聲地詢問：

「奪去賽拉性命的是『自由之翼』的人？還是——」

猶豫片刻後，巫女長繼續道：

「——還是魔王呢？是這樣對吧？賽拉被當成了魔王的活祭品吧。」

「是的。」

巫女長端整的臉龐流下了一道淚水。

「是嗎，那孩子終究抵抗不了自己的命運呢。」

巫女長哽咽地向我敘述。

原來之前有神諭降臨，表示不久的將來會出現魔王。

只不過，出現地點卻因接收神諭的巫女不同各有所異，一共多達七個地方，所以每個人都只相信自己信仰的神所降下的神諭。

巫女長預言的地點為公都。

在這個預言的最後，據說還附帶了暗示賽拉之死的影像。

由於得知了這一點，在穆諾市見到的賽拉才會給人一種急於赴死的印象。

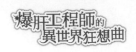

拉。

至於召回賽拉的急報則是由於神殿接獲情報，獲悉預言的「自由之翼」已經盯上了賽拉。

特尼奧神殿一直傾全力保護著賽拉，然而今天傍晚她卻從神殿的房間裡忽然消失了。

——那恐怕是會使用空間魔法的紅皮魔族或「自由之翼」首領的傑作吧。

「謝謝你，無名先生。賽拉的事情讓我很傷心，但身為巫女長，我有義務要確認魔王是否復活，然後向公爵閣下報告並敲響魔族來襲的警鐘。」

濕潤的眼眸中帶著堅定意志，巫女長用緩慢的動作從椅子上站起來。

「倘若你有能力挑戰魔王，還請讓我貢獻微薄之力。」

「等一下，魔王已經被討伐了。」

「——真的嗎？可是，稱號——」

巫女長這句話讓我察覺到自己的失誤。並非「勇者」，而是必須換成打倒魔王時所獲得的稱號「真正的勇者」才行。

我悄悄地將稱號替換為「真正的勇者」。

「我以自己的稱號和聖劍起誓，這一切都是真的。」

我在巫女長面前拿出本日最為活躍的聖劍迪朗達爾作為身分證明。

「我相信你。『真正的勇者』無名，我替公都的人們感謝你。」

巫女長優雅地做了一個起舞般的行禮動作。

之後我才聽說，她這時候所做是一般只對神所使用的最高級禮儀。

這些暫且不提，先切入正題好了。

「尤．特尼奧巫女長，妳會使用復活魔法嗎？」

「是的，我會。」

從賽拉的話中聽來，要實現復活魔法這樣的奇蹟就必須付出相對的代價。

「只不過，要符合幾個條件。」

我豎耳傾聽巫女長的敘述。

「首先是對象必須接受過特尼奧神殿的洗禮。」

賽拉確實有這個資格。

為了以防萬一，乾脆也讓我那些孩子接受特尼奧神殿的洗禮好了。

「第二是距離死後四半刻以內。」

四半刻應該是大約三十分鐘左右。

以經過時間來看已經出局，但若是意味著肉體腐化的程度，賽拉就處於剛死之後還熱騰騰的狀態，所以應該沒有問題吧。

……但願如此。

「最後，就是這個『復活的祕寶』必須累積足夠的魔力。」

她將脖子上掛著的「復活的祕寶」拿在手中讓我看。

「遺憾的是二十年前曾經用於復活公爵的嫡子，還要再等十年才能使用。」

巫女長的語氣有些黯然。

——什麼啊，原來是這樣。

我將手放在她拿出的「復活的祕寶」後注入魔力。

中途遭遇到一種奇妙的抵抗，導致魔力擴散。

「不行哦，無名先生。要更溫柔，像這樣子懷著向神禱告的意念真摯地注入魔力。」

疊上我的手，巫女長就這樣注入魔力。

這似乎是比想像中更複雜的祕寶。

不，應該說刁難比較合適吧。

為了打開將魔力注入祕寶核心的路徑就需要魔力，但供給魔力打開路徑後，這股魔力又會產生干擾導致通往祕寶核心的路徑封閉。

而這個祕寶裡，存在著上百個像這種拼圖一般的架構。

要填充魔力的話必須耗費長達三十年的時間。

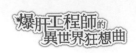

事實上巫女長的魔力如今已經剩下一半，但「復活的祕寶」魔力計量表卻仍文風不動。

不過多虧巫女長剛才示範給我看，我已經知道訣竅在哪裡了。

「讓我注入一些魔力吧。」

我從她手中拿過「復活的祕寶」並注入魔力。

將魔力擰成線一般細……不，是像單分子鋼絲那樣纖細之後，我進行祕寶的路徑操作以打開通往中心的路徑，

這是相當耗費心神的作業，但我還是完成了。

體感時間就彷彿花了一個小時，實際上卻僅有數秒鐘而已。

接下來就是關鍵了。我在開啟的路徑中使勁注入魔力。即使注入兩千點的魔力也還不到填充完畢。由於只要一不留神路徑就會關閉所以相當累人。

——沒辦法。

我決定從儲倉裡取出聖劍王者之劍並將其作為魔力來源。

巫女長見到聖劍發出的藍色烈光後嚇了一跳。

不好意思，我現在不想打斷專注力，所以就沒有向巫女長解釋了。

最後，「復活的祕寶」在我追加注入一萬點的魔力後終於裝滿。

這把聖劍的容量果然與眾不同。和魔王戰鬥時也扮演著魔力槽的角色大顯身手。

之後我才知道，「復活的祕寶」本來只有設定稱號為「聖者」或「聖女」的人才可注入魔力。難怪魔力供給起來那麼異常困難……

「太厲害了，無名先生。『復活的祕寶』上面浮現出可以使用的紋章了。」

大吃一驚的巫女長真是可愛。

「這樣一來就能施展復活魔法了嗎？」

「是……是的……」

我並未提起要對誰使用，所以巫女長感到有些困惑。

「我會將賽拉的遺體召喚至此。狀態是死亡後剛過幾秒，所以應該符合條件。」

「怎麼可能……時魔法可是只出現在童話故當中的虛構魔法啊……」

這裡沒有時魔法嗎？虧我還想讓時間倒退去見一下王祖大和。

哦，現在不是胡思亂想的時候了。

「在這之前，先喝下魔法藥確保體能吧。」

我從儲倉裡取出魔力回復藥和精力回復藥遞給她。

也許不需要這些東西，但還是準備萬全比較好。

等到待巫女長的狀態完全回復後，我展開下一階段行動。

「那麼我要召喚了。準備好了嗎？」

「是的，隨時都可以。」

巫女長將祕寶拿在胸前這麼點頭。

我將賽拉的遺體從儲倉裡取出來。

「——賽拉！」

巫女長驚叫一聲。

賽拉的遺體保持著沒有一絲傷痕的姿態。

因為光著身子太可憐，於是我蓋上一塊乾淨的布。

「請開始復活吧。需要什麼協助嗎？」

「不，接下來我一個人就可以了。」

「那麼就拜託了。祝妳成功。」

巫女長開始詠唱冗長的咒語。

神聖魔法的詠唱時間總是很長，不過這次卻特別長。

多虧魔法視技能的幫助，我可以看到巫女長和「復活的祕寶」以及賽拉之間存在類似魔力循環的現象。

那閃耀的光輝非常漂亮。

——咒語終於完成，賽拉的臉頰出現紅潤。

AR顯示出來的情報也從「賽拉的遺體」變成「賽拉」了。

狀態為「虛弱」，不過這裡是神殿，之後交給巫女長她們應該就沒問題了吧。

我一聲不響地離開了位於特尼奧神殿聖域的巫女長房間。

◆

話說回來，真是漫長的一夜。

雖然很想在有美麗大姊姊的店裡治癒一下，但為了讓擔心我而一直等著的亞里沙等人放心，我決定早點回去。

我用天驅飛行於夜晚的大河上空，悄悄回到了停泊在祖魯特市港口的船上。

在出發時標上記號的那艘「自由之翼」的船已經沉沒，但這種小事應該不用放在心上吧。

我脫掉勇者服裝，恢復成平常的長袍打扮。

「——我回來了。」

走進房門後，大家都上前來迎接我。

「歡迎回來！主人！」

「歡迎回來～」

「喲！」

「祝福主人平安歸來。」

「佐藤！」

繼獸娘們之後，娜娜和蜜雅也以熱情的擁抱慶祝我的歸來。

「亞里沙，主人已經回來了哦。」

露露向躺在床上用棉被蓋住整個頭的亞里沙。

亞里沙當下踢開棉被站了起來。

「主……主人——！」

面對哭腫著臉俯衝而來的亞里沙，我今天姑且溫柔地接住她。

「沒事嗎？要不要緊？腿還在。肚臍呢？肚臍有沒有被拿掉？」

大概是腦中一片混亂，亞里沙的言行比平常更加奇怪。

「我沒事。我不是答應妳會平安歸來了嗎？」

「啊，嗯。是沒錯。是這樣沒錯。」

亞里沙掀起我的襯衫開始確認有無受傷。

今天就隨她高興好了。

「歡迎回來，主人。有沒有什麼地方會痛呢？」

「都不要緊哦。」

「我去拿些飲料過來。亞里沙，主人已經累了，要惡作劇等以後再說吧。」

露露制止了想要檢查我褲子裡面的亞里沙。

我確認地圖，卡麗娜小姐她們似乎還逗留在太守公館裡。

向她借來的「封魔之鈴」得要歸還才行，不過今天已經很累明天再說吧。

一口氣喝光露露端來的蜂蜜酒，我在眾小女孩的包圍下就寢了。

今天就好好地睡一覺吧——

◆

另外，存在魔王復活預言的七個地點如下——

巫女長所預言的公都、迷宮都市賽利維拉、侵略亞里沙故國的優沃克王國、巴里恩神國、鼠人族的酋長國、鼬人族的帝國，最後是位於其他大陸的某國。

七分之一的機率都能遇到，賽拉、我還有這個都市真是倒楣呢。

我將這件事情告訴亞里沙之後，她回了一句：

「分成這麼多神諭，神未免也太隨便了呢。」

「是啊。」

「不過啊，如果這是遊戲，好像所有地方都會有魔王登場呢。」

亞里沙愉快地笑著，完全不相信自己所講出來的這番話。

下一個魔王的季節大概是六十六年後，所以接下來應該可以盡情觀光了。

「然後，打倒所有的魔王之後又會跑出大魔王或是隱藏頭目之類的！」

「遊戲裡的確很有可能，不過現實中要是這樣，世界早就毀滅了。」

「說得也是呢。啊！露露！洋芋片要做成鹽味和法式清湯兩種口味哦。」

興趣轉移至其他事物的亞里沙踩著輕盈的步伐跑了過去。

……這怎麼可能呢。

我的喃喃自語消散在天空中皎潔滿月的彼端。

後記

大家好，我是愛七ひろ。

感謝各位本次手中拿著《爆肝工程師的異世界狂想曲》第五集！

這次的篇幅很少，我就簡短敘述本作的精彩之處吧。

繼前集的卡麗娜之後，本書第五集則是聚焦於特尼奧神殿的巫女賽拉以重新建構故事。閱讀完本篇後，還請務必再回頭看一遍。我想第一次閱讀時令人不太明白的賽拉台詞和周遭人的行動，屆時應該都會發現它們另有深意才對。

另外，除了滿滿的新場面，在網路版相當受歡迎的矮人之村及沿大河而下的場景也獲得重點性的增量。

那麼按慣例進入答謝階段！

在此要向責任編輯H、新H、Ｓｈｒｉ老師，還有參與本書出版、物流及販賣的所有人士獻上感謝之意。

至於各位讀者，謝謝你們從頭到尾閱讀本作品！

那麼，我們在下一集公都篇再會了！

愛七ひろ

Kadokawa Light Novels

記錄的地平線外傳

Kadokawa Fantastic Novels

作者：山本ヤマネ　插畫：平沢下戸

克拉斯提原本的得力部下，
「突擊巫女」櫛八玉大顯身手！

〈大災難〉將玩家封鎖在遊戲世界之後，來不及從遊戲退休的90級「突擊巫女」櫛八玉、櫛八玉的好友「麻煩妹」八枝櫻、八枝櫻的男友勇太、不良少年達魯塔斯等個性迥異的「初學者集團」，將以秋葉原為目的地，展開一場摸索與奮鬥的大冒險！

台灣角川

NT$250/HK$75

Kadokawa Light Novels

武藝精研百餘年，轉世成精靈重拾武者修行 1~4 待續

Kadokawa Fantastic Novels

作者：赤石赫々　插畫：bun150

白之狂者與蒼之英雄
在狂熱無比的武藝擂台大放異彩！

斯拉瓦一行人決定參加好手雲集的「武術大會」。在斯拉瓦的指導下，努力徹悟奧義的雪莉露碰到了「武術的瓶頸」，這會對她帶來什麼影響？斯拉瓦也向艾爾瑪宣告：「如果老師在這場大會中獲得優勝，到時我有事情要告訴妳。」

各 **NT$180~220/HK$55~68**

台灣角川

Kadokawa Light Novels

丹特麗安的書架 1~8

Kadokawa Fantastic Novels

作者：三雲岳斗　插畫：Gユウスケ

這次是黑之讀姬妲麗安
找尋夾心餅乾與青蛙繪本的冒險！

某天，卡蜜拉帶著抹了豐厚奶油的超人氣罐裝夾心餅乾「羅西提」前來拜訪妲麗安與修伊。罐子裡還附了一本以青蛙為主角的小巧繪本，餅乾附贈的繪本全部共8種，不開罐就無從得知會開出哪一本。為了尋求「羅西提」，妲麗安穿梭於幻書間展開冒險……

台灣角川

各**NT$180~200/HK$50~55**

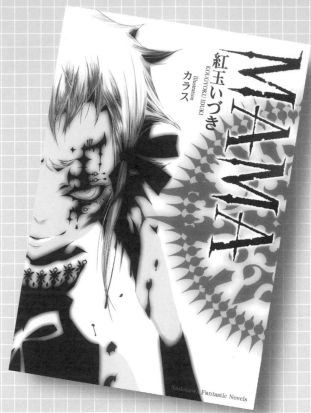

Kadokawa Light Novels

雪螳螂

Kadokawa Fantastic Novels

作者：紅玉いづき　插畫：岩城拓郎

繼《角鴞與夜之王》、《MAMA》，
為您呈現「食人魔物語」最終章——

漫無止境的冰血戰爭仍在菲爾畢耶族與靡俄迪族之間持續著。為了讓戰爭劃下休止符，兩族交換了一個協定。那便是「雪螳螂」菲爾畢耶族的女族長安爾蒂西亞，與信仰永恆生命的敵族靡俄迪族長沃嘉的政治婚姻。而和平是否真能降臨這片深山雪地？

台湾角川

NT$180/HK$50

國家圖書館出版品預行編目(CIP)資料

爆肝工程師的異世界狂想曲 / 愛七ひろ作 ; 蔡長弦譯. -- 初版. -- 臺北市 : 臺灣角川, 2016.04-
冊 ; 公分
譯自 : デスマーチからはじまる異世界狂想曲
ISBN 978-986-473-023-0(第4冊 : 平裝). --
ISBN 978-986-473-229-6(第5冊 : 平裝)

861.57 105003023

Kadokawa
Fantastic
Novels

爆肝工程師的異世界狂想曲 5

（原著名：デスマーチからはじまる異世界狂想曲 5）

2016年8月11日 初版第1刷發行
2021年6月24日 初版第4刷發行

作　者：愛七ひろ
插　畫：shri
譯　者：蔡長弦

發 行 人：岩崎剛人
總 編 輯：蔡佩芬
編　輯：彭曉凡
美術設計：李思穎
印　務：李明修（主任）、張加恩（主任）、張凱棋
發 行 所：台灣角川股份有限公司
地　址：105台北市光復北路11巷44號5樓
電　話：（02）2747-2433
傳　真：（02）2747-2558
網　址：http://www.kadokawa.com.tw
劃撥帳戶：台灣角川股份有限公司
劃撥帳號：19487412
法律顧問：有澤法律事務所
製　版：巨茂科技印刷有限公司
ISBN：978-986-473-229-6
